The Third Kitchen

サード・キッチン

白尾 悠

Shirao Haruka

河出書房新社

サード・キッチン　目次

装画　原倫子
装幀　アルビレオ

サード・キッチン

1

1998年2月 大学美術館と食堂

Awesome Campus Life

——アメリカの大学はとても楽しいです。

お元気ですか？ 先日、無事に秋学期を終了することができました。こうして素晴らしい大学で学べる幸せをつくづく感じています。改めて、あたたかいご支援に、深く感謝いたします。

まだ人類学の小論文の成績が出ていないのですが、単位取得のみの教科はすべて合格しました。成績表を受け取りましたらコピーをお送りします。お約束した通り、優等学生の称号を目指して、来学期も頑張ります。

ルームメイトのクレアは今日帰省しました。クリスマス休暇を彼女の家で一緒に過ごそうと誘ってくれたのですが、留学生のパーティーがいくつかあったり、専攻に向けた勉強も冬学期の間にしたかったので、ずいぶん迷ったけれど断りました。

今年の雪はまだ少ないほうだそうですが、もう十センチは積もっています。クリスマス当日は同じように学校に残る留学生仲間たちと、本物の「スノーマン」を作ろうと話しています。父がくれた絵本と（当時は『ゆきだるま』という題でしたが）、それを原作にしたアニメーションが、私は大好きなのです。久子さんはご覧になったことはありますか？

日本も寒さが厳しくなる頃かと思いますが、お体に気をつけて、良いお年をお迎えください。

加藤尚美

一九九七年十二月二二日

山村久子様

あけましておめでとうございます。

とても素敵なクリスマスカードをありがとうございました。アメリカではあんな綺麗なカードを送り合うのですね。年賀状とはまた違う習慣で、楽しいものですね。

お手紙を拝読して、味気ない病室のベッドの上からたちまち、しんしんと雪の降る景色の中にいるような心持ちになりました。『ゆきだるま』、存じ上げておりますよ。大学生活を楽しんでいらっしゃるようで何よりです。ぜひ引き続き優等学生を目指して頑張ってください。

今回は冬学期中も勉強されたいとのことでしたが、もし次の機会に帰国したいと思われたら、口座のお金をお役立てくださいね。くれぐれも遠慮などされないように。お母様もきっとあなた様にお会いになるのを心待ちにされていることでしょう。

そちらの冬の厳しさは東京とは比べものにならないことと存じます。風邪などひかれませんよう、ご自愛くださいませ。次のお便りも楽しみにしております。

山村久子

一九九八年一月七日

加藤尚美様

昆布出汁《だし》がほんのり香る湯気の向こうに、なめらかな豆腐がくつくつと揺れている。かつお節と葱《ねぎ》と、母の好物の紅葉《もみじ》おろし、タレに混ぜる薬味はどれにしよう――そんな想像で自分を慰めるのも、もう限界だった。足元からひしひしと地面の冷気がしみてきて、湯気と錯覚しそうなほど白い呼気が口元を押さえた手袋の間から漂い出る。四肢の指先から感覚が遠のいて、次第に痛みに変わっていく。

もっと厚手の靴下を履けばよかった。タイツも重ね着すればよかった。残り少ないホッカイロをケチらなければよかった――いっそ、来なければよかった。後悔を連ねていくと、惨めさも重なる。

北メイン通りはすっかり夜明けの名残《なごり》も遠のいて、まばらに並んだ古い家々の景色は白っぽい朝陽の下で平坦に見えた。芸術学部棟の中庭へ抜ける通路から、カップルがひどく眠そうな顔で出てくる。昨日から泊まり込みでレンタルの列に並んでいた“Hard-core art-freaks”《ガチのアート狂》。セレステが言ったまんまを、頭の中で発音する。

ルームメイトのクレアと、寮の同じセクションに住むセレステから、一緒にアート・レンタルに行こうと誘われたのは一週間前のことだった。

アート・レンタルは大学付属美術館の特別プログラムで、五ドルの保証金を払うだけで、所蔵品の中から版画などの小品を、一学期間だけ借りられる。小品とはいえ、そのコレクションには、ピカソやマティス、ダリなどの巨匠の作品や、ウォーホール、キース・ヘリングなどの現代人気作家の作品も含まれる。学生たちは束の間でも、古い・暗い・汚い、と三拍子揃った寮の部屋に、本物の芸術品を飾れるのだ。

小さな頃から絵を描くのも観るのも好きだった私は、入学してからたまの息抜きに、無料

1　1998年2月　大学美術館と食堂

の大学付属美術館へ行くのを唯一の楽しみにしていた。だけどアート・レンタルのことは、クレアたちに誘われるまでまったく知らなかった。そうやって私は一学期の間、どれほど素敵なことを見逃してきたのか。想像し始めると少し泣きたくなる。

プログラムそのものに惹かれたのはもちろん、久し振りにクレアたちに誘ってもらえたことが飛び上がるほど嬉しかった。

――寮の友達とみんなで早起きをして、美術館へ本物のアート作品を借りに行きました。寒かったけど素敵な絵を借りられたので大満足です。同封した写真は部屋に飾ったところ。なかなか素敵でしょ？――

楽しい予感は先へ先へと転がって、日本に送る手紙の文面まで考え始めていた。

レンタルの前日、倉庫で作品を確認できるプレビュー・デーには授業の合間に各自で行った。私は張り切ってとっておきのスケッチブックを持参し、目印になりそうな目立つ作品や、私でも知っている有名画家の作品の位置を記した地図を作った。そこに気に入った絵の簡単なスケッチ、アーティスト名やサイズのメモまで書きこんでおいた。クレアと相談するのにも、皆が場所を思い出すのにも、役立つと考えたのだ。大小様々なコレクションは思った以上に膨大で、一時間という持ち時間はあっという間に過ぎていった。

そうして、私はあの絵を見つけた。

それは青みがかった夜の森の光景だった。「夜に属する」というタイトルで、よく見れば中低木の茂みや木々の葉陰に尻尾や耳、羽の先など、無数の小さな生き物たちの気配がある。

遠近が歪んでいるからか、ずっと見ていると森を俯瞰《ふかん》しているような、間近な上空から覗き見ているような錯覚に陥る。キャンバスの中央にはほとんど木々に同化するような色味で、うつ伏せに寝転がり気怠《けだる》げに右腕を伸ばしている少女が描かれていた。薄眼を開けた彼女の横顔は、泣いているようにも笑っているようにも見えた。

この絵しかない——初めて見た絵なのに、そう思った。今ヘッドボードの上に飾っているポストカードや写真は全部除《の》けて、壁の真ん中にかけよう。クレアの青いクッション、私の水色の毛布と並べて、これからは私たちの部屋を「青い部屋」なんて名付けたりして。想像すればするほど、ワクワクして、私はどこまでも浮かれていた。

「ナオミ、絵がうまいんだね！　ぜんぜん知らなかったよ」

クレアは私のスケッチに大袈裟なくらい驚き、感心してくれた。絵を描くのが好きということは最初の自己紹介で話していたけど、忘れてしまったのだろう。アート・レンタルにも興味半分だったようで、特に借りたい絵もないと言う。

「当日に、その場の気分で選べばいいかなって」

地図を役立ててくれれば、とか、二人の部屋にどの絵をどんな風に並べるか盛り上がれたら、という、私のささやかな期待は瞬く間に萎《しぼ》んだ。

美術史を副専攻にする予定のセレステの反応は、さらに私をがっかりさせた。彼女は私のスケッチを一瞥《いちべつ》しただけで、「たぶん無駄になると思う」と言い捨てたのだ。

「ガチのアート狂たちはプレビューの時間ギリギリに行って、自分が借りたい作品の位置を動かしたり、見つけ難《にく》いように他の作品の後ろに隠したりするらしいからね」

彼女によれば、ピカソやらルノワールやら、誰でも知っている巨匠の作品は先に借りられてしまうし、私がノーマークだった作品の中にこそ注目すべきものがたくさんあるらしい。

「アリス・ニールの大型作品が二つあったでしょ。彼女は国民的な肖像画家で、△△erの人物画が魅力なのよ。レイモンド・ペティボンのs△△gy線が◯◯◯ね。西海岸を代表する現代アーティストの一人でソニック・ユースのGooのジャケットも彼……ええ⁉　まさかナオミったら、彼らを知らないの？　すっごいクールなグループなのに！」

「sonic《音速の》、youth《若者》……？　知らない……」

それどころか、セレステの言った固有名詞も形容詞も、一つとしてよくわからなかった。クールなものを解さないのはクールじゃない。セレステへの憧れと気後れが倍加する。インドネシア系の血が混ざっているという、褐色の肌に完璧なスタイル、誰もが振り返る、エキゾチック《異国風》な美人というだけでなく、おしゃれで教養もあって話もおもしろい。やっぱりたくさんの魅力があるからこそ、セレステは男女ともに人気があるのだろう。

それに比べて私は——自分にとって運命の絵と思っていた「夜に属する」も、必死で描いたスケッチも地図も、すべてが急につまらなく思えて、ひどく恥ずかしくなった。

「もう百人以上並んでるみたいだから、このあたりの作品が残るかは怪しいけど、ちゃんと価値のわかる人間に借りられた方が、アートだって幸せだと思うの」

「ひゃくにん⁉　その人たち明日の朝まで芸術棟で過ごすわけ？　こんな雪のちらついてい

る日に？　狂ってる」

クレアが顔を歪《ゆが》ませて言うと、セレステは神妙に頷いた。

「ガチのアート狂は寝袋やテントなんかを持ち込んでるのよ。それだけする価値は確かにあるけど、私たちは朝一で並ぼう。ナオミ、早起き得意でしょ？　私たちを起こしてね」

「……うん！」

こんなことでも彼女たちに頼りにされたことが嬉しくて、ついさっきまでの惨めな気持ちを脇に退《ど》けて、私は従順な子犬のように頷いた。だから昨夜は修学旅行前みたいに興奮して、なかなか寝付けなかった。

今となっては、それがぜんぶ悔しくて、虚しい。やっぱり私は、彼女たちの便利要員だったのだから。

暗いうちから起き出して三人で美術館に向かうまでは順調だった。日本から持参したホッカイロを触らせてあげると、二人とも興奮して「日本最高！」を連呼した。美術館のある北メイン通りまで飛び出した列の最後尾に並んだ頃は、不安はまだ意識の外だった。二人が私の知らない誰かについてずっと楽しそうに噂するのを、何とか笑顔を作って聞いていられた。

並んで三十分ほども経った頃、セレステが「トイレに行きたい、お腹が空いてもう我慢できない！」といつもの少し芝居がかった動作で訴えた。

「私もトイレ。冷えすぎてちょっとお腹痛い」とクレア。

「あったかいオートミールでも食べた方がいいよ。学生会館のカフェならもう開いてるから一緒に行こう」

二人が一緒に行くなら、じゃあ、私は？　小さな期待と不安まじりに二人を窺ったが、次の展開は分かりきっていた。

「すぐに戻るから、ちょっとだけ待ってて、お願いナオミ！」

「カフェからクッキー持ってきてあげる。コーヒーもいる？」

「……オッケー……」

あれからもう一時間は経った。アメリカ人の〝ちょっと〟って、どれくらい？　日本ならせいぜい十五分、辛抱強くても三十分が〝ちょっと〟の範囲じゃないだろうか。考えないようにしてきたけど、私もトイレに行きたい。限界になったら、前後に並んでいるグループに頼んでみるしかない。

――ごめん、どうしてもトイレ我慢できないから、ここのスポットを取っておいてくれない？　すぐに戻るから、お願いします
――ぜんぜんオッケー、問題なし。こっちがトイレに行くときも頼むね
――超助かるー！　もう崇《あが》めちゃう。私の人でなしの友達が帰ってきたら「地獄に落ちろ」って伝えておいて
――あはは、言うねぇ。了解！
(軽くウィンクをして親指を立てる)

英語で何と言うべきか、相手はどんな風に返してくるか。いつものように脳内で会話をシミュレーションしてみる。想像であればいくらでも軽口がたたけるのに、現実には、こんな風に話せばよかった、あんな風に話題を広げればよかったと、いつも後から悔やむだけだ。もともと声が小さいせいで、第一声からつまずくことも多い。たとえ思い通りの単語がスムーズに出てきたとしても、相手の返事の意味が理解できなかったりする。

もうダメだ。足元から背中を這い上る寒気が股間を刺激する。いよいよ意を決して後ろのグループに向き合ったとき、ようやくセレステとクレアが戻ってきた。

「ごめーん、カフェが結構混んでて」

「あ、クッキーとコーヒー忘れた。ナオミも行ってきなよ、食堂ももう開いてるし」

「……いい」

せめてもっときちんと謝ってほしかった。怒りの表情を浮かべようとしても、顔筋までかじかんで、うまく動かない。

「……トイレ、行ってくる」

二人はごくごく軽いトーンで「お好きに」「ゆっくりしてきてー」と応じるや否や、すぐに彼女たちだけにわかる会話に夢中になってしまう。ああ、このやろう。

――すぐ戻るって言ったくせに一時間以上も！　どうせ便利要員だってわかってたけど、

ひどすぎる。くたばれ、このクソったれ！
――つい時間を忘れちゃって……謝るから、そんなに怒らないで
――借りたらそのまま授業行くから、私の絵もあんたたちが部屋に持ってってってよ。それぐらいやってくれるよね。いくらあんたたちが最低最悪のクズビッチでも？
（二人は気まずそうに押し黙る）

私が怒るなんて思いもよらない二人へ、思いつく限りのスラングを。

シミュレーションは加速して、本当に怒鳴っているかのように頭の後ろがぼうっとなる。でも現実の私は一言も発することなく、冷たい便器の上で、永遠に終わりそうもない自分の放尿の音を聞きながら、ため息をついている。

だって、屈託のないセレステに悪気はなかったのかもしれないし。だって、クレアは本当にお腹をこわしてトイレに籠っていたのかもしれないし。

自分の気弱さを、思いやり風味のオブラートに包んで飲み下すしかなかった。

すぐに列へ戻る代わりに、美術館の本館へ向かった。二人への小さな意趣返しのつもりだった。あまり意味はないけど。暖をとりたい学生のために、レンタル当日は美術館と学部棟が早朝から開いているのは予め《あらかじ》調べておいた。

イタリア・ルネサンス様式の、少し気後れするくらい威風堂々たる建物には、欧米の近・現代画家は勿論、アジアやアフリカ地域の美術工芸品に至るまで、多岐にわたる作品が収め

られている。いつ行ってもほとんど人がいなくて、自分の靴音以外は聞こえない静かな空間は、私にとって図書館に似た安らぎがある、お気に入りの場所だった。思い出した頃にひょっこり現れる警備のおじさんやお姉さんも、とても感じがいい。

今朝の静けさは格別だった。空間も眠ることがあるなら、今は間違いなく就寝中だろう。中央ホールを左に折れ、中東の工芸品が収まったガラスケースの間をぬい、近代セクションの風景画の部屋を通り過ぎる。

モネが描いた開きかけの藤の花、セザンヌの穏やかな山並み、ターナーの快晴の海原。表現主義の部屋の、クレーの蒸気オルガンやシーレの陰鬱《いんうつ》な少女の前をゆっくり歩く。その奥はフランドル絵画セクションだ。ルーベンスの黄金のドレス、テル・ブルッヘンの青白い肌と優しい手。半分くらいの画家の名とその作品は、ここに通い詰めている間に自然と覚えた。みんないつもと変わらず、そこにある。

セレステが言うような、芸術品の価値や歴史的位置付けなんて、知らない。これらの作品の何がどう魅力的なのか、日本語でも説明できない。ただそこにあって、私の心が動いている。好きだと思う。その言葉の不要さが、今の私には一層優しい。無音の空間の中で、さっきまで怒りで昂ぶっていた気持ちは、いつの間にか穏やかな波のように収まっている。

私が「夜に属する」を借りたいと言ったとき、セレステは歯牙にもかけなかった。Vから始まる発音すらできない名の画家は、有名でもなんでもなく、美術界では取るに足らない存在なのかもしれない。でも私は画面の中にあの少女を見つけたとき、小さな秘密の宝物を見つけたみたいに嬉しかった。あの絵が欲しい、あの絵がいいと思った、私の気持ちまでセレステに馬鹿にされるいわれはない――。

そうやって、せっかく気持ちを立て直したのに。

結局「夜に属する」は、他の誰かの手に渡ってしまった。セレステだって気にも留めなかった絵が、まさか私を待たずに借りられるなんて、ぜんぜん思いもよらなかった。

（アート狂が移動させたのかも）

持ち時間いっぱい、半ば泣きそうになりながらギャラリー中を探し回ったけど、見つからなかった。手が届かなくなると、ますます脳裏の青い森が鮮明になって、諦めきれない。

仕方なく代わりに借りた黄色い油彩の抽象画と幾何学的なシルクスクリーンについて、セレステは「なんか暗いし、平凡」と一刀両断だった。自分自身がそう言われているようで、私は腹が立つのを通り越してますます惨めになった。「ふーん」とノーコメントを貫いたクレアも、気に入っていないのがバレバレだ。彼女の借りた二つの写実的な風景画のテイストとはちぐはぐで、まるで私たち二人の関係みたいだった。セレステは目当てのシルクスクリーンが借りられたとご満悦だったけど、私にはその絵の良さが全くわからない。

やっぱり何もかもうまくいかないのだ。ぜんぶ、英語のせい。ぜんぶ、たぶん。

早朝の戸外にじっと立っていたせいで、アート・レンタルの翌日は頭も体もだるく、集中できない分だけ午前の講義の理解度はさんざんだった。講義を録音するのは秋学期で止めていたけど、再開した方がいいかもしれない。

学生会館の郵便ボックスには、母からの小包が届いていた。ホッカイロや私のお気に入りのコンビニ菓子の間に、左側に少し傾いた、懐かしい母の癖字で「尚美様」と書かれた封筒が入っていた。

> そちらはまだまだ寒いかと思ったので、ホッカイロを追加で送りますね。他にも必要なものがあったら教えてください。
> 連絡が遅くなって申し訳ないけど、新年の電話のちょっと後に、久子さんからあなたへ結構な額のお年玉を頂きました。一昨日そちらの口座に入金しておきました。定期のお手紙とは別にお礼状を書いておいて下さい。いつものように私からあちらへ届けます。
> 初めての学期、大変だったと思うけど、お疲れ様。冬学期の間、少しはゆっくりできましたか？　ルームメイトが帰省しても、留学生仲間がたくさん残っていたとのこと。キャンパスにひとりぼっちじゃなくて安心しました。パーティーはどうだった？　世界中に友達ができるなんて、本当に素敵なことだと思います。新学期も頑張って！
> いつも応援してます。
>
> 母より

1　1998年2月　大学美術館と食堂

筆不精の母にしては長めの手紙だ。まだ会ったことのない私の「足長おばあさん」である久子さんは、前回の手紙で、私が帰国しないことを心配してくれているようだった。きっとあの手紙の前後にお金を振り込んでくれたのだろう。考えるだけでぐっと胸がつまり、視界が少しぼやける。感情のタガが外れるどころかタガ自体が消えてしまったみたいだ。あらゆることに気持ちが振り回される。日本での私は、こんな泣き虫の、弱い人間じゃなかった。

この前の久子さんへの手紙にどんな嘘を書いたのか、記憶をたぐる。母は体の不自由な久子さんのために、私からの手紙を届け、読み上げてくれているので、私の手紙は久子さん宛てであると同時に、母への報告も兼ねていた。

世界で一番心配させたくない二人に、私は嘘をつき続ける。

日本への手紙やメールの中では、私はルームメイトのクレアとすっかり大親友だ。一年生寮の女子セクション、通称〝尼僧院〟に住む女の子たちもいい子ばかりで、食事をよく一緒にするクラスメイトや留学生仲間も多い。教授たちはいつも親身になって相談に乗ってくれて（これは本当）、十九世紀に建造された優美な建物が並ぶキャンパスでは、昼夜問わずいつもどこかで素敵なイベントが催されている（これも本当、ただしほとんど行ったことはない）。私の脳内と手紙の中にだけ存在する、眩しい楽しい、アメリカン・キャンパスライフ。

確かに一月の冬学期の間、ほとんど人の消えたキャンパスで何度か留学生グループに行き会った。「超寒いね」「帰国しなかったんだ」「ホリデー価格高すぎ」そんな他愛もない挨拶だけで、あっさり会話は終わった。本当はもっと話題を広げたかったけど、寒すぎたし、彼らも先を急いでいるように見えた。

――まわりに残ってる子がいなくて、さみしくって死にそう！
――あらら、これから皆で食事に行くから一緒においでよ
――いいの？　行く行く！　ウィンター・プロジェクトは何やってるの？
――見せてあげる。あとで私の部屋に遊びに来ない？
――いいねー！　みんなで集まろうよ！
（複数人で談笑しながら皆で一緒に食堂へ）

英語の教科書の例文みたいにスムーズで穏やかな、脳内シミュレーション会話ならいくらでも続いた。何度も聞き直したり、単語が出てこず妙な沈黙に焦るなんてこともない。手紙の中でも同じような勢いで、彼らとの楽しい予定をでっちあげたのだった。

留学生のパーティーは本当にあった。留学生カウンセラーのジョシュが、経済的な事情やビザの関係で母国へ帰国できない学生を全員、ホームパーティーに招いてくれていた。でも私は行かなかった。

そのことでジョシュから呼び出しのメールが来たのが十日ほど前。小言を言われるとわかっているので理由をつけては断ってきたけど、遂に避けきれなくなり、今日に至る。

ジョシュのオフィスがあるポッター・ホールには、主にフランス文学や東洋学、ラテンアメリカ学といった国際関係の学部オフィスや語学ラボなどが入っている。前世紀半ばに建てられた壮麗な建物の内部はいつも薄暗いけど、雪がちらつく今日は格別だった。吹き抜けを貫く螺旋《らせん》階段の上の方に、弱々しい自然光が辛うじて届いている。

「ナ・オ・ミー！　よく来たね。ずいぶん久しぶりな気がするよ。元気にしてた？」

留学生オフィスに響く、柔らかく陽気な声音と明瞭な発音。ジョシュの透明な青い瞳を見ていると、人間の器官にこんな色があることが、いまだに不思議でしょうがない。

「まあまあです……」

ジョシュの姓はペッパーで、博士号保持者だから敬称はドクター・ペッパーだ。日本で留学生オフィスからの手紙を受け取ったとき、アメリカではおなじみの炭酸飲料と同じ名の署名を見て、冗談かと思った。間違いなく歴代の学生たちのネタになってきただろう。

「君の秋学期の成績には感心したよ。ESL《非英語圏学生用英語クラス》受講生が学科でもストレート《すべて》Aとはね。並の努力じゃなかっただろうね」

留学生カウンセラーが各学生の成績まで把握しているとは予想していなかった。期せずして褒められて、固く閉じていた口がへろりと緩んでしまう。

その通り、並の努力ではないのだ。脳裏には秋学期の地獄のような四ヶ月が渦巻いて、疲労感までもが蘇る。

英語力のせいで教授の講義も、クラスメイトたちの質問も満足に理解できないから、最前列で講義の録音をし、授業後に何度も聞き直してはノートを作った。授業中の発言が成績にも重視される中、その場で発言ができない代わりに、教授のオフィス・アワーズにほとんど毎回訪れては、拙い質問をしまくった。ネイティブの学生たちですら悲鳴をあげる量の宿題をこなすには、睡眠時間を削るしかなかった。

毎晩閉館の二時まで図書館に詰めていたので、クレアには「私の幻のルームメイトは図書館に住んでると思うことにした」と言われたことがある。試験期間中は図書館が二十四時間開くことを知り、感動のあまり涙が出そうだった。A評価はこうした努力というか執念の賜《たま》物《もの》だ。

「勉強は君たち学生の最優先事項だ。君の成績は素晴らしいし、ご家族もさぞかし誇らしいだろう。だけどね、だからこそ、授業がないときくらいリラックスして、もっと社交的《ソーシャル》にならなくちゃ。例えばエリみたいにね。特に一年生の冬学期は絶好の機会だった……僕が何を言いたいかわかるよね」

わかっているから、ここに来たくなかった。

エリこと英梨子は日本の私立大学からの交換留学生で、たぶんこの大学で一番英語が話せないのが私と彼女の二人だった。他の留学生たちは、英語が国の公用語だったり、現地のインターナショナルスクール出身者や帰国子女ばかりなので、私たちのように日常生活から困るレベルの子はいない。

一年限りの交換留学で、両大学からの手厚いサポートを受け、成績も問われず単位だけ取ればいい英梨子は、ジョシュに感心されるくらい、ソーシャル・ライフに勤《いそ》しむ余裕がある。でも私はトップクラスの成績で卒業しなければならないのだ。英語のハンデを越えてA評価を受けるためには、ショッピングモール・ツアーやパーティーに参加する暇なんかない。

それに、留学生の集まりを避けている理由は勉強だけじゃなかった。

あれは学期初日に留学生向けガイダンスに参加したときだ。この大学に入学するために大学院レベルのTOEFL《留学生のための英語テスト》スコアをクリアしていた私は、英語力にそれなりの自信を持っていた。でもそんなものは、ガイダンス開始直後にあっけなく崩れ落ちた。

上級生たちやジョシュの英語はとうとうと、文字通り流れるよう。自己紹介する新入生たちの、あらゆる訛《なま》りの英語・英語・英語。途中から私の脳はすっかりパンクして、彼らの話す内容を〝言葉〟として認識することもできなくなってしまった。

大学からの特別受け入れプログラムを受けていた英梨子はそこにはいなくて、ガイダンス会場の奥に五、六人の日本人らしき学生を見つけたときは、藁《わら》にもすがる思いだった。

「へえー、トリツコーコーから……それってパブリック・スクールって意味？」

質問して来た男の子は、すぐに隣の女の子と彼らの地元であるニューヨークの話に夢中になり、明らかに私の返事を聞いていなかった。

「この学校で専攻anthropology《人類学》って変わってない？　アタシはpsychology《心理学》。psychiatristになりたくて……日本語で何ていうかわかる？」

皆がひどくアメリカ的であか抜けて見える中、比較的親しみやすそうに、つまり日本人らしく見えた女の子は、「精神分析医」と私が答えると「すごいじゃーん」と大げさに驚いた。彼女に英語力を試されたのだと気付いた。

蓋を開けてみれば、日本人留学生たちは皆、海外育ちかインターナショナルスクール出身者ばかりで、海外経験もなく、英語も話せない私をあからさまに見下していた。

同じ地域、同じ言語、同じ国、似たような容貌。留学生たちが互いの類似点を辿りゆるやかなグループを作る中、こうした〝日本人〟たちから離れて他の学生に話しかける勇気はもうなかった。傍で盛り上がる、英語と日本語が交じりあったちゃんぽん会話を聞きながら、十年近くも忘れていた、肌の表面が固まるような感覚を覚えた。

（これは私の言葉じゃない。彼らは私と同じ〝日本人〟じゃない）

英語ができないのに、母語を同じように話す仲間もいない。言葉も育ちも、どこを取っても私はこの場所に見合わないのだと、会場を満たす、あらゆる話し声が笑っているような気がした。

「ねえナオミ、どうしてパーティーに来なかったんだ？　メールは届いてたよね？　君の分のケーキも用意してあったんだよ。僕は君に、自ら壁を作らずに、ああいう機会に思い切っていろんな学生と話してみてほしいんだ」

十年以上この大学で留学生カウンセラーをしているというジョシュの言葉は、どこまでも誠実で真摯《しんし》だ。彼が本当に私のためを思って助言してくれていることはわかる。でも今は自分の気持ちや状況をうまく英語に変換して説明できる自信も気力もない。結局は私が、語学力をつけるしかないのだと思う。

「きぶんが、あまりよく、なかった。熱もあって……ここ、さむいから……」

アート・レンタルのお陰で、私の迫真の演技はもはや本物と言ってよかった。

「ああ！　そうだったのか。まだ声がかすれてるね、可哀想に。クリニックには行った？　学生証を見せれば無料で受診できるよ。これからはひどくならないうちに、ちゃんと診てもらった方がいい」

いやいや、ドクターに会いに行くつもりがドクター・ペッパーに会ったわけで。喉元まで出かかった言葉を飲み込み、「はい、そうします」とだけ言う。

ふざけたくても、今更できない。ジョシュのガラス玉のように透んだ青い瞳の中で、私はすっかり「この大学にいるのが気の毒なほど英語ができない、内気で愛想のない留学生」になってしまったと思うから。


学内最大の食堂であるジョンソン・ホールは私がもっとも苦手とする場所だ。連なる四角錐のガラス屋根が特徴的な白い建物で、古めかしい煉瓦造りの建物が多いキャンパスでは妙に近代的すぎて、異様に映る。

入学当初はクレアたちだけでなく、他の寮生や留学生とも食事を共にすることがあったけど、今ではすっかり一人で食べることが板についてしまった。

「朝ごはん食べた？」「ランチ行こうよ」「ディナーどこの食堂行く？」

寮のトイレで、教室で、図書館で、周りがいとも簡単に発する誘い文句を、私は口に出すことができない。そんな私を誘ってくれる子もいない。

二階へ上がる階段を上るにつれてなんとも形容できない匂いが強くなる。バーベキューソースもトマトペーストも、バターもジャムも何もかもが渾然一体となり、さらに洗剤や消毒薬や、昨日の残飯の匂いも合わさったような、臭気。どんなにお腹が空いている時でも、「美味しそう」とはとても思えない。

初めてこの食堂を見たときは、端から端まで三、四十メートルはありそうな配膳カウンターに度肝を抜かれた。ベジタリアンメニューを入れて、常にイタリアンだのチャイニーズだの、数種類のメインとサイド料理が並び、カウンターの向かいにはパンだけでなくクッキーやマフィン、パイも取り揃えたベーカリーコーナー。その隣には巨大トースターやワッフルメーカー、専用ジャムとホイップクリームに各種チョコスプレーを完備し、ホールの中ほどにはフルーツコーナーとサラダバーが続く。配膳エリアとテーブルエリアとの連結部分にはシリアルバーとドリンクバー、さらにアイスクリームコーナーまであった。

学内や街中でときどき見かける、お腹からお尻まで風船のように膨らんだ人々がどのようにできあがったのか、推して知るべしだ。日本にも太った人はいるけど、アメリカの肥満はレベルが違う。日本ではぽっちゃりのギリギリ手前だった私が、アメリカではスキニー《やせっぽち》と呼ばれるくらいだった。

この場所を訪れるたび、いつも「飽食」や「暴食」という言葉が浮かぶ。量が過剰になると食べ物が食べ物に見えなくなるということを、この国に来て初めて知った。高い学費に加えて、これら永遠に消費しきれない食料や、寮のスプリングの緩んだベッドに高額の生活費がかかっていると思うと、やるせないを通り越してほとんど腹立たしい。いくら他人のお金で賄《まかな》っているとはいえ。

食べたいという気持ちがわかなくてもお腹は空く。私はのろのろと〝チャイニーズ〟コーナーからフライドライス《チャーハン》と、インゲンとチキンのソテーを取る。おやつ用のリンゴに、数日分の夜食用として、半分残ったホールサイズのバナナブレッドを袋ごと失敬する。最初に他の学生がそうしているのを見たときは万引きを目撃してしまったような気持ちになったけど、今や真似ることに躊躇《ちゆうちよ》はない。魔法のようにいくらでも補充されるのだ。高い食費の帳尻を合わせなきゃ、というセコい考えも少しある。

食べたいという気持ちがわかなくても、私の体脂肪は確実に、もりもりと増えているはずだ。幸か不幸か、寮に体重計はなかった。

数人の男女グループが大声でしゃべりながらドリンクコーナーを占領して、なかなか順番が回ってこない。日本人の基本的性質が空気を読むことなら、アメリカ人のそれは傍若無人に振る舞うことだと思う。こちらが待っているのは気付いているはずなのに。エクスキューズ・ミーと声を張れない自分にも、それを見越したように好き勝手に振る舞う彼らの笑顔にも、イライラがつのる。

――このクソデブども！

頭の奥から悪意が日本語で吹き出してくる。

——まずいもんばっか食って、舌だけじゃなく目まで悪くなった⁉　早くそのデカい尻をどけろってーの！

頭の中でなら、とことん口汚くなれる。一度も口に出したことはないけど。私に比べて上背も厚みも二倍近くありそうな彼らに向かい、同じくらい汚い英語を投げつけてやれたなら、どんなに心が晴れるだろう。それとも彼らにとっては、わけのわからない日本語の方が、迫力が増すのだろうか。

(アメリカが嫌い。アメリカ人もみんな大嫌い)

自分が内側から、どんどんドス黒く煤《すす》けていく気がする。

ご飯がまずいと言葉も性格もまずくなるのかもしれない。日本での私はこんな暗くて惨めな人間じゃなかった。母と二人、美味しいご飯を食べるのも、作るのも大好きだった。夕飯のメニューが好物の日は、母が作るときでも自分が作るときでも、学校やバイトから帰るのが楽しみでしょうがなかった。美味しい、と最後に感じたのはいつだろう？

ため息をつく要領で、小さく日本語で「でーぶでーぶ」と言い続ける。もちろん彼らには一向に届かない。

「なおみぃ～、元気？」

少し甘えたような高い声の日本語が、いつもより一層柔らかく聞こえる。振り向くと、英梨子が皿を片手に立っていた。

「元気だよ。英梨は？」

「げんきげんきぃ」

教授ですらカジュアルな服装のキャンパスにあって、しっかりと巻かれた髪に丁寧な化粧、タイトなミニスカートにヒールのブーツと、英梨子は相変わらず典型的な日本の女子大生ファッションを貫いている。いかにも日本人的な彼女を前にすると、私は少しの羞恥と安堵を同時に覚えてしまう。

でーぶでーぶを聞かれただろうか。英梨子の淡いピンクに塗られた爪がアップルパイの皿の上で小さく光っている。私の視線に気がつくと、彼女はペロリと舌を出した。

「ヤバいよねぇ、すっかりハマっちゃって。こんなとこばっかアメリカナイズ。もう体重測るのが怖くってぇ」

アップルパイの上にはとけかけのバニラアイスが乗っていた。彼女の甘い声みたいなアイス。

「英梨は細いから、ちょっと食べ過ぎてもぜんぜん大丈夫だよ」

「みんなそう言うから、つい油断しちゃうんだよぉ」

実際英梨子は折れそうなほど細い。細くて顔も小さくて、ナントカというアイドル女優にちょっと似た美人だ。

「いや、私こそヤバいんだって。見てよこのバナナブレッド」

「まるごと⁉　やだぁーなおみ、それはヤバいよぉ」

構えることなく交わせる日本語の会話に、やはりすごくホッとする。

「……もう食べ終わった？」

期待半分に聞くと、英梨子は嬉しそうに頷いて、背後に立つ頭を剃りあげた白人の男子学生へちらりと視線を投げた。彼は英梨子に笑いかけ、私の方は見もしない。反射的に用意していた笑顔が宙に浮いて固まる。二人のテーブルに来るなというサイン、もし行ったとしても気まずいだけだよ、という示唆。言葉が話せない分、無言の空気が含むものに、この数ヶ月で私はずいぶん敏感になった。

「じゃあまたねぇー」

英梨子と男はそれぞれ皿を片手に、もう片方の手を互いの腰へ回して行ってしまった。

（紹介も、ないんだ）

ガラス張りの天井まで吹き抜けのフロアには光が溢れていた。テーブル席は八割方が埋まっていて、ざっと見渡す限り一人で食べている子はいない。皆が誰かと笑っている。でも私に笑いかけ、手まねきしてくれる人はいない。どんなに一人に慣れても、寄る辺なさが消えるわけではなかった。

窓のそばで耳障りな笑い声を響かせているのは、ガイダンスで私の英語力を試した女だった。周りに他の日本人もいる。彼らからできるだけ離れた席に、目が合わないように、背を向けて座った。

英語に不自由ない彼らでさえ、日本人だけで群れている。だから私がこうして一人で食事をするのも仕方ない。むしろ群れに逃げないだけ、ずっとマシだと思う。

〝もっと社交的にならなくちゃ。例えばエリみたいに〟――ジョシュの言葉が蘇る。

（英梨子のように綺麗で明るかったらね。英梨子のような余裕のある交換留学生ならね）

日本で会っていたなら、おそらく英梨子とは友達になっていなかったと思う。悪い人ではないと思うけど、ブリっ子タイプは昔から苦手だった。それでも、彼氏に紹介する必要がないと見なされるのは寂しいし、惨めだ。英梨子は英梨子で、冴えない私と一緒にいるのを見られるのが恥ずかしかったのかもしれない。私の彼女に対する苦手意識と少しの優越感を、感じ取っているのかもしれない。

思えば英梨子は初めて話したときから、「英語上達のためにネイティブの恋人を作る！」と宣言していたっけ。

（おめでとう、希望が叶ってよかったね。そっちは気楽でいいよね）

私にとっては英語の上達なんて、目標ではなく単なる過程に過ぎない。その上で四年間Aを取り続ける、つまり英語ネイティブの学生よりも優れた成績を収めなければならない。そうして、いずれ優等学生《オナー・ステューデント》として全米優秀学生会《ファイ・ベータ・カッパ》に入り、学費全額免除で全米トップの大学院を出て、研究者になるのだ。

英梨子を見下したくなんてないのに、黒い気持ちがむくむくと育っていくのを止められない。ルームメイトどころか、学内で唯一同じ言葉を話す人ともちゃんと友達になれない。だって向こうがひどいんだから――寂しさと、悔しさと、少しの嫉妬の裏返し。そんなこと自分でもわかってる。でも、だから何？

自分の強がりを意識にのぼらせないように、機械的に口に運んだパサパサのチキンとライスは、食べ物というより餌だった。

もう何を食べても味がしない。

2

1998年2月
大学図書館と
一年生寮

Antisocial Nuns
——私は非社交的です。

学期初めの図書館は閑散としていた。秋学期のテスト期間中は朝から晩までそこら中に学生がいて、地上四階地下一階の上から下まで熱気と殺気に満ちていた。今はガラガラの分だけ、コンクリート打ちっ放しの建物の寒々しさが余計に身にしみる。

地下のコンピュータールームでeメールを確認すると、高校の友人たちからメールが来ていた。すべてローマ字でみっちりと書かれた内容を解読するのに、しばらくかかる。英梨子のように、日本語ソフト入りのコンピューターを日本から持ってきていればいらない苦労だけど、余計な出費で久子さんのお金を使うのは、できるだけ避けたかった。

「…… kikokushitara karenokoto shoukaisurune! Watashimo itsuka America ikitaina. Naoha hontouni sugoi to omouyo!!（キコクシタラ　カレノコト　ショウカイスルネ！　ワ

タシモ　イツカ　アメリカ　イキタイナ　ナオハ　ホントウニ　スゴイトオモウヨ!!)」

　都立高校の同級生たちの多くは、都内の大学か地方の国立大へ進学していて、今は後期試験がほぼ終わり、初めての長い春休みを控えている時期だ。「彼氏ができた」という報告も、この半年弱の間にちらほら来た。

　多くの友人たちが経済的事情で進学先を絞らざるを得ない中で、留学できたことは本当に幸運だと思っている。そのことを後悔しているわけじゃない。でも、みんなが日本で送っているであろう、楽しそうな時間――様々なサークル活動、友達同士での遠出や外食、高校の時よりずっと高い時給のバイト――が眩しいと思えば思うほど、自分の今の状況は正直に伝えられなかった。「英語もまだまだだし、勉強も生活も大変」と書くのが精一杯だ。見栄やプライドではなく、皆との隙間をもう埋められないから、なのだと思う。「大変」の本当のニュアンスを伝えるには、日本とアメリカは遠すぎた。伝えるために振り絞る気力も残っていない。

「kareshino shashin okutteyo! Haruyasumi iina-! kocchiha spring semester ga hajimattayo! Benkyouni tsuiteikeruka madamada sinnpai......」(カレシノシャシン　オクッテヨ!　ハルヤスミ　イイナー!　コッチハ　スプリング・セメスターガ　ハジマッタヨ!　ベンキョウニ　ツイテイケルカ　マダマダシンパイ……)

　図書館の私の定位置である三階の南端は、相変わらず薄暗く、建物の裏に面した窓の向こうにはすっかり塗りつぶしたような暗闇が広がっている。さっきから物音一つしない。少なくとも十メートル四方、ひょっとするとフロア中、誰もいないのかもしれない。

二人がけのカウチの背もたれに頭をもたせかけると、毛羽立った布から独特の匂いが強くなった。これまで何人の学生がそこをスニーカーで踏みつけ、よだれを垂らして眠り、シャワーをさぼった頭を乗せたか分からない。もはや元の色を留めていない木目調のファブリックに、最初は寄りかかることすら抵抗があったのに、今ではいくらでもくつろげる。寮の枕の匂いよりも親しんでいるくらいだ。

クレアに言われたように、図書館に住めたならどんなに気楽だろう。授業と食事の時以外、ほぼ誰にも会わなくて済む。ソーシャル・ライフなんてクソくらえ。

行き場のない言葉たちは、私の内部でどんどん増殖し堆積している。いつか溢れ出して、私自身を飲み込んでしまうんじゃないだろうか。

一向に進まない教科書を脇にどけ、買いだめしてある大学オリジナルの便箋を取り出す。母の手紙を読み返しながら、考えていた文面を鉛筆で下書きする。情けなくなるほど日本語の字が汚くなった。漢字がパッと出てこなくなることが増えて、いちいち辞書で確認しなければ心許ない。英語もまだ不十分なのに、日本語も忘れていくなんて。あと一歩で絶望の淵に落下してしまいそうだ。

先日はお年玉をありがとうございました。こんなによくしていただいているのに、さらになんて恐縮です……。大切に使わせていただきます。

今学期は社会学、心理学、生物学、そして数学の授業を受講します。心理学と生物学はこの大学ではとても人気のある専攻で、評判のクラスなので楽しみです。

先日はルームメイトのクレアたちとアート・レンタルへ行きました。大学美術館が所蔵する本物の作品を一学期間借りて、寮の部屋に飾れるプログラムです。ピカソやルノワールなどの有名な芸術家のものは、前日の昼間から泊まりがけで並ぶ学生たちに借りられてしまいます。皆テントや寝袋を持参して、美術館の中庭や廊下で過ごすそうです。私たちはレンタル当日の早朝に行ったので、目当ての作品は借りられませんでした。でもクレアと一緒に素敵な絵を手に入れたので、満足です。寒い中、皆でパンとコーヒーを片手に頑張って並んだ甲斐がありました。一人二枚ずつ、合計四枚の絵を部屋にどのように飾るか、これから二人で相談するつもりです。

久子さんは、美術はお好きですか？　大学美術館のポストカード集をお送りします。成績も出ましたので、コピーを同封いたしますね。ではまたお手紙を書きます。

加藤尚美

一九九八年二月四日

山村久子様

嘘ばかりついていると、本当が見えなくなる。本当の私も、きっとどんどん薄れていく。薄れた私はますますこのキャンパスでは見えない人間になっていくのだ。

クレアとは、はじめこそルームメイト同士、食事やちょっとしたイベントで行動を共にしていた。できるだけ仲良くなろうと、お互い精一杯試みたと思う。学校側が配慮したのか、二人とも母子家庭育ちで、普通の新入生より一歳上の十九歳という共通点もあった。私は日米の学期区分の違いによるけど、クレアの場合は十一ヶ月年上の姉と、学年をずらすためだと言っていた。

大きなヘーゼルの瞳に透き通るような白い肌、長い手足。多くのアメリカ人は私の目には美形に見えるとはいえ、クレアはキャンパスの中でも目立つ方だった。彼女に見せてもらった高校時代のアルバムには、プロム・クイーンのティアラを被り、見惚れるほどハンサムな彼氏と一緒にドレスアップした写真が収まっていた。母親は弁護士で、持ち物からも相当なお金持ちであることは見て取れた。片や契約事務員の母のもとに育ち、質素倹約を旨としてきた私。もともと一緒にいるのが気後れするほど、不恰好なバランスのルームメイト同士ではあったのだ。

初めて会ったとき、中西部訛りのあるクレアの英語は、私には半分以上が不思議なお経のように聞こえた。つまり、ほとんど聞き取れなかった。TOEFLのリスニングで使われるのは基本的にニュース番組のキャスターたちが使うような標準化された英語で、この広大な、タイムゾーンが四つもある移民大国には、留学生の訛り具合と大して変わらないくらい、実に多種多様なアクセントがある。私はここに来るまで、そんなことも知らなかった。次第に二人の間には大した会話が成り立たないことが明らかになり、コミュニケーションを取るのに苦痛を感じ始めた。

「私ちょっと△er◯◯……でね、日本でもそうなのかなってA△i◯ry……」

「もう少し、ゆっくり、お願い」

「ごめんごめん、ナオミは東京でA△i◯ry私がer◯の時、どういう感じ……」

「あの、もう少し、ゆっくり、お願い」

「んーと、これくらーい、ゆーっくりなら、聞き取れる、かなー?」

「うん、わかる」

「まぁ私は確かに訛ってるけど……えーとだから……もういいや、何話そうとしたか、忘れちゃった」

何度こんな会話を交わしただろう。

聞き取れなくても、適当な相槌を打ちながら笑ってごまかそうとしたこともあった。でもそういう時に限って質問だったりするので、却って気まずくなってしまった。冗談や笑い話はもっと最悪だ。笑えないだけじゃない、何度もジョークを聞き直せば、誰だって興がそがれる。ましてや日本の友達といつもそうしていたように、ノリやツッコミで返すなんてとても無理だ。

他の部屋の、まるで幼馴染のように仲のいいルームメイト同士を見ると、寂しいのと同時に申し訳ない気持ちでいっぱいになった。クレアは私といる限り、彼女たちのように夜通し話し倒したり、週末をパジャマのまま笑い転げて過ごしたりすることは絶対にない。

まもなくクレアの瞳にも、明らかな失望と諦めの色が浮かぶようになった。こんなに英語の話せない留学生とマッチングをした大学側を恨んだりもしたかもしれない。やがてちょっとしたことを話すのも互いにためらうようになり、会話は極端に減った。

今では私の英語の聞き取りも、日常会話にはほとんど問題ないレベルになったけど、最初にできてしまった溝は、簡単に埋まりようがなかった。

そんな中でクレアとセレステが仲良くなるのは必然だった。たとえ私が英語ペラペラだったとしても、いずれ彼女たちは親友になっていただろう。

元プロム・クイーンのクレアと、エキゾチックな美貌のセレステは、並ぶと完璧なコンビだった。彼女たちのような人たちを指すクール・クラウド《イケてるグループ》という単語は後から知った。

よくアメリカのドラマや映画で出てくる、フラタニティ《男子学生友愛会》やソロリティ《女子学生友愛会》は、その排他的な性質から、差別やハラスメントの温床になりやすいという理由で、私たちの大学では禁止されていた。だけどももし存在していたなら、二人は知性・美貌・家柄を兼ね備えた、選ばれし女子だけが入れるトップのソロリティに間違いなくスカウトされていただろう、というのが周りの評判だった。

ラクロス選手であるセレステのルームメイトはしょっちゅう試合やら練習やらで不在にし

ていたから、クレアとセレステはますます本当のルームメイトのように、互いの部屋を行き来するようになった。今では自室へ帰っても、私が闖入者のように感じるくらいだ。

クレアとセレステが親友になることには一抹の寂しさがあったものの、私もセレステと話す機会が増えることは、単純に楽しかった。同性ながらどきどきするほど色っぽく、陽気でフレンドリーで、くるくると目まぐるしく変わる豊かな表情もひょうきんで。話しかけられると舞い上がってしまう、一緒にいることが一種のステータスのように感じる女の子。セレステはまさにクール・クラウドの典型だった。

でも少しずつ、花びらが枯れ落ちて腐っていくように、私の中でセレステへの違和感が広がっていった。ずっと私の英語力のせいだと思っていたけど、今はもうそれだけとは思えない。

彼女は私が困っていると、「オー可哀想なナオミ！　よしよし、大変だったねぇ」と、まるで大人が小さな子供に接するように大げさに慰めてくれる。最初の頃はその甘やかさが、心地よかった。何より親身になってくれていると思うと、嬉しかった。だけど彼女がクレアとまじめな話をする時は、声のトーンも聞く姿勢もあまりに違った。私の相談は真剣にとられていないのだと、否が応でも気付いてしまう。

実際、私はクレアやセレステにとって赤ん坊と同じなのかもしれない。対等になることは絶対にない、気の毒で小さな、意思疎通のできない生き物という意味で。

こんなこともあった。

2　1998年2月　大学図書館と一年生寮

秋学期に学生会館の地下にあるディスコで開かれた〝セーフ・セックス・ナイト〟というイベントへ、尼僧院と修道院《男子セクション》のみんなで行った時だ。私にとってはディスコもダンスも初体験だった。

昔ながらのミラーボールが回るダンスフロアの四方には、男女のセックスだけでなく、男同士、女同士、複数人でと、それぞれの組み合わせのアダルト・ビデオが音声なしで大写しになっていた。日本にいた頃、バイト先のビデオ店でパッケージ写真くらいなら見たことはあったけど、セックス自体を、しかもぼかしのない状態で見るのは初めてだった。呆気にとられてそれぞれの映像に見入る私を見て、皆が爆笑した。

「ヴァージンのナオミには刺激が強すぎちゃったね」

「マジで一度も付き合ったことないの？　日本人って高校で何してるのよ！」

「バイト、勉強、忙しかった」

「あたしは大学《ここ》で後ろ経験したーい。まだそっちはヴァージンなの」

「わかるー！　あと3P《スリーサム》もやっときたいよね」

日本の高校は公立の進学校だったこともあり、派手な子はほとんどいなくて、経験済みか否かくらいは話しても、これほど赤裸々な話題になったことはなかった。許容量をはるかに超えた単語がポンポン行き交って、私の頭は沸騰寸前だった。

「でもやっぱりお試しといえば……」

そう言ってセレステとクレアが、互いにぴったりとしたジーンズにつつまれたお尻を抱き寄せ合い、なまめかしく腰を振って踊り始めると、周囲に群がっていた男子学生たちが雄叫《おたけ》びをあげた。

学生の三分の一が、ゲイかバイセクシュアルと言われる私たちの大学では、在学中にストレート《異性愛者》がゲイと付き合うことを「お試し期間中《イン・トライアル・ピリオド》」と呼んでいる——というのは、自身が男性パートナーと暮らしているジョシュが、大真面目に教えてくれた。大学でのお試し期間を経て、自分の本当の性指向に気付くケースも結構あるという。

グラマーが服を着て歩いているような二人が舌を出し合い、タンクトップ一枚でたわわな胸を擦り合わせている様は、背後に見える本物のセックス映像より生々しかった。

「ちょっと見て、ナオミのかおー!!」

「そんな泣きそうな顔しないで! ジョークだから!」

「ノー! 今夜は部屋に帰って来ないで! あたしたち二人きりにしてよね?」

「り、りょうかい……」

「もう、セレステ! 私のピュアなルームメイトにいじわる言わないでよ」

あの瞬間は、いじられるのも楽しいと信じていた。何より、〝寮の友達と際どいテーマのディスコ・イベントに来ている〟という、いかにもイケてるシチュエーションに、私は少し酔っていた。

当時は入学して間もないのに、セレステはディスコ中の人を知っているかのように見えた。大人っぽい上級生や、他の寮の一年生たち、セレステが次々と行き合う〝友達〟に、尼僧院のメンバーを引きあわせる中、私はずっと蚊帳《かや》の外だった。

「この子はクレア、ケイトはもう知ってるよね、そっちがジャニーン、彼女のルームメイトのアマンダ……」

最後の最後に私が紹介される前に、必ずと言っていいほど彼らは新たな話題に夢中になったり、トイレで席を外したりした。本当に忘れられていたのか、故意なのか。どちらともつかず、怒ることも笑うこともできなかった。でも確実に言えたのは、男も女も、誰も私に興味を持たなかったということだ。自分がホールの薄暗い灯の下で、どんどん薄れていくようだった。

（ねえ、私のことは見えている？　私はここにいる？）

無視されたと思えば、次の瞬間には急に皆の前へ引きずり出された。両手をクレアとセステに摑まれ、必死に「ノー、ノー」と拒んだけど、すぐに抵抗を諦めた。皆の盛り上がりを邪魔したくなかったし、〝輪の中〟に入れてもらえるほうが、透明人間でいるよりマシと思ったのだ。

嬌声を上げる二人の見よう見まねで、なんとか体を動かした。両腕を上げて、腰をくねらせて。頭上からは大量のコンドームがばら撒かれ、私たちの隣で踊る半裸の男の、汗まみれの腕が一瞬触れたところが、いつまでも粘ついているようで気持ち悪かった。

「Go Naomi! Go Naomi! Oh Yeahhhh!」

不恰好な私のダンスを笑うみんなを眺めていると、いっぺんに様々な感情が押し寄せて、輪の中にいるのに、まるっきり一人なのだと思った。私は既にだいぶ酔っていたのだと思う。そしてどこまでも卑屈な笑いを浮かべていたのだろう。

私を笑うことで作り出される笑い。私自身は決して入れない笑い。あの寒々しさ、いたたまれなさを、私は知ってる。

同じなんだ——ぼんやりとしていた頭が冷たく冴えていく。顕微鏡のフォーカスを絞るように、周囲の輪郭がクリアになって、膝の上の教科書の重さを思い出す。

キンと音がしそうな静けさ。黒々と左右にそびえ立つ本棚や、天井にまばらに埋め込まれた青白い蛍光灯たち。それらがゆっくりと、私の上に落ちてくる気がする。どこにいるのか、どの時間にいるのか、自分の座標がわからなくなる。

(同じなんだ。小学生の私と)

私は変わったはずなのに。海をはるか越えて、アメリカまで来たのに。なんで今、こんな場所で、あんな思いを再び鮮明にしなくちゃいけないんだろう。

すべては同じ絶望だ。私は相変わらず、笑う側の人たちの中には決して入れない。

気分が落ちるところまで落ちて、私の中に空いた穴底のひびの間から、言葉にしてはいけない気持ちが今にも忍び込んでくる。これを完全に侵入させてしまったら——手紙の下書きが視界に入る。背中を押してくれた母や、支援してくれている久子さんが失望する様を想像して、後ろめたさに苛《さいな》まれた。

教科書は数ページしか進んでいなくても、いつの間にか二時間半も経っていた。読んだは

2 1998年2月　大学図書館と一年生寮

ずのページの内容も、ほとんど頭に残っていない。次の授業に向けて、あと二章は読んでおかなければいけないのに。焦ってアルファベットを追っても、するすると視界の端からこぼれ落ちていく。そんなことを数回繰り返した後、諦めた。

寮へ帰ると、まだ十時前なのに〝尼僧院〟の廊下はしんと静まり返っていた。部屋にはクレアの姿もない。皆が帰省していた冬学期に逆戻りしたみたいだ。目覚めると突然世界中から人類が消えていたという、昔読んだSF漫画を思い出す。部屋に帰りたくない、誰にも会いたくない、みんないなくなれ。そんな私の願いが、ひょっとして聞き届けられたのか。あるいはみんながいないのではなく、私がみんなの世界にいないだけなのか。

ベッドに思い切り体を投げ出すと、古いスプリングが悲鳴のように軋んだ。揺れに任せて目を閉じる——ここではないどこかの、静かな波間に浮いていると想像して。揺れが収まっても、ギシギシという余韻だけがいつまでも続く。それはよくよく聞けば真上からで、残念ながら人類が健在なのがわかった。

上階に住む上級生は、寮監の特権として与えられる個室で、週末が来るたびにボーイフレンドとセックスに勤しんでいるという噂だった。最初の頃は「さすがアメリカ！」と感心すらしたけれど、慣れてしまうとただただうるさい。よく飽きないな、とも思う。

激しくなったり、弱まったり、ギシギシは一向に止みそうにない。このままでは一晩中、下手をすると朝までコースになりそうだった。この上はこちらも爆音で対抗するしかない。作り付けチェストの上の、クレアがいつでも使っていいよと言ってくれた、最新式のステレオに手を伸ばす。

最初は気のせいかと思った。チェストの鏡の向こうの隣室から、微かな物音が聞こえた気がした。改めてじっと耳をすます。やはり、ごそごそと人の気配がする。

廊下を覗くと、隣室のドアがごくわずかに開いているのに初めて気付いた。隣の住人はアンドレアとジェシー。アンドレアはフレンドリーで感じのいい子で、クレアたちともよく廊下で気さくに話している。ジェシーは入寮時に「女だらけの尼僧院なんて申し込んだ覚えはないから、男女共用の上階にして」と案内役の三年生にしきりに文句を言っていたのを覚えている。

普段の私だったら、絶対にノックなんてしなかった。どうして思い切れたのか、たぶん一生の謎だ。ためらう前に手が動き、板が薄いせいか思ったよりずっと音が響くのに、体中が慄《おのの》いた。部屋の中から「カモーン・イン《入っといでよ》」とのんびりした声が聞こえた。

ドアを開けると、風呂上がりに見えるチリチリの黒い巻き毛を、簪《かんざし》のような棒状のもので無造作にまとめたアンドレアが、ベッド脇に据えられた机から顔をあげる。部屋には彼女しかいなかった。

「ハイ、お隣さん。調子どう？」

「まあまあ……あの、ジェシーや、みんな、いないんだ？」

彼女の気さくな雰囲気に、少し緊張が和らぐ。

「ジェシーはクリスマス休暇前に引っ越したの。クレアたちはテートのセミフォーマル・パーティーに行ったよ」

テート・ホールは古い石造りの外観が美しい上級生寮だ。そういえばシンデレラと王子のシルエットが印刷されたチラシを、キャンパスのどこかで見た気がする。散々映画やテレビドラマで見たプロムのような、ロングドレスとタキシードの、豪華なダンスパーティーを想像した。

クレアやセレステは今朝顔を合わせたときに何も言っていなかった。どうせ着ていくドレスなんて持ってないけど、義理でも誘われないのはやはり寂しい。置いてけぼりという言葉は英語にもあるのだろうか。

「あなた、いかないの？」

「ああいうの好きじゃないんだ。気取っててなんかね。部屋で好きなことしてる方がずっと楽しい」

パーティーが嫌いなアメリカ人がいるなんて。フォーマルパーティーなのだから気取ってこそ、なのじゃないだろうか。私の沈黙を別の意味にとったのか、アンドレアはひらひらと手を振って再び机に向かう。

「あたしの好みじゃないってだけだから。ナオミが楽しそうと思うなら、行けばいいと思うよ。クレアたちもまだいるだろうし」

本格的なパーティーに憧れる気持ちは強いけど、一人で、誘われてもいないのに行くなんて惨めなことこの上ない。また無視されたり、笑い者になったらと思うと、胸がキュッと萎む。

「ドレスないし、わたし、非社交的、で」

言いかけて、アンドレアの手元に目が吸い寄せられる。スケッチブックの上に、赤や青の鮮やかな色彩が躍っていた。

「それ、何描いてる？」

アンドレアはにやりと笑う。よくぞ聞いてくれた、とでもいう風に。

「今日すごくクールなもの見たの。ティペット公園《スクエア》のカレッジ・ロックに二人の学生が寄りかかってたんだけど、石に〝大統領の日〟の講演が告知されてたのね。それが星条旗の青地に赤いアクセントのペイントでさ、右側に立ってた彼女はジーンズにコートが真紅で、左側にいた彼は青いダウンジャケットにジーンズで……わかる？　なんか二人を合わせた全体が星条旗みたいだったのっ」

キャンパスのど真ん中にあるティペット公園の端に置かれた石を「カレッジ・ロック」と呼ぶのは初めて聞いた。いつも何か文字や模様が描いてあるなと思っていたが、単なる落書きではなくポスターのように使われているらしい。

アンドレアはものすごく情熱的な早口だった。早口なのに、発音はクレアよりずっとくっきりしていて聞き取りやすい。彼女の勢いに圧倒されながら脳裏にはその情景が鮮やかに立ち上がる。

「……わかる。かも」

「思わず『あなたたちはインスタレーション《空間芸術》の一部か何かなの?』って話しかけたよね。彼らも気が付いて『ホントだウケる』って。写真を撮れたらよかったんだけど、カメラもってなかったから」

　絵の中の男女には顔がなく、ラフな線で形が取られていて、ファッションデザイナーが描くようなイラストだった。アンドレアは話しながら背後にささっと緑の波線を付け足す。公園の木々のイメージだろう。おしゃれでいい味の絵だと思う。

「あなたの絵、すてき」

「ありがと!　弟に送って教えてあげるんだ。弟のエステバンはいま九歳なんだけど、ものすごくおもしろくて可愛いの。それもあの子が描いて送ってくれたんだよ」

　アンドレアが指差した先の、壁に飾られたパステル画は、水色の背景に糸のように細い手足が生えたタバコが走っているシュールなものだ。火のついた頭からは灰色の煙がもうもうとあがっていて、絵の下には拙いアルファベットで「no time to chill!(くつろぐ暇もない)」と書いてあった。chillは〝くつろぐ〟という俗語だけど、元は〝冷える〟という意味なので、炎にかけたらしい。

「いいね……これも好き」

　おそらく周りの大人たちの仕草や口癖から発想したのだろう。アンドレア似の巻き毛でふっくらした小さな男の子が、姉を笑わせようと一心にクレヨンを動かす様を想像して、自然と口がほころぶ。

「でしょ？　うちのエステバンってばサイコーでしょ？　もうだーいすき！」

私と同じくらい小柄なアンドレアの笑顔はとても大きい。あまりに大きくて、こちらまで飲み込まれて、朗らかになっていくみたい。

「わたしも、いっしょに描いていい？」

思ったことが、脳内で日本語を経ることなく、そのまま英語になって口から飛び出た。そんな感覚があった。自分でもびっくりする。

「もちろん！　非社交派お絵かきパーティーね。紙とかペンとか使う？」

「もってくるっ」

急いで部屋に戻ると、母の友人が昔プレゼントしてくれた水性色鉛筆セットを、ベッド下のダンボールの底から取り出した。時々はイラストを描いて楽しもうとわざわざ日本から持ってきたのに、日々の忙しさに今まで蓋を開くこともなかった。

心臓が今さらのように高鳴る。いつか脳内でシミュレートしたような、「友達になるきっかけ」の理想的な状況だ。理想的すぎると言ってもいい。自分らしくない行動をしてよかった。

念のためもう一度アンドレアの部屋のドアをノックすると、予想していた「カモン・イン」の代わりに聞こえたのは、「ちょっと待って！　入って来ちゃダメ！」という鋭い声だった。

頭が真っ白になる。去り際に何かしただろうか。私の知らないアメリカのマナーに触れて、アンドレアを侮辱してしまったのだろうか。廊下の静けさと寒さが再びひたひたと忍び寄る――すべては、私の妄想？　だとしたらいよいよ心の病気かもしれない。入学時に心療内科がカバーされた保険への加入を義務付けられたのも納得だ。

立ち尽くす私の前で、突然ドアが開き、アンドレアが顔を覗かせる。

「ごめん、お待たせ」

促され、混乱したままおそるおそる部屋に足を踏み入れる。室内は先ほどから変わった様子はない。

「あの、いいの……？」

本当は一人で過ごしたいのに、私に気を遣ってくれているんじゃないだろうか。言外の空気をつかもうと、必死で彼女の様子を窺う。

「え、まだ臭う？」

状況がまったくつかめない。自分は何か大きな勘違いをしているのだという不安が募る。すでに恥ずかしい。恥ずかしくて焦る。

「……f△◯ed……」

単語がよく聞き取れなかった。アンドレアの態度がおかしい。しきりにもじもじしている。私がぼうっとしていると、彼女はくるっと後ろ向きになり、下唇と舌でブブーッと音を鳴らしながら、部屋着に包まれた尻の上で手をぎゅっと握って広げた。もしかして。

「fart《おなら》……？」

アンドレアがはにかんで頷く。途端、お腹の底からふつふつと、ポップコーンのように空気の玉が跳ねた。堪《こら》えようにも、あまりのアホらしさで首から下に力が入らない。冷たい廊下で焦っていろいろ考えを巡らせていた十秒前の私。すべてはおならのせいだなんて。

「ルームスプレーして二十秒数えたんだよ？　本当にまだ臭う？」

アンドレアは蚊を追い払うように、両腕をめちゃくちゃに振り回して空気を攪拌《かくはん》する。その動作がまたおかしくて、私は自分でもびっくりするくらい大きく吹き出していた。危うく鼻水が飛び出すかと思った。

「……ぜんぜん、だいじょ……」おなかがよじれて息がうまく吸えない。口をパクパク動かして、何とか言葉を絞り出す。「……むしろピーチ、みたいな」

今度はアンドレアがブハッと吹き出す番だった。

「ピーチ！　ナオミ、いまピーチって言った⁉　私のおならが？」

「うん……おなら、ピーチ……」

もう何がおもしろいのかもわからない。でも永遠にひーひー笑い続けられそう。こんなに笑ったのは、この国に来て初めてかもしれなかった。アンドレアも手を叩いて全身で笑っている。互いの笑顔が作用して、笑いの連鎖反応が起きてしまう。

「浮かんじゃった！　『私のおならはピーチの香り！』って絵。エステバンに絶対ウケる」

アンドレアは素早くスケッチブックを一枚めくり、さらさらと何か描き出す。横からのぞくと、もじゃもじゃの頭で単純化されたアンドレアが、巨大な桃の上に乗っている絵が出来上がっていく。

「ティアラかぶせちゃおっかな。アンドレア・ザ・ピーチ姫」

日本だけでなく、アメリカでもスーパーマリオが大人気であることは聞いていた。

「まって、それなら、」

私は机の脇のベッドに腰掛けると、急いで自分のスケッチブックを開いた。役に立たなかったアート・レンタルのスケッチや地図を飛ばして、真新しいページに、赤の色鉛筆で思いついたイラストを描く。

「日本語に、MOMOJIRI……えーと、peach buttかな、そういうことば、あって。あの、おしりと桃、似てるから」

「モモジ……？」

出来上がった絵をスケッチブックごと差し出すと、アンドレアはキラキラした目で口を押さえ、オーマイガー、と高くか細い声を漏らした。

私は桃そのものになった尻を突き出し、振り返りざまにウィンクしているアンドレアのイラストを描いた。くるくるの髪の毛の上にティアラも忘れない。

「これっ……超アホでクール！　ナオミったら最高！」

自分でも、なかなか上手く描けたと思う。スケッチブックを抱えたまま、「my fart smells《私のおならは》 like a peach《ピーチの香り》」という文字と、桃の周りに匂いを表す波線を三つ、そしてMOMOJIRIと付け足した。ついでに「半ケツならぬ全ケツ」と言ってみたかったけど、ニュアンスが伝わるか自信がなくてやめた。アンドレアはイエーイ、とコロコロ笑いながら拍手をしてくれる。

「あたしも真似して描いていい？　エステバンに送りたいの」

「――この絵、あげる、よかったら。あなたの弟へ、プレゼント」

アンドレアが目を見開く。

ああ私、何か言い間違えた？

瞬間、アンドレアがサンキュー！　と叫びながら私の首に抱きついて来た。カールした後れ毛がくすぐったい。ほのかなピーチの香りは彼女のシャンプーだったらしい。「どう、いたしましてて」

「今度はあたしがナオミを描いてあげる。モモヒリ以外になんかおもしろい日本語ない？パインヘアとか、スイカおっぱいとか」

それぞれ想像して、二人で笑う。私はすっかりアンドレアが大好きになってしまった。

「あなた、アホで最高」

アンドレアの口調を真似してみる。

「知ってる。あなたもね、わかってると思うけど」

アンドレアはアート専攻志望と知り、アート・レンタルで借りた絵も見せた。思えば部屋に誰かを招くのも、英梨子以外では初めてだ。クレアとセレステに不評だった黄色い抽象画を、アンドレアはクールだと言ってくれる。キャンバスにちりばめられた子供の落書きのような幾何学的な塊を、「これはきっと男の人、こっちは犬かな？」などといつまでも熱心に見入っている。

「あたしも行けばよかったー！　タイトルの〝Tierra amarilla〟ってスペイン語で〝黄色い大地〟って意味だよ。この画家は南米かスペインの人かもね」

「ティエラ・アマリーリャ……すてき。スペイン語、話せる？　すごい」

「小学生レベルだけどね。父がドミニカンで、母がプエルトリカンなの」

その浅黒い肌の色や容貌から様々な血が混じってそうだとは思っていた。しかしそれぞれの国の位置は薄ぼんやりとしか想像できず、どんな所なのかも知らない。プエルトリコは確かグアムのような、アメリカ領だったっけ。

アンドレアがティペット公園の二人の絵を再開すると、私は絵を描くアンドレアをスケッチすることにした。ときどきお互いのスケッチを覗いては、親指を立てて褒めあう。彼女の部屋は動物の置き物やら木彫りの仏像やら、おもちゃ箱をひっくり返したように雑多な小物で溢れていて、眺めているだけで楽しい。互いの存在を歓迎しながらただ思うままに色鉛筆を動かす。その沈黙が心地よかった。何か気の利いたことを話さなきゃと気負わないでいられる。

アンドレアがルームメイトだったら。

ふと過《よぎ》った小さな思いつきは、瞬く間に膨らんで、想像が具体的な形を取り始める。せめて、みんながずっとパーティーから帰ってこなければいいのに。

思った途端、戒めのようにドアが大きく叩かれる。

「アンドレアァ〜！　ノックノーック!!」

廊下に野太い声が響いた。

「社交的な人間は入ってくんなー！　あっちいけ《go away》」

声音だけはひどく上品に、アンドレアが言い放つ。

「はあぁ!?　せっかくチップス持って来たのに、あんたXXXX！」

ドアの向こうの相手はアンドレア以上の早口で、アクセントがやたら強い。扉に遮られていることもあり、途中からまったく聞き取れなかった。

「やったー！　なら入ってもいいわよぅ」

バーンとドアにタックルをするような勢いで部屋に飛び込んできたのは、百八十センチは優に超えていそうな黒人女子だった。分厚い本を数冊と、巨大なポテトチップスの袋を抱えている。

「まったく根性曲がった女ね！　あら、ハーイ」

「……ハーイ」

驚きで声がかすれてしまう。目がチカチカするくらい鮮やかな黄色のターバンと漆黒の肌のコントラスト。ゆったりとしたダンガリーシャツの上からでもわかる豊かな胸や尻が、すごい存在感だった。部屋には香水なのか、甘い花のような匂いが広がる。

「ナオミ、マライカ。マライカ、ナオミ」

アンドレアが交互に指を差して私たちを紹介する。

「ナオミはあたしのお隣さんで、日本からの留学生。いま二人で非社交派お絵かきパーティー中だったの。マライカは私と同じクワイアにいる三年生」

「ジャパーン‼　アタシ、ジブリが大好きなんだ！　リトル・トーキョーでコピーしてもらったトトロとナウシカのビデオ持ってる。ハヤオ・ミヤザキは本物の天才だと思うわ」

彼女の大きな口から、慣れ親しんだ「ナウシカ」や「トトロ」なんて単語が出て来るのを、誰が想像できただろう。自分が褒められたわけでもないのに、じわりと嬉しくなる。

「……わたしも、大好き」

「ギブリ？　聞いたことはあるけど観たことないや」とアンドレア。

「アニメーションの概念が変わるよ。シンプソンズやディズニーとぜんぜん違う。あんたアート専攻するなら、ぜっっったい観た方がいいって。今度ビデオ貸したげる」

「あたしのシンプソンズに聞き捨てならないなぁ。でもそんなにいいんだ」

私は二人それぞれと目を合わせながら、返事の代わりに全力で頷いた。

「ナオミもアーティストなんだよ。見て見て、彼女のイラスト」

アンドレアが差し出した画用紙を見て、マライカは「オー・マイ！」と微笑む。

「なんなのこれ？　かっわいいじゃない」

アンドレアがさきほどまでの顛末をおもしろおかしく説明して胸を張る。

「これからはあたしのことをモモヒリって呼んでいいよっ」

「あんたのおならがピーチの香りならアタシのはココナッツだわよ。はい、おならの元」

マライカが巨大なポテトチップスの袋を差し出してくれる。

「……わたしのおなら、バラのかおり、かな」

ためらいを振り切り、できるだけさり気なさを装って言ってみる。通じるかな。言いながら胸がばくんと跳ねた。マライカは歯の間から空気を漏らすように、キシャーと笑い出す。なんて白くて綺麗な歯並びだろう。

「ナオミ、ハイファーイブ」

アンドレアが片手を上げたので、つられて同じ動作をすると、パチンと掌が叩かれた。ハイタッチはハイファイブというのか。小柄な体に似合わず大きなアンドレアの手は、ふっくらとして温かかった。

「んで非社交派お絵かきパーティーってなんなのよ？　定期的にやってんの？」

「テートに行かないパーティー嫌いが集まって静かに絵を描くっていう、ものすごく野心的な哲学に基づくパーティーでねぇ。実はちゃんと話したの、今夜が初めてだよね？」

アンドレアに言われて頷く。そんな相手の部屋で小一時間も一緒にお絵かきをしている自分が不思議だった。

「テートのセミフォーマルぅ？　行かなくて正解だって。あんなの踊れない金持ちのガキが行くもんよ」

「一〇〇パーセント同意」

二人は話しながらものすごい勢いでポテトチップスを食べ続ける。業務用かと思うような巨大な袋が、あっという間に空になりそうだった。日本のものよりはるかに塩味が濃くて罪悪感たっぷりな味は、確かに手が止まらない。

「あの、二人は？　〝クワイア〟って……？」

「ゴスペル・クワイア、教会で聖歌を歌う人たちのことだよ。ラーララー♪ってね」

さっきの〝おなら〟もそうだけど、アンドレアはごくごく自然に単語を説明してくれる。クレアや他の子と話すときには会話を中断させるのが申し訳なくて、聞き取れない、わからない、と聞き返すのはためらわれた。でもアンドレアは、私に単語を教えるのをむしろおもしろがってくれているように見える。しかもすごくわかりやすい。

二人はキャンパスに隣接する、町の教会の聖歌隊に入っているという。

「ナオミはゴスペル聴いたことある？」

「ない、と思う。日本で、教会にも行ったこと、ない」

「そっか、日本はキリスト教じゃないもんね」

クリスチャンもいるけれど、我が家は基本的に無宗教なのだと、なんとか単語を繋いで説明する。

「私たちの歌、聴きたい？」言いながら、マライカがアンドレアにウィンクする。

私は「イエス！」とぶんぶん頷いた。

「んー、今はなんとなくゴスペルって気分じゃないかなぁ」

アンドレアは顎に手を当てながら思案する。

「じゃあ私の歌《マイ・ソング》なんかどう？　この前ＣＤ貸したアレ」

「ああ、いいね！　ちょっと練習してみたかったんだ」

「マイ・ソング……って歌の名前？」

尋ねる私にマライカが、〝マライカ〟という名の歌があるのだと教えてくれた。

「スワヒリ語で〝天使〟って意味なの。元はタンザニアの民謡なんだけど、六〇年代にステイツ《合衆国》でも有名になったんだ」

「天使……可愛い、いい名前」

「んふふ、ありがと。ほれアンドレア、いけそう？」

アンドレアは両目を閉じると、水平にした掌を空手チョップのようにとんとんと喉に当て、「あーあー」と音を整える真似をした。「ＯＫ！」

それはゆったりとした、柔らかな旋律の歌だった。

マライカ　ナクペンダ　マライカ　ナクペンダ　マライカ

歌い出しの一小節だけで、ぞくりとする。二人ともとんでもなく豊かな声量だった。日本のアイドル歌手の歌なんて比較にならない。スワヒリ語は英語より母音がはっきりとしていて聞き取りやすいけど、当然ながら意味はまったくわからなかった。狭い寮の部屋に二色のメゾソプラノが重なり、絡まり、溢れていく。

インゲクオワ　マリウェー　インゲクオワ　ダダ

二人はメロディーに合わせてゆったりと体全体を動かす。そのしなやかな動きもまたシンクロしていき、音楽のようだった。

……インゲクオワ　マライカ　インゲクオワ　マライカ……

囁くような〝マライカ〟で、小さなライブは終わった。耳の奥に残る余韻に、いつまでも浸っていたいと思った。

夢から覚めたような感覚のまま、私は夢中で拍手する。どんなに早く叩いても、一人では気の抜けたようなちっぽけな音にしかならない。こんなものでは足りない、もっと湧き上がる地鳴りみたいな拍手が、二人の歌には相応《ふさわ》しいと思うのに。

「すごい、感動、ワンダフル！　二人とも、とっても、プロ。いい声！」

勢い込んで、言葉がつんのめる。この感動を伝える語彙《ごい》を持たないのが心底もどかしい。

二人は幻のドレスをつまむようにして、うやうやしくお辞儀した。

「スワヒリ語、話せる？　意味は？　何、歌ってた？」

「少しわかる程度だよ、父がケニアからの移民だから。流暢に話せたらいいんだけどねぇ。

でもこの歌の歌詞は超シンプルなの。ね、アンドレア？」

「えーと、僕の天使ちゃん、愛してるよ。でも金が無《ね》ぇ、金が無ぇ、困っちゃうよう。あーでも結婚してぇ、僕の天使、小鳥ちゃん、マジ愛してる。あー金が無ぇ、金が無ぇー……って感じだっけ？」

「まあ、そんなとこ」

「……かねが……」

再びお腹を震わすものを、抑えていられなかった。アンドレアの、妙な抑揚をつけた親父のような声真似もツボに入ってしまった。顔中に血が上り、声が出ない。目尻が熱くて耳がこもる。

「オー・マイ・ガ……」

くるしい、おかしい、くるしいおかしい。自分の笑い声までおかしい。ゆったりとした旋律のあの歌があまりにも素敵だったからこそ、ギャップが大き過ぎた。アンドレアとマライカも笑っている。

部屋の暖かさと相まって、内側から全身が溶けてしまったようだった。誰もいない図書館の薄暗がりで蹲《うずくま》っていた数時間前は遠のいて、ぼやけた視界の中で、今はすべてがただやわらかく見える。

「じゃ、アタシそろそろ行くね。これサンキュー」

マライカは、本やＣＤをアンドレアの机の上にどさどさと重ねた。クラスで使うテキストのように分厚くて巨大な本もある。

「まあぁ、テートのパーティーに行く気⁉　非社交クラブからは今日限り除名よっ」

「誰が行くか。明日はダイニング・ホールのベーカリーで早朝シフトなの。あ、あんたたち今月末によかったらコープ来ない？　メキシカンのスペシャル・ディナーだよ」

「やったー！　行く行く！」

「……コープ？」

よく母が洗剤や大袋入りのお菓子を買ってきていた、近所のスーパーを思い出す。昭和っぽいロゴが少し懐かしい。

二人の説明によると、コープは学生が共同で運営する食堂のことで、学内にいくつかあるらしい。マライカはその中の〝サード・キッチン・コープ〟に入っているという。言われてみれば、入学許可の手紙と一緒に送られてきたたくさんの書類の中に、「宗教上、健康上の制約がある場合は、ダイニング・ホールとは別にコープ云々《うんぬん》」というくだりを見た気がする。無宗教で健康そのものの自分には関係のないことだと、ほとんど読んでいなかった。

「どんな場所かは、来てみればわかるよ。そんじゃーね！」

来た時と同じように、マライカは騒々しく去って行った。薄く開いたドアからは、廊下を遠ざかる「トトロ」の歌が聞こえて、また笑いがこみ上げる。言葉のイントネーションは少し違うけど、やっぱりものすごくうまい。

「さーあたしも寝よっと。悪いけどナオミのことも追い出さないと」

時計を見ると間もなく真夜中になろうとしていた。寮の玄関ドアが乱暴に開かれる音に続き、誰かの笑い声が廊下を近付いてくる。

「あの、すごく楽しかった」

「あたしも。ナオミはいいお絵かき……非社交仲間だったよ」

「また、来ても、いい?」

「もちろん!　コープのスペシャル・ディナーも楽しみだね」

ほかほかした気持ちで部屋へ帰ると、ちょうどクレアとセレステも戻って来たところだった。クレアは薄いブルーのノースリーブ・ワンピース、セレステは光沢のある赤いミニドレスで、お揃いのアンクレットと脚線美を惜しみなく見せている。

「二人とも、とっても綺麗。パーティー、楽しかった?」

いつもより英語が滑らかな気がする。私から会話を始めることなんて滅多にないから、セレステが少し意外そうな顔をした。

「すっっっごく楽しかった。いろんな男の子といっぱい踊ってくたくた。北寮の二年生たちが部屋に来たがって断るのが大変でさぁ。ね、クレア?」

自慢げなセレステに対して、クレアは私を少し気遣うように言う。「ナオミも来れば良かったのに。また図書館で勉強してたの?」

マライカの「踊れない金持ちのガキ」という言葉が蘇る。ついでに「金が無ぇ」まで思い出されて、慌てて吹き出すのを我慢する。

「かね……ドレス、ないから」

「なに笑ってんの？　図書館にそんなおもしろい本でもあったぁ？」

やっぱりセレステは私を小馬鹿にしたいんだな、としみじみ納得する。数時間前までの私なら、萎縮して何も言えず、夜中に布団の中で思い出しては（くそう）と歯噛みしただろう。

「うん、楽しかった。図書館、最高！」

クレアとセレステが目を丸くして見交わす。ものすごく些細な瞬間だったけれど、私は透明でなくちゃんと彼女たちの前にいるのだと、思えた。

その夜のうちに、私は「黄色い大地」をベッドのヘッドボード側の壁に飾った。シルクスクリーンは勉強机の上に。どちらも予想していたよりずっと部屋に馴染んで、殺伐としていた部屋をちょっとだけ彩ってくれた。「夜に属する」だったらもっとよかったけど、アンドレアたちのお陰で、後ろ向きの気持ちはずっと薄らいでいた。

3
1998年2月
数学クラスと夜食

Non-Native Speakers ≠ Dummies
——私は英語が苦手ですが、愚かではありません。

今学期はジョシュのアドバイスに従って、微積分を取っている。人文系は専攻に向けた社会学と心理学、自然科学系は課題もテストもキツくて有名な生物学のクラスがあるから、一つ〝息抜き〟を取っておけ、というのがジョシュの意見だった。

前学期の〝息抜き〟は英語基礎クラスのはずだったけど、現実はそれとは程遠かった。微積分なら時間を取られるリサーチや論文課題がないし、すでに高校で学んだ範囲が大部分を占めているから、成績《GPA》の底上げも狙える。そして授業も宿題も、予想通り簡単だった。ただ一つ、スタディー・グループを除いては。

学生同士が集まって復習や課題を一緒に勉強するスタディー・グループは、任意ではあっても、どの授業でも奨励されている。科目によっては課題自体がグループワークになること

3 1998年2月　数学クラスと夜食

もある。クラスメイトと仲良くなるチャンスと思い、誘われるままに参加して、すぐに現実を知った。

　私は数式を書けるし解けもするけど、英語の数学用語がわからない。だから説明ができない、誰かに教えることもできない。それはすなわち、スタディー・グループでは役立たずを意味する。

　今日も私は沈黙の役立たずとして、小さな部屋にいたたまれないまま座っている。

「図がこうなるとして」名前を忘れてしまった赤毛の男子学生が、ホワイトボードに問題文を図解する。多くのアメリカ人同様、字が恐ろしく汚い。彼の大きな体が図書館でも最小のスタディー・ルームを圧迫して、ひどく暑かった。

　宿題の最後の設問に皆が頭を抱えていた。そのうちにインド人留学生のラクシュミーが「わかったかも」と立ち上がり、スラスラとボードに数式を書いていく。「よってXはマイナス一になる。どう？」

　皆がなるほど、とほとんど同時に頷く。三人いる男子学生は彼女が綴る数式ではなく、その信じられないくらい整った顔に見とれているのが丸わかりだった。噂ではマハラジャの末《まつ》裔《えい》で、家族はインド洋に小さな島を所有しているらしい。留学生歓迎会で顔だけは知っていたからか、私をグループに誘ってくれたのは彼女だ。

「じゃあ面積は三分の一、ね。みんな分かった？」

「えっと、そうじゃない、と思う」

皆が彼女の数式をノートに書き写す中、思い切って言ってみた。うまく説明できる自信はまったくなかったけど、そろそろ汚名を返上しなければ。「それ違う、なぜなら……」

前提になる図がすでに違う。正しい図から共有点の座標をそれぞれ割り出すと、未知の値Xは二となり、よって面積は二分の九になる。数学用語など無視して、ひたすら知っている英単語で意味を繋げて説明する。

私が英語を話し出すと、一定の割合で「はぁ?」と顔を歪める人がいるが、今も男子たちがあからさまにそんな顔をしている。この表情に、この半年間じわじわと削られてきた。でも絶対に、私の答えが合っているはずだ。

たまらずホワイトボードに向かった。赤毛男子とラクシュミーが書いた図と数式を消し、もう一度説明しながら、正しいものを書き直す。「……だから、答え、二分の九」

ようやく説明し終えて振り向いてみれば、誰も聞いていた様子がなかった。会話に夢中になっていたり、教科書のまったく違うページを開いていたり。ラクシュミーに至っては、静かに帰り支度を始めている。

「そろそろ次のグループに行かないといけないから。みんな、お疲れ様」

「サンキュー、ラクシュミー。君がいて助かったよ」

「今晩マークの家のパーティー行く?」

「課題が終わったら行くかも。パーク通りの端っこの、青い屋根の家よね?」

同じ部屋にいても、私と彼らの間には高いパーテーションがそびえていた。英語という名前の、無機質で得体が知れなくて、どこまでも続く灰色のパーテーション。

誰も皆、忙しいのだから、ネイティブなら数十秒で済むところを、私のたどたどしい英語にじっくり耳を傾けて、その意味を理解しようと努力する、そんな暇も義理も、彼らにはない。私だって逆の立場なら、気力と根気を要する会話なんて、できるだけ避けたいと思うだろう。

わかってはいても、それでも。

ラクシュミーにこんな風に扱われるのはショックだった。インドのエリート層は基本的に英語が流暢とはいえ、同じ留学生なのだから、もう少し配慮があってもいいじゃないか。

たぶん私の拙い語学力は、そのまま知能レベルに繋がると思われている。だから、対等の人としての敬意も不要——彼らの認識はきっとそんなところだろう。語学力では皆に劣っても、数学力は勝るのがわかっているから、そしてそれをわかっているのは自分だけということが、なおさらもどかしくて悔しい。

「私はあなたの解答が合ってる気がするわー。なんとなくだけど」

最後まで部屋に残っていた黒髪の白人女子が、うずめていた教科書からおもむろに顔を上げる。ずっと寝ていると思っていたけど違ったらしい。確かダーリーンという子だ。初めて聞いたときはそれが英語圏では一般的な名前と知らず、自称「ダーリン」なのかと耳を疑った。

「ちょっと数式書き写すから、消さないで待っててくれるー？　あとで考えるわ」

「あの、もう一回、説明する？　よかったら」

ダーリーンは一瞬戸惑った様子を見せたけど、すぐに「ぜひお願ーい！」と笑った。

もう一度、今度はノートの上で一つ一つの計算ステップを確かめるように説明する。ダーリーンから「それはつまり、こういう意味？」と数学用語を交えて聞き返されると、次第に私の説明もスムーズになった。最後には、晴れ晴れとした彼女の表情から、完全に理解してくれたのだとわかった。

「あの人たち、あなたの答えをちゃんと聞かないでバカを見たねぇ。私たちだけ正解よー」

「よかった……なんで、信じてくれたの？　みんな、わたしのこと、間違って大学きた、子供みたいなバカ、と思ってた」

「だーって、あなた日本人でしょー？　日本といえば数学じゃなーい。むかし従兄弟《いとこ》が数学オリンピックに出たんだけど、日本はものすっごく強いって言ってたわぁ」

「でも、わたし文系。でも、高校で、微積分習ったの、実は」

「じゃあ無敵じゃなーい！　これからは、あの失礼な〝インド姫とその取り巻き〟は無視して二人で勉強しましょ」

「ぜひ！」

　次の授業で宿題の答え合わせをしたとき、正解したのは案の定グループ内では私たちだけで、教室でダーリーンと「やったね」と目配せし合った。ラクシュミーとその取り巻きからは何のリアクションもなくて、くすぶった気持ちは完全には晴れなかったけど、（ざまあみ

3 1998年2月　数学クラスと夜食

ろバーカ！）と心の中で叫んで何とか収めた。

そののんびりした話し方から、勝手にどこかの田舎から来たのかと思っていたら、ダーリーンはボストンの出身だった。

「でも八年生からずっとコネチカットの森の中にいたのよー。今はトウモロコシ畑の真ん中だし。とても自分をシティガールなんて言えないわー」

聞けば全寮制のプレップスクール《大学進学準備校》に五年間入っていたという。そういう人を〝プレッピー〟と呼ぶことは、日本のファッション誌の特集で知っていた。彼女がかなり裕福な家の出であることは容易に想像できたけど、カジュアルな恰好にも言動にもまったく驕《おご》ったところがない。

ダーリーンが他の人と話すときにはごく普通のスピードであることは、間もなく気付いた。

「私の学園にも世界中からの留学生がいたのよー。寮監だったとき、よく彼女たちの面倒をみてたから慣れてるの。私の英語、聞き取りやすいでしょう？」

「うん、わかりやすい」

「面倒をみる」という言葉に少し複雑な気持ちになったけど、アンドレアとはまた違った形の親切なんだと思い直す。悪いとは思いつつ、ダーリーンのがっしりとした下半身や大きめの顔にも密かに親近感を覚えた。アメリカ人の誰もがクレアやセレステのような、リアル・バービー人形というわけじゃない。

ダーリーンとは自然に授業のあった日の夜にスタディー・グループを組むようになった。

勉強のあと、彼女に誘われて初めてフォース・ミール《夜食》にも行った。朝昼晩の三食とは別に供される軽食で、金・土をのぞく夜九時から二時間だけ、デイトン・ホールという寮に併設された食堂で提供される。メニューはフライドポテトやパンケーキという、おそらくすべてインスタントの、料理とも呼べないジャンクフードだったけど、味が決まっている分、食堂で出される〝普通〟の料理よりずっとマシだった。

「私フォース・ミールが一番好きよ。食堂はシリアルとサラダとワッフルしか食べるもんないわー」

「本当に。ありがと、ここ来れて、とても嬉しい」

これまでフォース・ミールの存在は知っていても、誰にも誘われることがなく、一度も来る機会がなかったのだ。

「日本人と知り合えて、私もすっごく嬉しいのー！　ディスカバリー・チャンネルで見た京都なんてエキゾチックで美しすぎる。いつか絶対行きたいわぁ！　あとスシも好きなのよ。生魚は苦手だけど、前に食べたアボカドのスシはとーっても美味しかったぁ！」

「京都、とても綺麗。いつか日本、来てね」

大きな身振り手振りに豊かな表情、大げさなくらいの、たくさんの感嘆の言葉。ダーリーンはアメリカのホームドラマから抜け出てきたような女の子だ。とことん善良で陽気な、典型的アメリカ人という感じ。「アボカドの寿司は日本では見たことない」なんて余計なことは言わない。それよりも、勉強終わりに食堂で夜食を食べるという、絵に描いたようなキャンパスライフの方が、私にはずっと大事だ。

「ナオミもボストンに来たくなったら案内するから言ってね！　歴史があって綺麗な町よー。大学もたくさんあって、ちょっとヨーロッパみたいな感じ」

「うん、行ってみたい」

この頃の順調な日々はすべて、アンドレアの部屋のドアをノックしたあの夜から始まっている気がした。ソーシャル・ライフなんてクソくらえと思っていたけど、今は少しジョシュに謝りたい気分だ。


新学期のお便りと、素晴らしい成績表をありがとうございました。様々な分野のお勉強ができるのは楽しみですね。ぜひあなた様の知的探究心を満たしてください。

本物の美術品を借りられるプログラム、なんて素晴らしいんでしょう。日本ではとても考えられないですね。お友達と寒さに震えながらも、楽しげな様子がお手紙からも伝わってきました（でも風邪などひきませんでしたか？　少し心配です）。

ポストカードもありがとうございます。前にいただいた写真立ての隣に飾らせていただきました。大学美術館にモネがあるとは驚きです。聖セバスチャンの絵も、悲しげですが、美しい絵ですね。

夫の生前にはよく地元の美術館やデパートの展覧会へ足を運んだものです。旅行先でも美術館をよく訪れました。東京へ旅行した際に、子供たちも連れて上野まで「フランス美術展」を観に行ったことを懐かしく思い出します。

お勉強にお友達とのお付き合いに、ご多忙のことと存じますが、お身体を大切になさってください。次のお便りも楽しみにしております。

山村久子

一九九八年二月十三日

加藤尚美様

4
1996年
留学準備と老婦人

Calling to the U.S.
――留学のために、必死で勉強しました。

大学へ入学するまで、手紙といえば友達への年賀状くらいで、あとは授業中に内緒で友人たちとやり取りするメモ程度のものしか書いたことがなかった。

英語での住所や宛名の書き方にはすぐに慣れたけど、日本語の手紙の書き方にはいまだ自信が持てない。上品でおそらく上流階級の老婦人である久子さんに、マナーに反した書き方をしていないか、敬語が間違っていないか、心配は尽きない。「友人でも親戚でもない目上の人に送る手紙の書き方」なんてマニュアルがあったら、意地でも日本から取り寄せるのに。

この半年間のやり取りで、当初久子さんに対して感じていた緊張や疑心はだいぶ和らいだ。穏やかで優しい人柄が、品のいい文面の端々から感じ取れるからだと思う。

でも、たとえ久子さんがとんでもない人でなしでも、極悪な犯罪者でも、私の気持ちは絶対に変わらない。ずっとこの先も、死ぬまで感謝し続ける。彼女のお陰で私は今、この場所にいられるのだから。

東京の都立高校に通うごく普通の高校生だった私にとって、二年の三学期まで、アメリカ留学なんて遠すぎる夢だった。ただそれまでも英語はずっと好きで、得意科目でもあった。その素地を作ってくれたのは、私が六歳のときに死んだ父だ。

ほとんど薄れた父との記憶の中で、わずかに輪郭を保っていたのは、簡単な英会話を学んだ時間だった。父自身が、幼い頃に近所に住んでいた日系アメリカ人に英会話の手ほどきを受け、高じてアメリカのフォークソングやハリウッド映画に夢中になり、英語に磨きをかけた人だった。母によれば、突然亡くなる直前まで、物理学者としてアメリカの研究機関で働くことを目指して、英語の論文にかかりっきりだったらしい。

自己紹介から始まり、数字や簡単な挨拶、父から習ったフレーズは他愛ないものばかりだったけど、間違いなく私の英語への興味を喚起した。母が戯れに録音したテープには、父と小さな私のレッスンが記録されている。

「はろー・あいむなおみ。はうあーゆー？」

「ナオミって外国にもある名前なんだよ。どこに行っても通用するように、パパとママで相談したんだ。向こうでは〝ネイオーミ〟って発音するらしいね」

「はうあーゆー⁉」

4　1996年　留学準備と老婦人

「ごめんごめん、good、thank you!」

「あんじゅー?　言って!」

「おぉっと、good、thank you!　and you?」

「えへへへ、ふぁいん・せんきゅ!」

幼児の私は「and you?」と言うのも聞くのもなぜか好きだったらしい。「あんじゅーあんじゅーって何度もせがんできて、えんえん終わらないの」と母から幾度も聞かされた。おまけに誰彼かまわず通行人に英語で挨拶を試みていたので、フレンドリーが過ぎていつかいとも簡単に誘拐されるんじゃないかと、父も母も気が気じゃなかったという。

高二の英語担当の村田先生はクラス担任で、私のバイト先のビデオ店の常連でもあったので、自然と親しくなった。私が時々もらえる店の在庫整理品を観るとき、字幕を隠してリスニングの練習をしている話をしたら、英語の本を読むことを勧められた。

「英語に限らず言語学習というのは読書から入るのが一番いいの。おすすめは自分が好きな本の原書もしくは英訳本を何回も読むこと。日本語で読んだことのあるものなら、知らない単語があっても大意がつかめるでしょ」

「単語を調べなくてもいいってことですか?」

「最初から逐一調べなくてもいいってこと。繰り返し読んでいるうちに、それさえわかれば文章の意味がつかめる、ポイントになる単語が見えてくる。そこだけ調べてからもう一、二回、ぜんぶスムーズに理解できるまで読む。好きな本を選ぶことが重要なのは、そうやって繰り返し読んでも飽きないから。一冊の本をスラスラ読めるまで反復したら、単語も文法も読解も、総合的な英語力が三段階は上がってるはずよ」

先生は授業では典型的な〝日本人の英語〟発音で話す人だったけど、職員室に行けばいつも英字新聞を広げている姿が恰好良かった。

私はすぐに、先生おすすめの、外国語の本が充実した古書店に通うようになった。最初はエルマーのぼうけんシリーズや松谷みよ子作品といった、慣れ親しんだ児童書から始めて、やがて川端康成やスタインベック、村上春樹やダニエル・キイスなど、好きな日本の本の英訳、有名な本の原書を取り混ぜながら読み進めた。先生が言った通り、英文を読むことに慣れていくと、映画のセリフも以前よりずっと聞き取りやすくなった。ラブコメ映画の字幕を隠したままで下ネタジョークに吹き出したとき、確かに自分の〝英語力〟が上がっていることを実感した。

大学進学率一〇〇パーセントという進学校の中では、二年生の三学期ともなれば否が応でも進路を意識せざるを得ない。友人たちとの会話の中にも推薦枠やセンター試験といった単語が自然と出てくるようになっていた。

家計の状態を考えれば、奨学金を得た上で、他の多くの同級生たちと同じように国公立進学を目指すのが順当な進路だった。でも私の中では留学の二文字が日増しに大きくなってていた。「父の遺志を継いで」なんて感傷はなく、映画やテレビが見せてくれるアメリカという明るい夢に、ただ漠然と憧れていた。

日本の公立にあたる州立大学でも、日本よりずっと高額な学費、渡航費、在学中の生活費——お金のことを考えれば考えるだけ、アメリカは遠のいた。高校の進路志望調査票には、都内の国公立大学の文系を適当な順で書いておいた。諦めなければいけない現実を明らかにするのは、できるだけ先延ばしにしたかったのだ。だけど村田先生はそんな私の心の内をとうに察していた。もしかしたら私自身よりもずっと早く、はっきりと。

「これ、加藤に」

バイトの時間までの間、ＬＬ教室で先生オススメのＣＤを聴いているときだった。先生がいきなり差し出した真紅のパンフレットには“Fisher Foundation《フィッシャー基金》”と、金色の文字が立体的に印刷されていた。

「アメリカの大学に進学する学生に、返済不要で四年分の学費と生活費を支給してくれるんだって。私立で教えてる友達から聞いたの。あんたは興味あるんじゃないかと思ってさ」

驚きで言葉が出ない私に、村田先生は音楽にうっとり耳を傾けながら、「やっぱ都立と違って私学にはいろんな情報が集まるのよねぇ」と歌うように呟いた。

「なんで……？」

私の気持ちがわかったんですか。いつから気付いていたんですか。私の混乱と疑問を吹き飛ばすように、先生は高らかに言った。

「いいじゃない、留学。行ってこい行ってこい！　私もあと二十歳若かったら応募したかったわよ」

「……でも、すっごい競争率が高いんじゃ…」

「そりゃそうだ。合格率二・五パーセント、司法試験より狭き門ね」

絶望的な事実を告げているのに、先生の声音は明るいままだった。

「でもやってみなきゃわからない。英語力だけならあんたは日本のどの大学でも受かる。それは私が保証する。せっかくだからほんのちょっと上を目指す、くらいの気持ちでいいんじゃない？」

「ほんのちょっとって……」

これがほんのちょっとなら、わたし司法試験どころか空も飛べるはずですよ——そうよ飛んで行きなさい、ほら、アメリカが呼んでる——スピーカーから流れる、気怠げな女性のアルトボイスは、確かに「あなたを呼んでるの、聞こえない？　あなたを呼んでるのよ」と繰り返していた。

「アメリカ、こんな声なんですかね」

偶然なのか先生の周到な仕込みなのか、あきれ返りながら、笑ってしまった。そうやって、私の無謀とも言える留学準備は始まった。

フィッシャー基金が援助するのは大学の中でもリベラルアーツ・カレッジ《教養大学》進学者に限られる。それは、いわゆるアイビーリーグや州立大学といった、大学院のある総合大学《ユニバーシティ》と違い、自然科学・人文科学・社会科学にわたる諸分野の教養を身につけることに重きを置く、全寮制・少人数制の大学ということだった。創設者のフィッシャー氏は元ＧＨＱの教育担当官で、戦後の貧苦に喘《あえ》ぐ日本の子供たちを援助し、例えばリベラルアーツ出身で同志社大学の創立者である新島襄《にいじまじょう》のような、日米の架け橋となるリーダーを育てたいと考えたそうだ。

　この他にも、パンフレットには日本ではほとんど知られていないリベラルアーツ・カレッジのトップ校が、いかにアメリカのエリート養成機関であるかが、くどくどと説明されていた。

（そうは言っても有名な総合大学の方が結局はレベルが高いんじゃ……）

　半信半疑で読み進めた私は、次の段落で一気に前のめりになってしまった。

「リベラルアーツ・カレッジのもう一つの特徴が、その大学院進学率の高さです。トップ校では、五年以内の大学院進学率が八〇％を超えます。アメリカ合衆国では、真の専門教育《ハイアー》／高等《ラーニング》教育は修士課程から始まると考えられており、名門総合大学の多くは、その評判を、大学ではなく大学院の実績によっています。それだけに名門大学院は狭き門であり、卒業生の社会的ステータスは日本の比ではありません。リベラルアーツ・カレッジでは、少人数制を生かしたきめ細かな指導をすることで、こうしたトップクラスの大学院で通用する学力・思考力を徹底的に鍛えるのです」

　父の夢を追おうと思っていたわけじゃない。だけど漠然とした自分の未来を思い描くとき、父のようにずっと夢中になれるものを探し、その道の専門家になりたいという思いは強かった。留学して、大学院へ進んで、いつか博士号を取り――気の早い私の想像力は、角帽を被った私を見て、泣いて喜ぶ母の姿まで映し出していた。

だけど母には留学を目指すことは打ち明けなかった。調査票に書いた通り、都内の国公立進学を目指し、落ちたら就職を考える、とだけ伝えた。

「通学圏の大学が難しいなら地方だって、都内の私立だっていいのよ。お母さんなんとかするから。どうしても行きたい学校があれば、浪人したっていいんだし。とにかく、進学を諦めるのだけは絶対にダメ。お父さんにも顔向けできない」

母はもしもの事態に備えて、土日まで新たな仕事を増やしかねない勢いだった。小さな印刷会社で契約事務員として働く母は、バブル崩壊後の不況の中で正社員以上に働くことで首をつなげているような状態だった。父が生きていた頃の写真では私と同じような小太りだったのに、その頃にはすっかり首や肩が薄くなっていた。

この上に留学したいなどと言えば、どれだけの心労をかけるかわからない。フィッシャーの奨学金を獲得できなければ、一年でかかる費用は私大医学部並みの進路なのだ。口が裂けても言うまいと思った。私は留学準備と並行して、国内大学向けの受験勉強にも本腰を入れた。

フィッシャー基金への出願には、毎月開催されるTOEFLの点数と、日本語の小論文、高校の成績表と家族以外の人からの推薦状が二通必要だった。推薦状は村田先生と、文学部出だというレンタルビデオ店の店長が書いてくれることになった。

TOEFLの満点は六七七点、合格ラインは名門州立大学がだいたい五五〇点、アイビーリーグやトップのリベラルアーツは六〇〇点だ。フィッシャー基金に点数の基準は明記されていなかったけど、卒業生たちの実績を見ても、ライバルたちは六〇〇点を超えてくる可能性が高かった。

基金への応募期限は十月で、書類選考に通れば筆記試験、それに通ると十一月に最終面接がある。TOEFLの点数が出るまでにかかる時間のことを考えると、八月のテストが最後の勝負で、準備期間は半年を切っていた。一回の試験料が約二万円と高額なため、毎月受けている余裕もない。テストの雰囲気をつかむために直近の四月にまずは受験し、その結果に基づいた対策をして六月に再度受験、八月に総仕上げ、という計画を立てた。

勉強時間を確保するためにアルバイト時間を削っていたから、日本の国立受験用の参考書に加えて、TOEFL試験料と教材費を捻出するのは痛かった。それだけに、余計に勉強に身が入った。あの頃のことはあまり細かく覚えていない。勉強のし過ぎで、まさに〝熱に浮かされていた〟のだと思う。

書類は我ながら完璧だった。TOEFLは三回目の受験で何とか六〇〇点を突破し、小論文も国語の先生に見てもらい、納得できるまで直した。村田先生と店長の二つの推薦状は思わず目頭が熱くなるような内容で、こんな風に手放しで自分を褒めてもらえる機会が、この先どれくらいあるのだろうと思った。

自己管理不足、準備不足、不運――理由を挙げればきりがない。だが事実は一つだ。私はフィッシャー基金に筆記試験で落ちた。

当日熱と胃痛を押して試験に臨み、撃沈した。でも体調が万全だったとしても、受かっていたかは自信がない。数学はそれほどの難問ではなかったけど、英語試験はＴＯＥＦＬ並みに難しかった。小論文も時間が足りなかった。

試験後に駆けこんだ病院でウイルス性胃腸炎と診断され、私は三日間学校を休んだ。一日目に熱は下がっていたけど、ずっと応援してくれた村田先生に合わせる顔がなくて、休んでしまった。

すぐに頭を切り替えて、国内受験に備えなければならない。やれるだけやり切った。それでもダメだったのだから、私はきっと留学に縁がなかった。こんなところまで父にそっくりで、むしろ笑える……。

どれだけ自分を諭しても、気力を取り戻すことができなかった。心がついてこなかった。これで大学受験にも失敗したら、きっと永遠に自分を許すことができないだろう。お金の無駄だと嗜好品を避けていたけど、あのときはタバコや酒を覚えておけばよかったとつくづく思った。文字通り自分を痛めつけようと、平手打ちしてみても、痛みはいつも自分の予想の範囲内で、まったく足りなかった。

あれは、珍しく母が早く帰宅した日だった。母は私が温め直した夕食にも手をつけず、テレビをそっと消した。すぐそばの大通りを救急車が近付いて来て、たちまち遠ざかり、静かになると、ようやく母が口を開いた。

「ナオ、アメリカへ行きなさい」

心臓が、止まるかと思った。一体いつ気付かれたのか、見当もつかない。母の表情からは

4 1996年　留学準備と老婦人

何も読み取れなかった。ただ真っ直ぐに見つめられ、私の心のうちまで――なぜ留学したいと母に打ち明けなかったか、諦め切れない思いまでも――母には見透かされている気がした。

母は戸惑う私を見て、静かに微笑んだ。

「あなたならどこでも好きな学校へ行けるだろうって、村田先生が言ってらしたわよ。すごいじゃない。頑張ったんだね」

「じゃあ、村田先生が？」

あんなに何度も、受かるまで母には秘密にしたいと、その理由だって、説明したのに。

「違うわよ」きっぱりと否定すると、母は薄く開いた襖の向こうをぼんやりと見やった。

「あなたが本棚の後ろに隠してたTOEFLの教材とか受験票とか、見つけちゃったの。村田先生には今日やっとお会いしたのよ」

なんて間抜けなんだろう。私はいよいよ自分が許せなくなった。

「……ちょっと、英語の腕試ししただけだから。日本の大学入って、交換留学制度とかもあるし……」

「お金の心配なら、大丈夫」

母の力強い声に遮られ、私は思わず叫んでいた。

「ぜんぜん大丈夫じゃないよ！　四年で一千万以上だよ？　バカみたいにお金かかるんだよ？　ボーナス出たって、一年分の学費にも足りない！」

口に出すと本当にバカバカしいほどの金額だった。いっせんまん。響きまでバカバカしい。

「そりゃ私はボーナスももらえない薄給だし、とても無理よ。だから、私のお金じゃないのよ」

「……借金なんて絶対ダメ。ああいうの、簡単に借りられたってものすごい高金利なんだから」

テレビでよく見る消費者金融のコマーシャルの「誰でもすぐに借りられます」を聞く度に「貧乏人だからって、騙せると思うなよ」と力んでしまう。

「経済観念がしっかりした娘で頼もしいわぁ」

母はようやく私が作ったブリ大根に箸をつけた。一口一口、もどかしいほどゆっくりと咀《そ》嚼《しゃく》する。その合間に、噛みしめるように説明してくれた。祖父の遠縁にあたる人が、私の学費全般を援助すると申し出てくれた、と。

「もう何年も寝たきりでね、お身内もみんな亡くなって。ご自身も余命はわずかなんですって。死んで遺産を国に渡すより、私の……父に、昔すごくお世話になったから、ぜひって」

母の両親はどちらも私が産まれるだいぶ前に亡くなっている。父方も同様で、母方の叔父と従姉妹の家族以外、私たち母娘は親戚付き合いとは無縁だった。

祖父は町工場の職人で、陽気で友人の多い人だったと聞いていた。簞笥《たんす》の上で父の遺影と並ぶ、ひどく色あせた祖父母の写真を振り返る。一見気弱そうな、ごくごく普通の老人だった彼が、孫の代まで影響するような、どんな人助けをしたというのだろう。

「……そんなよく知らない人に、ぽんと大金をもらうなんて、なんか……」

4 1996年　留学準備と老婦人

フィッシャーの試験に落ちてからというもの、私は生来自分に運がないのだと固く信じていた。うまくいきそうな時に限って、手痛いしっぺ返しが道の先で意地悪に待ち構えている。基金の試験会場には、有名私立の制服を着た学生がポツポツいて、彼らは基金からお金がもらえなくても十分にお金持ちで、普通に留学できそうに見えた。世界はそういう不公平と理不尽で満ちている。だからこんな幸運が私の身に起こるには、何かしら落とし穴があるはずだ。

「確かに心苦しいし、落ち着かないよね。お母さんもそう思った。かといって返せる当てもないし、将来あなたに借金を背負わせたくもない……だからね、条件をつけてもらうことにしたの」

母は既にその人――山村久子さん――と話し合いを済ませていた。条件は次のような、ひどくあっさりしたものだった。

毎月手紙で大学生活を報告すること。優秀な成績で卒業すること。

私からの手紙は、寝たきりの久子さんのために、母が毎回見舞いがてら届けて読み上げるつもりだという。久子さんが返事を書きたいときは、ヘルパーさんが代筆をするだろうとのことだった。

〝優秀な成績〟の定義は、母が調べたところ、卒業時の成績評価値四ポイント、つまりオールA評価が妥当、ということで、久子さんとも合意したという。

「『社会に貢献できるような、立派な人になってください』って。優秀な子の未来に投資するなら、一千万なんて安いものってこと。だからナオ、ありがたくこの『足長おばあさん』からお金を頂いて、お父さんの分まで、思いっきり勉強させてもらいましょう」

反論は受け入れない。母の頑固さは嫌というほど知っていた。

それからの準備はめまぐるしかった。村田先生からも、鬼気迫る勢いで「自前か他人の金かなんて関係ない。絶対に行け」と応援された。ことの真意を立ち止まってじっくり考える前に、願書提出、学生ビザ申請に、予防接種と、片付けるべき書類や事柄が、後からあとから出てきた。

フィッシャー基金の応募時に目をつけていた名門リベラルアーツの中から、卒業生の博士号取得率が最も高く、マイノリティ《非白人》学生の割合も突出して高いと評判の大学を第一志望にした。典型的なリベラルアーツ校のように、白人上流階級の子弟ばかりでは、気後れしそうだと思ったのだ。受験した三校すべてから合格通知を受け取る頃には、桜の開花宣言が出ていた。

出発する前に久子さんに会うことは叶わなかった。きちんとお見舞いに行き、直接お礼を伝えたかったけど、固辞されたのだ。「人に会うのは疲れるし、若い人にこんな姿は見せたくない」という、納得できるような、できないような理由だった。

代わりに、母とお別れ旅行へ行った箱根から、手紙と一緒に箱根細工のフォトフレームを贈った。自分なりに言葉を尽くして、感謝の気持ちを綴った。出発前には、「大事な写真を入れて枕元に飾ります」と、喜びの返事が来た。

会ったこともない、まったく知らない他人でも、今や私にとって久子さんは家族と同じくらい大切な人だ。母はもちろんのこと、彼女にも「お金を出してよかった、アメリカまで行かせてよかった」と思って欲しかった。だから私の学生生活は充実度一〇〇パーセントで、成績は誰よりも優秀でなければならない。どんなに寂しくても、どんな嘘をついても。

5

1998年2月 サード・キッチンと面接

I'm Happy for You

——美味しいご飯を食べると幸せになります。

マライカが誘ってくれた〝サード・キッチン・コープ〟は、バニスター・コテージというキャンパスで唯一の女子専用寮の中にあった。バニスターはセミフォーマル・パーティーのあったテート寮の隣で、テートと同じくらい古く、赤茶の丸まった屋根が特徴的な石造りの建物だ。

土曜日の夕方にアンドレアとティペット公園で待ち合わせて、一緒にコープに向かった。道々アンドレアが説明してくれたことによると、サード・キッチンはマイノリティ学生のための〝セーフ・スペース《安全地帯》〟を標榜したコープだという。

(安全って……)

奴隷制時代やアパルトヘイトのようなあからさまな人種差別は、日本にいた頃に本や映画で見聞きしたけど、すべて歴史上の話だった。そしてこの大学は奴隷解放運動家たちが設立したという歴史を持つ。伝統的に白人上流階級で占められるリベラルアーツなのに、マイノリティ学生比率が高い由縁だ。そんな場所になぜ安全地帯が必要なのだろう。

「マイノリティ、ここで、危険、感じる？」

「んー、命の危険とかはないけど」

頭と顔半分を覆う幾重にも巻いたマフラーのせいで、アンドレアの声はくぐもって聞こえる。輪郭が何かに似ていると思ったら、マトリョーシカだ。

「やっぱりマジョリティはどうしたって白人になるでしょ。あたしたちみたいなpeople of color《有色人種》は教室でもどこでも疎外感があるし、大なり小なりいろんな偏見に晒されざるを得ないからね」

誰もが友達になりたがるようなアンドレアでも、疎外感や偏見を感じることがあるのかと、少し驚いた。

〝people of color.〟

私はアメリカでは日本人である前にまずアジア人として認識されることは、入学後に知った。白人やアフリカ系、ラテン系と並列の人種カテゴリーとして〝アジア系〟がある。あのアジア人、この南アジア系、あそこの東アジア人、という感じ。日本ではアジア人だと自覚することはほとんどなかったけど、すぐにそういうものか、と慣れた。黒髪に細い目、低い鼻と短い手足。集団の中に自分と同じ特徴を持った東アジア系を見つけると、やはりどこかホッとする。

でも不思議なことに、これまで自分は〝有色〟人種だと意識したことはなかった。白人を基準にして、白くなければイコール色が有るということ。理屈ではわかるけど、私やアンドレア、なんならセレステもみんな一緒なんて。そんな大雑把なラベルはあくまで外付けのものので、自らのアイデンティティになることは、この先もなさそうだった。

バニスター・コテージの裏口からスロープを上がり、玄関脇の端末にＩＤカードを通す。重い扉を開けた途端、それまで漏れ聞こえていた陽気な音楽が大音量で正面から向かってきた。壁には大きな手書き文字で「ここはサード・キッチン・コープの入り口です。バニスターの住人に用がある人は、セーフ・スペースを尊重し、正面玄関に回って下さい。あなたの敬意に感謝します。」と掲げられている。

ほんの五メートルほどの廊下に、焼けたチーズの香ばしい匂いが漂い、目を閉じたアンドレアが「んぁー」と匂いを味わうように口を開ける。私も思わず唾を飲み込んだ。右手に食料庫らしきドアのない小部屋があり、突き当たりが食堂への入り口だった。

その空間は想像以上に広く、開放感があった。アーチ状の木枠が付いた、天井まで届く巨大な窓が三つ。それぞれ四分の一くらい閉じられた木製のブラインドの間から、傾き始めた陽が真っ直ぐに入り、茶色の絨毯敷きの部屋のなかを黄金色に染めている。手前のカウチの上にはいくつものバックパックやコートが無造作に積まれていた。部屋いっぱいに七つの丸いテーブルが置かれ、それぞれが既に埋まりつつある。壁際には大きな拳のイラストの下に

5　1998年2月　サード・キッチンと面接

「Third World Unite《第三世界よ集え》」という文字が書かれた大判のポスターが貼られていた。第三世界。発展途上国。GDP、OECD、ODA。脳裏には日本で社会や地理の時間に習った情報や写真たちが、バラバラの記号のように浮かぶ。

「牛乳じゃなくて豆乳ほしい人いるー？」

音楽に合わせて踊りながら、キッチンから出てきたのはマライカだ。

「チョコ味ある？」

手前のテーブルに座っていた東アジア系の学生が手を挙げる。

「んなもんあったらアタシがぜんぶ飲んでるわっ——へーイあんたたちぃ！」

マライカは両手を広げてアンドレアを抱きしめると、互いの両頰を交互に寄せ合う挨拶をした。すぐに私の頰にも顔を寄せ、チュッと唇を鳴らしたので、面食らってしまう。「よく来たね」マライカからは前回と同じ、南国の花のような甘い香りがした。

案内されたテーブルには、すでに四人の先客がいた。

「アンドレアとナオミ」

マライカに紹介されると、テーブルのメンバーはハーイと笑いかけてくれた。黒人、白人、中東系に見える子もいる。私とアンドレアとマライカが混じると、正に人種のるつぼって感じ。

やがて音楽のボリュームが落とされ、キッチンから次々と料理が運び込まれた。三人のTシャツにエプロン姿の学生が、壁際の長机に湯気の立つ巨大な鍋やトレーを並べ終わると、カウチの横に整列した。巻き毛でひょろりと背の高い男子学生が片手を挙げて挨拶する。

「みんな、今日は僕たちのメキシカン・スペシャル・ミールにようこそ！　僕はホセ、今日の料理長《ヘッド・クック》。今夜の料理と料理人を紹介するね。副料理長はアナ＝マリア、このクールなエクアドル人が作るサルサ・ロハはもー絶品だから！　食べないと損するよ」

右隣に立つ浅黒い肌にウェーブがかった茶髪の女の子が満面の笑顔で両手の親指を立てると、テーブルから掛け声や口笛が響いた。

「それから最愛のアンヘロ。彼はお祖母《ばあ》ちゃん直伝のチリを作ってくれたよ。牛肉入りが手前の鍋で、ベジタリアン用のは付箋が付いてる方だから、間違えないでね」

彫刻のように整った顔をしたアンヘロは、ホセを引き寄せて頬にしっかりとキスをした。友人同士の挨拶にしてはドキドキするほど色っぽくて、思わず周りを見たけど、私以外はみんな平然としている。

「チリコンカルネは本物のメキシコ料理じゃないって声も聞こえてきそうだけど、クソったれ、大好きなんだからいいんだ！　みんなもそうだろ？」

アンヘロの言葉に皆が様々な奇声をあげて同意し、空のプラスチックコップをテーブルに打ち付けて囃し立てる。何人かは「Oh Yeah!」とまるでコンサートのように拳を挙げた。

「ケサディーヤとトルティーヤは数が限られてるから、みんなに行き渡るように考えて取って。デザートにはリンゴとレーズンがあるよ。じゃあみんな、ボナ・ペティー《めしあがれ》！」

ホセが両手を広げて促すと、待ちかねたように皆が立ち上がり、たちまち長机の前に列ができた。アンドレアが走る振りをして並ぶのに続く。メキシコ料理といえば、かろうじてタコスという名を知っているくらいだけど、食欲をそそる匂いに、お腹の奥からぐうっと音がする。

「やばい、ウマすぎ」

「あー幸せ！」

「おかわりできるよね？」

食堂のそこかしこから、素直な感動の声が上がる。私もチリコンカルネを頬張ったまま、テーブルの皆と目を見張り、頷きあった。よく煮込まれた豊かな豆の風味と、肉の旨みが口中をとろかす。大学食堂でたまに出る〝チリコンカーニー〟とまったく違う。サルサ・ロハはトマトと玉ねぎのみじん切りに、ほどよい辛味とレモンの酸味があり、サルサ・ベルデはアボカドのとろりとしたソースだった。

「この豆のペーストがフリホーレス、こっちのケサディーヤに付けて食べるとね……もう、神がかってるから！　ホントに」

アンドレアは私に説明してくれながら恍惚とした表情で天を仰ぐ真似をする。ケサディーヤはトルティーヤにチーズを入れて焼いたものらしく、シンプルな味で、トッピングを楽しみながら、いくらでも食べ続けられそうな気がした。

（おいしい）

たった四文字のその日本語が、自然と私の中に生まれる。口の中で、食べ物と一緒に嚙みしめる。その響きがひどく懐かしかった。懐かしくて、口の中から全身が幸せにほどけていくようだった。

おいしい、美味しい、ごはん――人工的なダイニング・ホールでは、一度も感じることのなかったあたたかで柔らかな感覚が、体中に満ちる。初ものの筍ご飯の香り、プール帰りの素麺の冷たさ、初めて作ったスイートポテトの輝く照り、ずっと小さい頃の食卓の記憶まで、呼び覚まされるような。テーブルを囲むみんなのことも、ずっと前から知っていたような気がしてくる。

誰からともなく拍手が起こり、やがて部屋中に広がった。机を叩き、足を踏み鳴らす子もいる。音楽のように。三人のコックたちがそれぞれの席で立ち上がり、うやうやしくお辞儀をした。私も慌てて、だけど心から手を叩いた。人間はきっと原始の頃から、感動を表すために手を叩いていたんじゃないだろうか。そして原始の感動の源も、やっぱりマンモスとか、珍しい果物とかのご馳走だったかもしれない。

テーブルは終始笑いに包まれていた。その笑いの中心にいるのはアンドレアだ。初対面のみんなと、まるで旧知の友人のように盛り上がる。内容はあまり意味が取れないが、相手が必ずと言っていいほど吹き出すので、アンドレアが何かおかしなことを言っているのは想像できた。マライカがそこにすかさず突っ込むのも、見ているだけで楽しい。

「ドクター・スースっていうのは有名な絵本作家でその中のキャラクターがね……」

「さっきマライカが真似してたのはサタデー・ナイト・ライブって番組の……」

アンドレアは会話を続けながら、時おり私が知らなそうな話題をすかさず解説してくれた。おかげで取り残された気分にはならない。皆から遅れても、自然に笑えた。

「あなたの友達、超ユニークだね」

私の隣に座るラーレはトルコからの留学生だという。「あなたの友達」という言葉が何だかくすぐったい。

「このコープ、長い？」

「もうすぐ丸二年かな。前はハクスリー寮にあるベジタリアン・コープにいたんだけど、そっちは数ヶ月で止めた」

「なぜ？」

やはり英語が母語でないからか、ラーレの言葉は、訛りはあっても聞き取りやすかった。

「白人のヒッピーばっかで合わなくて。ヒッピー自体が嫌いってわけじゃないよ？　ジャニスもディランも好きだし。でもあそこのはファッションだけで、信条は関係ない感じ。なんていうか、ものすごく浅いの」

ヒッピーと言えば、確かにキャンパスではリバティ柄やベルボトム・ジーンズといった、六、七〇年代ファッションの学生たちをよく見かける。クレアやセレステのような、カジュアルながら常に流行の服をまとった子はむしろ少数派だった。日本に女子高生や女子大生ファッションがあるように、ヒッピー・スタイルはアメリカの大学生の定番ファッションのようなものだろう、と勝手に想像していた。お金のかかっていない古着という点で、自分に近しいものを感じてもいたのだけど。

「NAFTA《北米自由貿易協定》？　ガザ？　コソボ？　みんな忘れてポットを楽しもう！　ピース！」

向かいに座るテレンスと呼ばれた眼鏡の黒人男子がふざけて叫ぶと、ラーレが「まさにー」と大きく頷く。元祖ヒッピーはベトナム戦争当時のカウンターカルチャーだったと聞いたけど、今のヒッピーの主要テーマは経済問題や世界中の紛争地なのか。でも「ポットを楽しむ」って？　不思議の国のアリスみたいに大きな紅茶ポットを掲げてお茶会を開くヒッピーを想像していた私に、アンドレアが、ポットはマリワナのことだと耳打ちしてくれる。

「噂によるとハクスリー寮って親の平均所得が一番高いんだって。で、入学するとみんなわざわざブランドものの高い服を捨てて、スリフト・ショップで買った古着を着るの」

自分の英語の理解が不安になる。ラーレの言うことは聞き取れるのに、意味がわからない。

スリフト・ショップは寄付された品々を格安で売り、その収益を慈善事業に使う、アメリカでは一般的なリサイクル・ショップだ。この町にも一つあり、入学時のタウン・ツアーで郵便局や銀行の後に案内された。事務所のようなそっけない部屋に、いつの時代かという古道具から古着まで一緒くたに並べられた、店とも呼べないような雑然とした場所だった。

「……なんの、ため？」

「金持ちってこと隠したいんじゃない？　うちみたいにリベラルを標榜する大学では、何不自由なく育った特権階級の白人だとクールじゃないと思ってるとか」

「なになに、ハクスリーの話？」マライカが乗り出してくる。「秋学期にハクスリーのゴミ捨て部屋に服を拾いに行ったよね、アンドレア？」

「うん、J・クルーのカーディガンとラルフローレンのシャツを拾った。綺麗な青の」

「マジか。私も行っとけばよかった」

ラーレが悔しそうにフォークをリンゴに刺した。

ゴミ捨て場に憧れのラルフローレンが――私の中でショックとも怒りともつかないものがじわじわと広がる。私がおしゃれを諦めて仕方なく中学や高校の頃の服を着回している一方で、わざわざブランド服を捨て、古着を着てまで貧乏なフリをする人たちがいるなんて。勿体ない、信じられない。何より、ムカムカする。親近感を返せとすら思う。

それにしても、つくづく日本とは対照的だった。多くの日本の大学生は、お金が許せば積極的にブランド・ファッションに走るだろう。近所の女子大には、まるで制服のようにヴィトンのモノグラムやら、ティファニーのネックレスやらが溢れていた。英梨子の姿になんとなく感じる違和感も、単にカジュアル集団の中で浮いているというだけじゃなく、そうした服装に対する感覚の違いからもくるのかも知れない。

マライカの向こう隣に座る、ニコルという短髪の白人女子のことも気になった。みんなの言葉に相槌を打ったり、笑って同意を伝えながら、ゆったりとくつろいでいるように見えるけど、内心はどうなのだろう。彼女の着古した感じのジーンズやセーターはヒッピーとは違うけど、自然とハクスリー寮に溶け込めそうだ。そもそも彼女はこのコープのメンバーなのだろうか。ラーレやマライカが〝ホワイト《白人》〟という単語を発するたび、私はなんだかヒヤヒヤした。

目が合うと、ニコルは長い睫毛に縁取られたハシバミ色の目をにっこりと細めた。私の心配の中身はすべてわかってる、とでも言うように。

デザートの列も終わった頃、カンカンカン、と乾いた音が高い天井に響いた。中央にあるテーブルで、南アジア系の男子学生が立ち上がり、空のプラスチックカップをフォークの柄で叩いている。各テーブルの話し声が途切れ、場がたちまち静かになった。

彼はサルマンと名乗った。百八十センチは優に超える長身と分厚い胸板から、アメフト選手のような印象を受ける。学生なのだから年は私とそれほど違わないはずだけど、子持ちと聞いても驚かないくらい落ち着いた佇《たたず》まいだ。

「ちょっと議案を片付けるけど、ゲストの人は流しておいて。なるべく手短に済ませるから。来月開かれる中西部アジア系アメリカ人学生集会のパンフに、明日までの期限で賛同表明の要請が来てるんだけど、サード・キッチンとして署名をしてもいいかな？　コープ・メンバーはOKなら親指を立てて《サムズ・アップ》で」

サルマンの言葉に各テーブルのコープ・メンバーたちが片手もしくは両手の親指を立てる。

「サンクス。参加希望者は別途連絡をくれ。現地までのアシがない人はライドシェアをアレンジできる。で、二つ目が、五月に学内有志で政治学部のサンダース教授や歴史学部のブレナン教授とイラク問題についてティーチ・インを開催することになった。たくさんの学生に参加してほしいから、ぜひまわりに広めて」

「ケント・メモリアルに合わせるの？」入り口近くのテーブルから声が上がる。

「うん、その予定。だからこそできるだけ人数を集めたいんだ。また近くなったらアナウンスするよ。じゃあ議題はこれで終わり」

ばらばらと、食べ終わった何人かが席を立つ音に混じり、アンドレアが隣のマライカに小声で尋ねる。

「最近ちゃんと新聞読めてないんだけど、イラクがどうしたの？」

まさに私も聞きたかった。湾岸戦争やちょび髭のサダム＝フセインのニュースはもはや遠い昔で、多国籍軍のミサイルで夜空が花火のように光るテレビ映像を、うっすらと覚えている程度だ。マライカではなくラーレが答える。

「イラクが国連の査察受け入れを拒否してるからって、オルブライトが合衆国の単独攻撃をほのめかしてるの。経済制裁で苦しんでるのはフセインじゃなくて民間人なのに、この上トマホークを降らせようなんて、信じられない」

淡々とした口調から、却って彼女の怒りが本物なのだと感じる。マライカとテレンスも眉間に皺を寄せている。私はオルブライトがアメリカ政府高官の名だということ、トマホークが武器の名前だということを、かろうじて記憶の隅から掘り起こす。

ひどい。アンドレアが囁いて、ラーレの方へ向き直った。

「あなたの国とイラクは関係が深いの？　すっごいバカな質問かもしれないけど」

「隣の国で、イスラム教を信仰してるって程度にはね。気にしないでいいよ、イスラム圏は全部アラブで首長国《エミレーツ》って信じてる輩《やから》もいるくらいだから。うちにも大統領がいるっつーの」

「ノー！　この学校にそんなバカが？」

「違う、幸いなことに」アンドレアの勢いにラーレが苦笑する。「でもクソみたいに無知なバカはどこにでもいるから」

周りがうんうん、と頷く。Stupid ignorants《無知なバカ》という鋭い響きが耳に残った。

美味しかったね、話せてよかった、いい夜を。テーブルの皆と挨拶しあって食事は終わった。

サード・キッチンを後にする頃には、氷の欠片《かけら》が混じったような夜風が吹いていたけど、満腹なおかげで内側からほかほかと暖かかった。貸し出しカウンターでアルバイトをしているアンドレアと一緒に、図書館へ向かう。

「……すごく、久しぶり。美味しいご飯、食べた……」

白い呼気と一緒に、気持ちがこぼれ落ちる。アンドレアがシーフ！　と大きく頷いた。

「あれは間違いなく、あたしが今までに食べたメキシカンの中でもベスト・テンに入る！」

「わたし、まさにファースト《はじめて》」

「ナオミはメキシコ料理ヴァージンだったんだ――」

アンドレアの言葉がふっと途切れ、私は何か聞き逃したのかと思う。

「ナオミが言いたかったのは、きっと違うことだよね。こーんな遠い国に来て、言葉も違うし、食べ物だって……どんなに大変か、あたしには想像もつかない」

アンドレアのくっきりと彫りの深い眼窩《がんか》の、その奥の瞳は、とても穏やかで優しい。

「だから、ナオミが今夜、美味しいご飯を食べられて良かった。あたしもとっても嬉しい！」

I'm happy for you.

思いもよらなかった単語たちが、顔へ肩へと舞い落ちて、私をそっと包み込む。どうしよう、力を抜いたら涙がこぼれてしまいそうだ。アンドレアにはおかしな、面倒臭い子だと思われたくないのに。

「ありがとう……！」

あの場所へ、また行きたいと強く思った。もっとアンドレアや皆とご飯を食べたい。振り返るとテート寮の陰にサード・キッチンの大きな窓がわずかに覗いている。果てしなく広がる暗い海に揺らめく、たった一つの船の灯り。そんなイメージがふと浮かぶ。

「あたしサード・キッチンに入ってみようかな。ナオミも応募する？」

「し、したいっ!!」勢い込んで答えたものの、すぐに頭の芯が硬く冷えていく。「サード・キッチンのサード、第三世界という意味。正しい？　日本違う、大丈夫、かな」

「それを言うなら合衆国自体がファースト・ワールドだよ。サードはいろんなマイノリティを包括する意味だってマライカが言ってた。ナオミは間違いなくこの学校ではマイノリティなんだし、入りたいなら応募してみるといいと思う」

「でもわたし、うまく英語話せない。彼らのディスカッション、参加できない。入れない、可能性……」

「ナオミは十分話せてるって。あたしのスペイン語よりずっと上手いよ。応募しても入れるかは誰にも分かんないよね。あたしだって落とされるかもだし」

アンドレアは、きっと大丈夫だろう。今日のテーブルでも皆が私と同じように、たちまちアンドレアを好きになった。彼らの表情を見ればわかる。

「もしわたしが選ぶなら、あなた、落とさない」

「ありがと！　あたしだったらナオミも落とさないよ」

「非社交的でも？」

「非社交的でも!!」

アンドレアが腕を肘でつついてきたので、私もお返しに肘で彼女の脇腹をつついた。この子と友達になりたい、できるなら、一番の友達になりたい。祈るように思う。小さな子供に還ったみたいに。

広場の向こうに件《くだん》のハクスリー寮が現れ、煌々と光る窓を背景に数人の学生たちが玄関前に腰掛けて談笑していた。首や頭に巻かれた民族調のスカーフ、コートからのぞく、様々な柄布を継ぎ合わせたベルボトム・ジーンズ。彼らは本当に大金持ちの子弟たちなんだろうか。外見からはまったくわからない。ただ一つ確かなのは、私の彼らを見る目が、すっかり変わったということだった。

5　1998年2月　サード・キッチンと面接

お元気ですか？　そちらはもうすぐひな祭りですね。こちらではまだ週の半分は雪がちらついて、最初は珍しかった雪景色もすっかり見慣れてしまいました。

新しい授業にもだいぶ慣れ、新たな友人もできました。数学ではダーリーンというボストンから来た女の子と一緒に勉強しています。私のおかげで宿題がいつも満点だと、とても感謝されています。

生物学は初めての大講義室の授業で、なかなか大変ですが、教授はとてもおもしろいです。もうすぐ隣の郡にある学校所有の森へバスで実地学習に行く予定で、とても楽しみです。

先日は学生が運営する食堂（コープと呼ばれています）の一つ、サード・キッチンへ、寮の隣人のアンドレアと一緒に行きました。普段は加入者のみですが、招待されたら誰でも食べに行けるのです。私たちを招待してくれたのはアンドレアの友人のマライカという二年生です。二人は町の教会の聖歌隊メンバーで、とても歌がうまく、陽気で楽しい人たちです。

コープでは学生たちが食事の準備から片付けまで運営の全てを担います。サード・キッチンは人種のるつぼで、色々な文化的背景を持つ学生が集まっているので（マライカはご両親がそれぞれケニア移民とアフリカ系アメリカ人だそうです）、毎回バラエティに富んだ食事になるみたいです。私たちが行った日は、月に数回ある特別ディナーの日で、メキシコ移民の学生やエクアドルからの留学生が料理を作ってくれました。聞くのも食べるのも初めてのものばかりでしたが、とても美味しかったです。久子さんはメキシコ料理を食べたことはありますか？

ではまたお手紙書きます。

加藤尚美

一九九八年二月二二日

山村久子様

いつもの分量をだいぶ越えてしまった。でも始めから終わりまで、ぜんぶ本当のことだ。読み直してしみじみと嬉しくなる。もっともっと、母や久子さんに伝えたい。アンドレアがどれだけ素敵な子か、サード・キッチンがどれほどあたたかい場所だったか。国際電話が気軽にできるほど安かったら、今夜にでも電話するのに。

サード・キッチン・コープは、考えれば考えるほど魅力的だった。また皆に会えるだけでなく、食費も大幅に減らせるのだ。食堂で食べるのとコープで食べるのとでは、四年間で二百万円近くも変わる計算だった。久子さんがいくら卒業までの援助を申し出てくれているとはいえ、できるだけ節約するに越したことはない。

5　1998年2月　サード・キッチンと面接

学生会館にあるコープ協議会の説明によれば、学内にある食堂コープは全部で七つ、ほとんどは寮と併設だけど、別の寮に住むメンバーも入会可能としている。ベジタリアン・コープに限らず、通常どこもベジタリアン向けの選択肢を提供しているらしい。中には農薬の使用や不当労働がないかなど、使う食品の生産過程に厳しい基準を設けていたり、卵や乳製品など動物由来の食品を完全に廃したヴィーガン向けのコープもあるという。

そういえば、以前ティペット公園で学生たちが手作りクッキーを配るイベントに遭遇したことがあった。砂糖ではなく蜂蜜を使ったレーズン入りクッキーと一緒に渡されたチラシには、南米の砂糖農園で働く子供の写真や、貿易の不均衡を示す数字が印刷されていた。今思えばあれもどこかのコープだったのかもしれない。

他と性質が異なるコープがコーシャー・ハラールとサード・キッチンで、前者はユダヤ教とイスラム教の規定通りに処理され、認証を受けた食品のみを扱うコープだ。

「でも信者である必要はないの。メンバーにはクリスチャンや仏教徒もいれば、無宗教の子もいる。文化的興味とか、単に食事が美味しいって理由でOK。誰でもウェイトリストに名前を載せられるのは他のコープと同じよ。サード・キッチンだけが例外ってわけ」

コープ協議会オフィスの女子学生は、肉厚の肩をすくめて面倒臭そうに続けた。

「あそこはウェイトリスト方式じゃなくて応募方式をとってるからね。応募書類で落とされる場合もあるし、書類審査が通っても、役員たちとの面接がある。ここのオフィスで私たちができるのは、受かった暁《あかつき》に大学に提出しないといけない申請書をあげることだけ。あなたが落ちても、文句を言う先はうちじゃなくてサード・キッチンだから。OK？」
「お、オーケー」
わざわざ念を押すということは、それだけ入りにくいということか。不安な気持ちを残したままサード・キッチンの役員宛てに入会希望とメールすると、すぐに応募シートが送られてきた。コープの綱領と一緒にプリントアウトして、時間を見つけては何度も読み込んだ。
シートの一番上には「公平を期すため、氏名を絶対に記入しないように」とボールド体で注意が書かれている。卒業予定年度や学内メールボックス番号、加入希望学期などの基本的な設問の下に、大きな記述欄が二つだけあった。

A：国籍、人種、文化、信仰、社会階層、ジェンダー、性的指向など、あなたのどんな経験やアイデンティティをもって、サード・キッチン・コープへの加入を希望するのですか？

ひどく仰々しい言い回しに、身構えてしまう。アンドレアが言っていた「いろんなマイノリティ」の意味が見えてくる。ニコルや他に数人いた白人学生も、きっと何らかの形で〝マイノリティ〟なのだろう。

B：サード・キッチン・コープは、あなたのニーズや希望にどのように応えられると考えますか？　何故、大学食堂や他のコープでは応えられないのですか？　翻《ひるがえ》って、あなたはサ

ード・キッチン・コープにどのような貢献ができると考えますか?

何から書けばいいのか。言葉の絶対的な壁、寮やクラスでの疎外感、留学生の中で感じる孤独、経済的な心許なさ。美味しいご飯をあそこで食べた後、そうした状況への暗い感情がどれだけ和らぎ、安心できたか。

まとめて文章化する前にポイントを書き出そうとすると、いつしか止まらなくなった。書けば書くほど、サード・キッチンへ入りたいという思いは強まる。

宿題もそっちのけで辞書を引き引き何度も文章を書き直し、やっと応募書類を送った二日後には、役員から面接の日程を相談するメールが来た。面接はサード・キッチンの食堂で、昼食の片付けと夕食の準備が始まる間の、他の学生がいない時間に行うという。

フィッシャー基金に応募したとき以来の緊張を覚えた。頭の中で質疑応答のシミュレーションを行おうにも、どんなことを聞かれるのか、どんな回答が正解なのか、想像がつかない。せめて英語が聞き取れないときは、そのことを正直に言おうと思った。人種だけじゃなく言葉も含めて私はマイノリティなのだと、彼らにはわかってほしかった。

「この前のスペシャル・ミールに来てたよね。マライカのゲストだったっけ」

メールをくれた、カロリーナという女子学生が、最初に挨拶をした。東アジア系、あるいはネイティブ・アメリカンの血が少し混じっているのか、厚めの瞼と低めの鼻に親近感を覚える。カロリーナの隣にはサルマンという、食事のときに議案をまとめていた男子がいて、相変わらず中年の落ち着きを見せていた。向こうからは、私なんて小学生くらいに見えているのかもしれない。

本来はもう一人の役員と共に三人で面接を行うけど、今日は急用で来られなくなったと言う。私と彼らで、食堂の丸テーブルを囲む形で座った。スペシャル・ミールの時と違い、室内はしんとして肌寒い。

「君の応募動機を読んでいろいろ考えさせられたよ。確かに、僕らは留学生に対して見えてないものが多いんだなって。日本からの留学生と聞くと、みんな恵まれた経済状況で来てると思ってたから、正直言って君みたいなケースがあるのは意外だった」

口火を切ったサルマンに、カロリーナも相槌を打つ。

「この大学にいる日本人留学生は、ほとんどみんな日本国外かステイツ育ち、もしくはインターナショナル・スクール出身者なんだね」

答えかけて、声がかすれてしまう。ごくんと唾を飲み込むと、二人が気楽に気楽に、と微笑んだ。

「はい、わたしが、知ってる限り。日本の高校から来たのは、交換留学生とわたしだけ。公立高校は、わたしだけ」

英梨子は付属中学から私立大学へエスカレーター進学をしている。英語プログラムが盛んな学園らしく、高校の時は一ヶ月と短期ながら、オーストラリアにも留学したと聞いていた。

「経済格差や教育格差が英語力にダイレクトに表れるって、考えてみれば自然なことだけど、気付かなかった。確かに私が知ってる留学生はみんな英語が流暢だし……あなたみたいな子がこうして一人で留学するってすごい勇気だと思うけど、それは同じ苦しさを共有できる仲間がいないってことでもあるんだね」

「同じ日本人ともそうなら、君がこの大学で孤独感や疎外感を覚えるのは当然だ。そういう点で確かに、サード・キッチンが君の居場所になり得るのかな、とも思う」

私の目頭はみるみる熱くなる。ほとんど見ず知らずの二人が、私の状況を理解しようとしてくれていることも、言葉を一つ一つ明瞭に発音する、さりげない気遣いも、嬉しかった。彼らは自分たちのアンテナを私に傾けて、私がそこにちゃんといるのだと、話を聞くべき人間として、扱ってくれている。

「君は僕らの多様なセーフ・スペースに、どんな視点をもたらせると思う？」

「えっと……ごめんなさい、もう一度、お願いします……」

「日本の文化や社会、それにあなた自身のバックグラウンドからくる考え方は、メンバーの誰とも違うユニークなものでしょ。それを、メンバーたちと共有してもらいたいって思ってるの。日々の問題から社会的な課題まで、様々なことに対して、私たちの数だけ多様なアプローチがあってしかるべきって考えてるから」

「この前スペシャル・ミールで話していたイラク問題を例にとると、うちの大学では湾岸戦争当時も反対デモが盛んだったんだ。民間人の犠牲を避けられるわけがないし、石油利権絡みなのは明らかだからね。いま査察が受け入れられない場合、単独攻撃も辞さないっていう合衆国の表明に国連でも批判が集まってるけど、イギリスと日本だけは合衆国を全面支持してる。例えばそのことについて、君はどう思う？」

「……ごめんなさい、わたし政治、詳しくない、正直。安全ほしょう？　条約がある、日本と合衆国の間。もし米軍、イラク爆撃、すれば、日本も支援、する。攻撃しない、間接的に、燃料や、お金で……でもそれだって、恐いこと」

かつての母の言葉が蘇る。

――自分の国から、誰かの家族を不当に殺しに行く戦闘機や戦艦が続々と出発してたのよ。政治なんてぜんぜんわからなかったけど、せめてここにいる人間として、抗議しなきゃと思ったの。

ベトナム戦争末期に大学に在籍していた父と、大学近くの喫茶店で働いていた母は、共に反戦デモに参加し、共通の知り合いに紹介されたと聞いていた。当時は両親の出会いのきっかけということ以上の興味は持てず、右から左へ流していた。こんな所で繋がるなんて。

「米軍基地は、基地がある地元で軋轢《あつれき》がたくさんあるらしいね。オキナワの米兵による少女レイプ事件は、こっちでも結構大きな論争になった」

サルマンは予備役として地元の州兵に入隊していたという。その後にこの大学に入ったのなら、見かけだけでなく、本当にかなり年上なのかもしれない。

「沖縄は、戦争のとき、ひどい被害。犠牲がほとんど、一般人。戦後もずっと、合衆国管理で、基地になった。広島、長崎の原爆も、一般人の犠牲、ほとんど……そういう真実、伝えたい。日本人として、サード・キッチンの皆に」

中学の時の社会科の先生は広島出身で、彼の両親はたまたま投下前日から市を離れていて助かったのだと話してくれた。彼が授業で見せてくれた、犠牲者たちの目を覆いたくなるような写真は、思い出すと今でも鳥肌が立つことがある。そのことも、二人にどうにか伝えた。

「スミソニアンの件もあるしね」

首都ワシントンD・Cにあるスミソニアン博物館は知っているけど、それと何の関係があるのだろう。カロリーナの言葉に何も反応できずに困っていると、丁寧に補足してくれた。

「数年前にスミソニアン博物館が原爆展を開こうとしたら、退役軍人を中心に一斉に反対運動が起きたの。アメリカ人は……私もだけど、ほとんど原爆被害の実態を見たことがないんだよ。それでいて、あの投下は戦争の早期終結と、アメリカ兵や、日本による被侵略国の無用な犠牲を食い止めるためには必要な正義だったって考えが主流。だから『原爆展なんて反米的行為は、あの戦争の犠牲者と国家への裏切りだ』ってわけ」

カロリーナの言葉を、サルマンが引き取る。

「投下の当否を問う以前に、事実に対して盲目になることが正義とは思えないね。何十万て人がヒロシマ、ナガサキで死んだのは確かなんだから、ステイツは彼らの被害の現実を、正視する義務がある」

私は一言一句聞き漏らさないように、聞き間違いがないように、耳だけでなく全身の神経を研ぎ澄ませる。サルマンは一方で、と言葉を切った。

「日本は原爆という点では被害国だけど、当時のアジア諸国にとっては加害国でもある。サード・キッチンには中国系や韓国系のアクティブなメンバーもいるんだ。アジア侵略の歴史を日本ではあまり教えないとか、そういう歴史を認めない人も多いって聞くけど、本当？」

遠い昔、嘘つきと呼ばれた女の子。

黒とピンクの髪の間から、私を見る一重の目。

脳裏には、過去のまったく異なる時間にいた二人の女の子たちが、マーブル模様みたいに交錯する。脇にじわりと汗が吹き出すのを感じた。

——君たちはどう思った？

私は私である以上に、まず日本人で、アジア人で。

いつの間にか背後に途方もなく大きくて果てのないものが広がっている。私という人間へ連なる、あらゆる歴史や出来事が波になって、背中から覆い被さってくるような気がした。この見えない荷物は、この国で、この場所だから存在するのか。それとも、ずっとそこにあって、今まで私が気付かなかっただけ？　これは私が背負わないといけないの？

「……そういうこと、確かにある、と思う。でもわたしは、学校の社会、学？　の授業で、侵略の歴史、少しだけど、習った。戦争、誰もが、残酷になる。日本人、アメリカ人、ドイツ人、ロシア人、例外はない。二度とあんなこと、起きてほしく、ない。起こしたら、ダメ。きっと、たくさんの日本人が、同じ考えだと思う」

二人の表情を窺いながら、なんとか単語を絞り出した。あまりにも大き過ぎるトピックに、間違ったことを言わなかったか、先生受けを狙った読書感想文みたいに言葉が上滑りしていなかったか、不安が募った。相槌を打つサルマンたちの表情からは、何も窺えない。ただ、彼らがとても真剣に聞いてくれたことだけはわかった。

「あなたの加入の是非は三人の役員会で決めるんだけど、もしそこで決まらなかったらコープ全メンバーの多数決に委ねることになる。プロセスに異議があれば言ってね。手続き的なこと以外に、私たちに聞きたいことはある？」

極限まで張り詰めていたせいで、姿勢まで前傾になっていた。体からうまく力が抜けない。抜けたら今度は立ち上がれなくなりそうだった。

「……ない。どうもありがとう」

「こちらこそ、サード・キッチンに興味を持ってくれてありがとう」

その夜は緊張と興奮が収まらず、面接の一時間を何度も反芻《はんすう》した。でも思い出そうとすればするほど、細部は曖昧になった。記憶の中の自分の発言ばかりが、どんどん改変されて理路整然となる。的確と思える言い回しを思いついては、ベッドから飛び起きて辞書を繰りたい衝動に何度も駆られた。

その週末にカロリーナから「ようこそ」から始まるメールを受け取った時は、にわかには信じられず、しばらく放心した。

「あたしも入れたよー！」

寮の廊下で顔を合わせたアンドレアに報告すると、嬉しい返事が返ってきた。私たちは

「わーお!」と叫びながら勢いよく抱き合った。思えば自分から誰かを〝ハグ〟したのは、その時が初めてだった。

お元気でいらっしゃいますか。いつもお手紙をありがとうございます。こちらでは昨日のひな祭り当日に、ハマグリのお吸い物とちらし寿司を出してくださいました。あなた様の好物と伺っています。アメリカにもハマグリはありますか? こちらからお送りできたらいいのですが、ナマモノですしね。

学生が運営する食堂があるなんて、本当にアメリカの学校はおもしろいですね。色々な文化をもつ学友同士、テーブルを囲んで手料理を食べる……すてきな国際交流ですね。メキシコ料理は食べたことはありませんが、やはり辛いのでしょうか。看護婦さんにあちらの有名な唐辛子の名前を聞いたのですが、もう忘れてしまいました。

数学クラスの新しいお友達は、あなた様とお勉強できて、本当に幸運だと思いますよ。生物の実地学習も、実り多きものであったことを、願っております。

まだ雪があるとのこと、くれぐれも風邪などひかれませんよう、暖かくしてくださいね。次のお便りも楽しみにしております。

一九九八年三月四日

加藤尚美様

山村久子

6

1998年3月 コープと留学生協会

What I Did Not Know
——差別について教えてください。

カンカンカン、とコップが打ち鳴らされる。おなじみの、〝注目〟の合図だ。中央のテーブルでカロリーナが立ち上がる。

サード・キッチンのメンバーとして参加する初めての夕食だった。メニューはニンニクの効いたトマトソースパスタにヨーグルトサラダ（ヴィーガン用にはグリーンサラダ）で、料理長はデイヴィッドという上級生だった。

「今日は新しいメンバーがいるし、見たとこゲストもいないみたいだから、みんなで簡単な自己紹介をしよう。永遠に終わらないと困るから、一人十秒まで。まずは新入りの二人、お願いできる？」

向かいに座るアンドレアが、じゃあたしから、と立ち上がる。彼女が〝マライカ〟を歌った時のように喉を整える真似をすると、周囲から小さな笑いが起きた。

「アンドレア、ニューヨークのクイーンズ出身。見ての通りラティーナだけど、あたしのスペイン語小学生レベルだし、サルサもメレンゲも得意じゃないから、いろいろ期待しないで……って、ここではそういうのとは無縁なんだよね!?　すっごい解放感！　なんか肩がふあふあーって軽くなって、人生最高に優雅なお辞儀ができちゃいそう。みなさま、私を迎え入れて頂き深謝いたします、なんつって。あーとーはー、そうそう、歌うのと絵を描くことが好き。やば、もう十秒過ぎた？　そこのクレイジー・クールなシスターと同じ聖歌隊で歌ってる。専攻はたぶんスタジオ・アート！　以上！」

最後はほとんど早口言葉のようだった。指をさされたマライカが、鳥のように喉を転がして奇声をあげ、皆が拍手した。

ゆっくりと、視線が集まってくるのを感じながら立ち上がる。自分の心音が、どんどん早く大きくなる気がする。声よ、震えないで。

「……ナオミです、日本の東京から来た、留学生です。アンドレアの隣人で、わたしもイラスト、描くのが好きです。あと料理も、好きです」

数人からおおーと声があがる。誰かが「日本食大好き」と囁くのが聞こえた。

「わたし、英語が苦手で、みんなと、うまくコミュニケーション、とれないこと、あるかもしれないです。でも、ここ入れて、とても嬉しいです」

アンドレアに比べてなんのおもしろみもない自己紹介だった。緊張が解けるのと一緒にそのままくしゃりとテーブルに突っ伏したい気分だったけど、耳に入る皆の拍手は温かい。

メンバーたちが次々とその場で名乗った。マライカに、テレンスやラーレ、ニコルといったスペシャル・ミールで会った面々は、片手を小さく振ったり、ウィンクしたりと、親しみのこもった合図を送ってくれる。

私たちのテーブルから一番離れた後方のテーブルの番になる。椅子の向きを変えると、そこで私の目は一人の学生に釘付けになった。真っ黒なボブに、前髪の一房だけを淡いピンクにした独特の髪型――よりによって、あの子。

「ジウン・キム、ロサンゼルスと韓国出身、一年生」

視線は合わなかった、と思う。

スペシャル・ミールの日に彼女はいなかった。いたら絶対に気付いていた。面接の時にサルマンが言った「韓国系のアクティブなメンバー」、それはもしかして、彼女のことなのか。今にも向こうのテーブルから「秋学期に彼女と同じクラスだったんだけど……」という会話が聞こえてきそうな気がする。

面接の内容は、どれくらいメンバーに知られているのだろう。もしも彼女が聞いたなら、私の言葉が信じられるわけがない。「戦争は誰もが残酷になる。二度と起こしたらダメだ」なんて、思い返せば我ながらいかにも借り物の言葉のように聞こえる。

アンドレアのジョークで笑いの絶えないテーブルで、私はひとり不安で押し潰されそうだった。残りの皆の自己紹介は、耳を素通りしていった。

　食事の後は、カロリーナが仕事の説明をしてくれた。基本的にシフトは固定制で、週に最低四回は入ることが義務付けられている。これは大学内のどのコープでも同じだという。足りないシフトは相談して補い合い、急用があれば他のメンバーと調整して交代することも許されている。

「今空いてるポジションは、買い付けチームに一人、あとは火曜のランチか、木・金のディナーＫＰ、それぞれの日の皿洗い、掃除かな。特に金曜はみんな避けたがるから、なかなか埋まらないの。あと、買い付けチームはコープ協議会のトラックで地元の農家へ買い出しに行くから、運転免許は必須」

　背後のキッチンでは、ボリュームいっぱいに明るいポップスを流しながら、皿洗いや掃除担当のメンバーが踊るように、けれども手馴れた様子でテキパキと作業を進めている。

「あのう、ＫＰって何ですか？」

　アンドレアがまるで教授に質問するように手を挙げた。

「ああ、ごめん。Kitchen Preparation《台所準備》の略だよ。要はコックの指示通りに野菜を切ったり、いろいろと下ごしらえをする係のこと」

　サード・キッチンにはデイヴィッドのような料理長が数人いて、それぞれが週に二回ほど腕をふるう。料理長たちにはディナーの時のみ副料理長が付き、副菜を作ったり、指示に沿って料理を手伝う。ランチは多くの場合、副料理長が作るらしい。彼ら料理担当をサポートするのがＫＰということになる。私たちが行ったスペシャル・ミールは月に何度か、料理長以外のメンバーがいわば〝一日料理長〟を務め、食材も定期仕入れとは別の予算内で調達し、ときには外部から助っ人を呼んだりして作るという。

あの子がいるのに、私はこのまま加入していいのか――一抹の不安を覚えながらも、私は火、木、金曜のKP、そして金曜の掃除係に決まる。

「じゃあさっそく明日のランチKPね。もう指示が掲示板に出てるから」

カロリーナが掲示板にマグネットで貼られたノートの切れ端を指し示す。

「これに従って、明日の遅くとも午前十一時までには完了してるようにね。KPがもう一人いる場合は、作業は折半。終わったらボールかその辺の適当な容器に入れてラップかけて、『ランチ用KP』と書いておいて。腐りやすいものがあったら冷蔵庫へ。まあ今の季節は大丈夫だけど」

紙切れにはメモと一緒に簡単な絵で野菜の切り方が解説されていた。

「玉ねぎ十五個みじん切り、人参十五本を二インチの長さのスティック状に、ズッキーニ十五本を〇・二五インチの厚さで輪切り」

さすがにこれだけの量の野菜をいっぺんに切ったことはなかった。明日は午前、午後と授業が詰まっていることを考えると、このまますぐに作業に入ったほうがいいだろう。

「一緒に残ろうか?」

アンドレアがメモを覗き込む。彼女はKPと掃除のほか、買い付けチームに入ることが決まった。次の週末にはさっそく近隣の契約農家への調達に同行するらしい。

ちょうど掃除担当の学生が仕事を終えて帰っていく。薄黄色い蛍光灯にステンレスが鈍く光るキッチンには、食洗機の水音だけが聞こえている。窓の外は真っ暗だ。初めての場所で一人、慣れない作業をするのは、確かに心細かった。

「急ぎの用がない、なら、嬉しい」

「オッケー、とりあえずラジオつけよう！」

アンドレアはしゃなりしゃなりと腰を振りながら、古そうなステレオのスイッチを入れた。まずは薄暗い食料庫から二人で目当ての野菜を探す。三畳ほどの長方形の部屋は入り口以外の壁がすべて棚になっていて、野菜やパスタ、シリアルが所狭しと詰め込まれている。

「わーぉ、プランテンがある！　これ我が家の主食」

「ぷらん……？　バナナ、違うの？」

アンドレアが指差したものは、どう見ても緑色の熟していないバナナだった。ただ、サイズが私の知るバナナの二倍くらいあり、触るとひどく硬い。

「バナナみたいに甘くないんだよ。うちではベーコンとか玉ねぎと一緒に塩・胡椒で炒めることが多い。大学でプランテンが食べられるなんて！」

食料庫には他にもマッシュポテトの素や、粉状になった卵の代用食、野菜の顆粒だしなど、私がこれまで目にしたことのない製品がたくさんあった。いくつかの食品にはガムテープがラベル代わりに貼られ、料理長の名前と数字、「スペシャル・ミール用」などと書かれている。おそらく数字は使用する予定の個数で、その分は残せということだろう。

学校の給食室のような広々としたキッチンで、巨大なまな板や包丁をなんとか見つける。すべてが清潔で、整頓されていた。アンドレアが環境学の教科書を広げる傍で、ズッキーニの輪切りに取り掛かる。ズッキーニを切るのは初めてだったけど、見た目からキュウリとそんなに変わらないだろうと見当をつける。

〇・二五インチはだいたい六ミリ、一定の厚さを保ちながら素早く切っていく。包丁に触るのは久しぶりだ。すぐに手がコツを思い出し、トトトト、という滑らかなリズムを刻み始める。三本目を切っていると、いつの間にかアンドレアが、興奮した目で私の手元を見つめていた。

「なんなのその速さ⁉　ナオミってもしやプロのシェフ？」

「まさか！　家でよく、料理した。小学校、二年から」

ラジオからは流行りの曲なのか、クレアのステレオでもよく聞く軽快なポップスが流れている。自然と体が音楽に合わせて動き出し、腕の動きや野菜を切るリズムが曲のテンポに重なる。アンドレアが「ワーオ！」と手を叩いて喜んだ。

十五個の玉ねぎの処理ではさすがに涙が出てきた。気の毒そうな顔をするアンドレアに、昔読んだ、主人公が水中眼鏡をして玉ねぎを切る絵本の話をする。

「試したこと、ないけど、なるほどって」

「じゃあこれは？　代わりにどう？」

どこから持ってきたのか虫眼鏡を差し出されたので、私は「結構です。ご親切、深謝いたしますが」と、わざと大仰な言葉で固辞した。

「ああ神様、なんてこと！　私、深く傷ついたわ。目には目を……」

アンドレアが虫眼鏡を厳《おごそ》かに片目にかざすと、ただでさえ大きな目が拡大されて、昆虫のような顔になった。やっぱりアホって最高だ。

「それ、いつも、持ち歩いてる？　あなたのマスト・アイテム《必需品》？」

「そうそう、ニューヨーカースタイル！　なーんて。細密画を描く授業で使ったの。なかなかおもしろいよ。うっわぁ、ズッキーニの断面きれーい！」

　これからは、いつもアンドレアやマライカと食事を共にできる。わくわくと胸に満ちる喜びを、不安の芽があっという間に覆う。

　もしもあの子から皆にあの授業のことが伝わったら——アンドレアやマライカに軽蔑されてしまったら、サード・キッチンを追い出されたら。この先三年間もの大学生活に耐えられる自信は、もうなかった。

　あの子——ジウンとは、秋学期の英語エッセイ・クラスで一緒だった。言語や自然科学以外のほとんどの授業で必須となる論文《ペーパー》の書き方を教えてくれる基礎クラスで、英梨子も一緒だった。その講義内容から、クラスメイトは私たちのような留学生か、移民の一世や二世の一年生たちがほとんどだった。

　一重目蓋のすっとした眼とその名前の響きから、ジウンが韓国系であることは見当がついたけど、アメリカで育ったのか、韓国出身なのかはわからなかった。でも前髪の一房だけが淡いピンク色の髪や、全身黒ずくめの服、あらゆるものを踏みつけそうなゴツいブーツと、そのファッションやまとう空気は、私が知るどの韓国人留学生にも似ていなかった。

授業では基本的な論文の書き方を学ぶほか、テーマに沿った五枚程度の作文の宿題が毎週課せられた。テーマは「人生で一番驚いた発見」などの一般的なものから、「本学のモットーについての考察」といったよくわからないものまで様々だった。提出された作文のうちいくつかは、クラスで作者自身が発表し、それについてのディスカッションを皆で行うことで、論旨を整理したり、着眼点や論じ方への理解を深めていくのだ。

正確なスペルはコンピューターが教えてくれるし、正しい文法で文章を綴ることにも、私はそれほどの困難を感じなかった。でもクラス内ディスカッションには手も足も出なかった。車座になって行うディスカッションでは、発表者が読み上げる作文を聞き取り、その内容を十分に理解した上で、良かった点や疑問点、結論についての意見を述べ合わなければならない。ただでさえ英語に不自由がある上に、多くのクラスメイトたちの英語は訛りが強くて聞き取り難い。内容の大意を理解できたとしても、細部の理解には自信が持てない。自信が持てないポイントについては、もし取り違えていたらと、意見を言うこともできない。他のみんなが自ら手を挙げて自由に意見を交わす中、私も英梨子も沈黙するしかなかった。

一般的な授業では、テストや課題の出来はもちろん、ディスカッションでの発言、議論への貢献度も成績に影響する。基礎英語クラスは単位のみで成績がつくことはないけど、一般クラスへの準備過程という側面を持つことから、教授も私たちに積極的に議論に参加するよう求めた。

「〝正しいこと〟を言おうと気張る必要はない。ちょっとした疑問でもいいんだ。君が疑問に思うということは、クラスで他に少なくとも三人は疑問に思っている」

「受け身なだけの授業にしてどうする？　クラスやディスカッションを豊かにするのは君たちなんだよ」

発言が少ないときに教授が学生たちを鼓舞する言葉は、すべて自分に向けられているように聞こえた。授業が進むにつれて、私と英梨子だけが一言も意見を発していないのは明らかで、気ばかりが焦った。

でも英梨子は「どうせよく聞き取れないし、単位さえ取れればいいんだし」とのんきに構えていた。やはり一年限りの彼女とは、根っこのところで苦労を分かち合えないと、そのとき痛感したのだ。

あれは学期も半ばを過ぎた頃、「家族史」というテーマが課題の日だった。私は人類学入門で中間試験にあたる十枚の論文と格闘し、期限ギリギリで提出したばかりで、皆の発表を聞く間、ひたすら睡魔と闘っていた。結局は私も、英梨子と同じように基礎英語クラスを「しょせん単位だけ」と軽く考える気持ちがあったのかもしれない。

三人目の発表者はジウンだった。

低めの小声と抑揚のない独特のアクセントは、油断していると、すぐにするりと耳からこぼれ落ちてしまう。こぼれ落ちたものを拾おうと追いかけると、一つ一つの単語が流れにかき消され、全体像も一緒に霞んでいく。意味の取れない英語は、絶好の子守唄になってしまうのだ。

韓国で先頃亡くなったという、彼女の祖父の話までは意識がはっきりしていた。南部の村出身で、浅黒くゴツゴツした手……暖かい教室と、数人が足を組み替える気配、さっきランチで食べたポピーシードケーキの残り香……。

気が付けばジウンの発表はちょうど終わるところで、余白にメモしたはずの文字は、ほとんど判読できなかった。唇の端から垂れる寸前だったよだれを、できるだけさりげなく拭って顔を上げると、ジウンとぴたりと目が合った。教授は輪になって座った私たちの周りをゆっくりと歩きながら、小刻みに頷いていた。

「……このエッセイについては是非とも意見を聞きたい二人がいるね。エリ、ナオミ、君たちはどう思った?」

教授がまずは英梨子に顔を向けた。三人隔てた席に座っていても、彼女が息を飲んだのがわかった。

「えーと、その、私……」

それまでのディスカッションでは、教授はいつもクラスメイトの自発的な発言に任せていて、名指しすることはなかった。英梨子の焦りを手に取るように感じた。考えて沈黙する時間が延びれば延びるほど、クラスの皆は耳をすまし、集中してしまう。

「……とても難しい問題、いっぱい書いて、すごいなぁ、と思います」

当たり障りのない、という言葉は英語にもあるのか。教室に流れる空気や皆の表情で、拍子抜けというより呆れられている気がした。いたたまれない、でも助け舟を出すこともできない。当のジウンは無表情だった。

「そうだね、とても挑戦的なテーマだ。君はどこが難しいと思った？　もう少し掘り下げてみようか」

「うーん、えーとー……うまく説明、無理。ホント、難しーい」

えへへ、と英梨子が媚びた笑みを浮かべた。英梨子の高い声は英語が拙い分だけ余計に、甘ったれた子供を思わせた。でも彼女は大学三年生で、一年生ばかりのクラスメイトの中でたぶん最年長だ。いくら教授の外見がタレ目で優しげでも、「可愛く笑ってごまかす」が通じる相手じゃなかった。

英梨子を恥ずかしく思う気持ちが、自分自身にも跳ね返ってくる。私の拙い英語も、たぶんあんな風に聞こえているのだろう。どうしようどうしよう。出口の見えない焦りが胸を圧迫し、掌が汗ばんで、持っていたプリントがよれてしまった。俯《うつむ》いていても、教授が私に視線を移すのがわかった。

「じゃあナオミ……」そのとき、隣の教室でドアを乱暴に開け放つ音がして、騒々しい話し声が廊下に響いた。

「おっと、残念ながら時間だ。今日はここまでにしようか。ジウン、いいエッセイだったたよ」

教授がパンパンと手を叩くと、クラスメイトたちが続いて拍手した。

私も慌てて手を叩き、わかったように頷く演技までしてしまった。そのまま急いでいる振りをして、ジウンの視線を避けて教室を出た。階段を駆け下りる間も、羞恥と引け目といたたまれなさが、どこまでも追いかけてきた。

後で英梨子と話したとき、ジウンのエッセイの後半部分は、たぶん第二次大戦のことだったと聞いた。教授が日本人の私たち二人を名指ししたこと、ジウンが韓国系であることを考えれば、容易に推測できたことだった。

「ワールド・ウォー《世界大戦》って聞こえたから、あと日本がどうとか……でもぼーっとしちゃって自信ない。ジウンって韓国系でしょ？　本当にその辺の話だったらよく知らないし、やっぱ下手なこと言えないかなーって。もぉ超こまったぁ！　なおみはラッキーだったよね」

英梨子の能天気さにどこか安堵しつつも、胸の奥が冷えていくようだった。

韓国併合――強制連行――従軍慰安婦
中学や高校の授業で、ニュースや新聞で、幾度も見かけた、ものものしい熟語たち。そうした歴史以上に私の胸を鋭く刺したのは、ずっと忘れていた小学生の頃の、嘘つきと呼ばれた女の子の記憶だった。

ジウンや他のクラスメイトの目には、私たちはどんな風に映ったのだろう。こんな大事なテーマで、ろくな意見も言わない無責任な日本人か、授業もろくに聞かない、浮ついた日本人か。どちらにせよ、〝軽蔑に値する人間〟なんじゃないか。それを確かめるのが怖くて、私は残りの学期中、エッセイ・クラスではますます閉じた貝のように縮こまって過ごし、ジウンを避けた。

それが、よりによってサード・キッチンで再会するなんて。

ジウンと二人で話さなければならない。でも何を？　なんて言えばいいの？　考えるそばから最悪な反応を想像して、思考が袋小路に入ってしまう。いつもの脳内シミュレーション会話すら出てこない。

お元気ですか？　こちらは相変わらず春の兆しは見えませんが、日本はもうすぐ桜前線が始まる頃かと思います。久子さんはお花見のご予定はありますか？

実は前回お話ししたサード・キッチン・コープに、先日から加入することになりました。今後はキャンパスの食堂ではなく、すべてこちらで食事をとります。費用も下がりますので、大学から返金の連絡がくると思います。事後報告となってしまい申し訳ありませんでした。

私は料理長の補助で野菜を切ったり下ごしらえをしたりする係になったのですが（掃除係でもあります）、千切りやみじん切りが早くて綺麗だと皆にほめられます。小さな頃から料理を教えてくれた母に感謝です。

料理長以外のメンバーが料理を作る「スペシャル・ミール」が月に数回あるのですが、もし私にも順番が回ってきたら何を作ろうかと、今から楽しみです。ハマグリはわかりませんが、特別な食材調達も、予算の範囲内なら許されるそうです。菜食主義の学生も多いので、彼らのメニューが悩みどころですが。

そういえば、有名な唐辛子の名前は「ハバネロ」か「ハラペーニョ」ではないでしょうか。メキシコ系のメンバーに教えてもらいました。

一緒に加入した寮の隣人のアンドレアだけでなく、新しい友人もたくさんできました。みんな親切で、個性あふれるおもしろい人たちです。彼らを通してアメリカの差別や格差など、様々な問題について考えています。ちょうど社会学の中間論文は「個人的社会学」というテーマなので、大いに活かせると思います。勉強も引き続き頑張ります。

季節の変わり目なので、体調にはどうぞお気をつけください。それではまたお手紙を書きます。

加藤尚美

一九九八年三月十三日

山村久子様

「これからジョンソン・ホールにランチ行くけど、ナオミも来たい?」

土曜の昼前に忘れた教科書を取りに図書館から部屋へ戻ると、珍しくクレアとセレステからランチに誘われた。二人は軽くメイクをして、ジーンズに綺麗な色のセーターを身に着けている。片や私は図書館仕様のボサボサ頭にジャージ姿のノーメイクというみすぼらしい恰好だ。

「……コープに、入ったの。だから食堂、もう行けない」

コープ加入と同時に、私は食堂を利用する権利を失った。入り口のＩＤ読み取り端末は私のカードを拒絶するようになっているらしい。どうしても利用したいときは、誰かのＩＤで二人分の精算をしてもらうしかない。

「うっそ!　どこの?」

クレアが目を見開くと、あまりの大きさに漫画のようなバランスになる。セレステもひどく驚いていた。私が「サード・キッチン」と答えると、セレステがほとんど吹き出しそうな勢いで言った。

「あのＰＣコープ!?　意外!　ナオミってハードコアだったんだ」

「どういう、意味……?」

〝ハードコア〟はアート・レンタルのアート狂たちのお陰でニュアンスはわかる。〝ピーシー〟で思いつくのはパソコンくらいしかない。

「ＰＣはPolitically Correct《政治的に正しい》ってこと。そのうちデモとか行っちゃうんじゃない?」

二人は意味ありげに視線を交わす。政治的に正しいというのは一見いい意味に聞こえるけど、セレステの語調には、どこか小馬鹿にしたようなニュアンスを感じた。

「どんな雰囲気なの？　食事は美味しいの？　メンバーはどんな？　やっぱマイノリティばっかり？」

こんな風にセレステから熱心に質問をされるのは初めてで、面食らう。同時に、これまで彼女は私にひとかけらも興味がなかったのだと、しみじみと確信した。

「すごく、美味しい。メキシカン、インディアン……アメリカンも、野菜フライ、ポテトパンケーキ、とか。みんな、親切。ほとんどピープル・オブ・カラー、でも白人もいる」

「あー、やっぱ基本はベジタリアンなんだ。前にキートン・コープで食べたサラダ・ピザは美味しかったけど、いっつもアレじゃや、私ムリ。よくお肉食べられないでいられるね。あと日本人は魚がないとダメなんじゃないの？」

ダイニングのまずい魚を食べるくらいなら、プレッツェルでもかじってたほうがマシだ。日本の魚料理に慣れた舌には、乾燥しきったゴムのようなカジキやカチカチの鮭は食べ物ですらない。

——あんなものを作ったり食べたりする人は、魚に謝れって感じだよ！

細かいニュアンスまで伝えられるなら、いくらでも言ってやるのに。

「月二回くらい、スペシャル・ミールがある。友達は招待できて、肉、魚なんでも、自由。その他にも、肉の日がある。食堂よりずっと素晴らしい、ご馳走」

「でもアイスクリームやシリアル・バーもないんだよね。私もきっと耐えられないだろうな」

クレアも眉根を寄せて言った。

「朝ごはんはシリアル、二種類ある。お菓子、得意な料理長もいるし。この前、手作りグラノーラ出て、すごく美味しかった」

――毎朝シリアルって十種類も必要？　制覇すると景品でもあるの⁉

「で、食事しながらクソまじめに政治談義するんでしょ。食事が不味くなりそう」

セレステはそう言いながら、えずくような顔をした。いよいよ私の堪忍袋の緒も切れそうだった。

Pros《賛成》 and Cons《反対》はディスカッションの基本だ。自分の本当のスタンスはどうあれ、両サイドの意見を皆で検討してみる。そうやって議題について客観的なアプローチをとることで、批評的に思考する力を養うのだと教えられた。クレアもセレステも、サード・キッチンのConsばかりをあげつらおうとしている。

「議題ないときは、普通の会話してる、ほとんどそう。いろんな学年、多様なメンバーで、おもしろい。アンドレアや、その友達のマライカも、すごくおもしろい。みんないつも笑ってる。そんなに言うけど、一度でも、行ったことあるの？」

まだサード・キッチンに入ったばかりなのに、あの場所を代表するかのようにムキになってしまう。貶《けな》されたくない、私が感じたあの安心感を、メンバーのあたたかさを、こんな風に二人に否定されるのは我慢ならない。興奮に怒りのエッセンスが加わると、単語が比較的滑らかに出てくることは新たな発見だった。

「え、アンドレアって隣のアンドレア？　彼女もいるの？」

セレステの表情がかすかに変わる。クレアも「ふたり、仲よかったっけ？」と聞いてくる。寮の初顔合わせのときから感じのよかったアンドレア。ニューヨーカーらしい都会的な雰囲気と、ひょうきんな親しみやすさに、皆が彼女と仲良くなりたいと思う。それはきっと、クレアもセレステも同じなのだ。

「わたしたち、一緒に入ったの」

初めてクレアたちに優越感を覚えた。そしてそれは、くっきりと私の表情に表れていたと思う。

――私はもう、あんたたちの気まぐれな誘いに振り回されて利用されたりなんかしないからね！　アンドレアとも、もっと仲良くなるんだからね！

「ふぅーん。まあこれからナオミがどれだけサード・キッチン化するか、楽しみにしてるわ」

「ナオミが気に入ってるならいいと思うけど。ある意味で一番うちの大学らしい場所かもしれないしね。でもあそこが合衆国の真の姿ってわけじゃないから。むしろアウトサイド・ワールドと比べて、ものすごく特殊な場所だってことは、知っておいたほうがいいよ」

クレアはセレステのように頭ごなしに否定するというより、どこか心配そうだった。〝アウトサイド・ワールド〟は、大学キャンパスに対する実社会という意味だろうか。クレアが何を言いたいのか、どこがどう〝ものすごく特殊〟なのか、質問を重ねる代わりに続きを待ったけど、「じゃあ私たちランチに行ってくるね」と、二人はそのまま部屋を出て行ってしまった。

クレアたちと違い、ダーリーンは私のサード・キッチン加入を、大げさなくらい喜んでくれた。スタディー・グループの後、いつもの流れでフォース・ミールに誘われたときに伝えたら、「Oh！　ソー・クール！」と彼女が大声をあげたので、傍を歩いていた学生たちから一斉に注目を浴びてしまった。

「私あのコープのこと聞いたとき、多人種で多文化ってすごくいいなーと思ったのよー！『Diff'rent Strokes』みたいなー」

「……それ、なに？」

Different Strokes for Different Folks は十人十色と似た意味のことわざだ。父のレコードコレクションにあった、有名な曲の歌詞でも使われていた。

「昔のTVドラマよー。白人のお金持ちの家に黒人の小さな兄弟が引き取られてね、みんなでいろんなご近所トラブルとかを一緒に解決して、仲のいい家族になるの。すっごく笑えるし、ちゃんと差別や社会問題も扱ってるの」

「とっても、おもしろそう」

結局ダーリーンのIDカードでおごってもらったフォース・ミールはやっぱり美味しく、

背徳的な気分でワッフルに数センチ分のホイップクリームとストロベリー・ソースをかけた。

「うちにビデオがあったらママに送ってもらうわー。絶対ナオミも好きになるよ。でね、私は白人でストレートで、まあマイノリティ要素は皆無なんだけど、いつかあそこに食べに行けるかしらー?」

とっさに返答できなかった。ダーリーンはヒッピーではないけれど、いわゆる〝特権階級の白人〟だ。ゲストとして連れて行ったら皆や、ダーリーン自身もどう感じるだろう。〝白人〟という言葉が行き交うテーブルでのニコルの姿を思い出す。ほんの一瞬、ジウンの顔もよぎった。「やっぱりあの子、ここにふさわしくないよ」という幻聴と一緒に。

「……サード・キッチンのルール、まだわからないの。いつ、人招《よ》べるのか。けど、きっと、近い未来に」

「楽しみー! そうだ、今度私の高校の友達と三人でカフェへ行かなーい? 彼女、お母さんが中国系だから、ずっとナオミと会わせたいと思ってたの!」

中国も日本も同じ東アジアだから、きっと話が合うはず——その理屈は理解できるし、食文化や漢字や、共通の話題も確かに多いかもしれない。でもどこか釈然としない自分もいる。これがセレステの言う〝サード・キッチン化〟なのだろうか。

「うん、ぜひ」

「オッケー、約束ねー。サード・キッチンも、今学期中に行けたらすてきー!」

ダーリーンの言葉にどこか後ろめたい気持ちで相槌を打ちながら、私は最後のフライドポテトをつまんだ。

クラスの合間にサード・キッチンのシフトに入り、各教授のオフィス・アワーズに顔を出して、膨大な宿題をこなす毎日は、想像以上にめまぐるしかった。

図書館のお気に入りの場所にこもっても、気が付けば一時間以上もカウチに突っ伏して寝てしまうこともしばしばだった。今やカウチに染み込んだ様々な体液の層には、私のよだれも含まれている。

シフトの負担というよりは、新しい環境への緊張があったのだと思う。でもサード・キッチンへ向かう足取りはいつも軽かった。大学食堂ではあれほど味気なく、〝餌〟を食べているような気分にさせられた食事時間が、今は楽しみでしょうがない。見た目や種類の豊富さは食堂の比ではなくても、まぎれもない〝ごはん〟がそこにはあった。ランチに遅れて到着してみれば鍋の中は空っぽということもたまにあったけど、食いっぱぐれたみんなでチーズサンドをみつくろったり、慌ただしく野菜を丸かじりするのも楽しかった。

授業や寮では相変わらず幻の貝のように、会話らしい会話ができないことが多かったけど、サード・キッチンへ行けば、誰かがあたたかく迎え入れてくれる。私の拙い話にも耳を傾けてくれる人がいると思うと、なんとかやり過ごせた。

心配していたジウンとも、あっけないほどスムーズに話すことができた。彼女は私がＫＰを担当する火曜ディナーのもう一人のＫＰであり、副料理長でもあったのだ。料理長は中国系アメリカ人のジェニファーで、私のKPには、二人ともとても満足していると言ってくれた。

「みじん切りの細かさがとんでもないって聞いてたけど、想像以上だったよ。お陰でソースがすっごく滑らかになった。ね？　ジウン！」

「うん、機械で切ったみたいに野菜がぜんぶ同じ大きさで、人間業《わざ》とは思えなかった」

大きな口で笑うジェニファーと対照的に、ジウンはほとんど無表情だったけど、とにかく口をきいてくれたことが嬉しかった。

自分と同じように、彼女も私を避けているような気がしていたけど、私の思い込みだったのか。もしかしたら、元々彼女はクラスでの出来事なんて気にしていなかったのかもしれない。このままコープの一員として真面目にシフトをこなしていれば、いつか彼女とも一緒のテーブルで、気楽に会話できるようになるかもしれない。そうしたら、そのときこそちゃんと英語クラスのことを話そう。私は固く心に決める。

ひとつ気持ちが前に向くと、くるくるとすべてが好転していくような気がする。図書館の片隅に生息する悲観的な私は鳴りを潜め、万能感に満ちた新しい自分が顔をのぞかせる。心なしか視界まで広くなったみたい。

私の包丁さばきは他の料理長からも信頼を得て、いつの間にか〝アイアンKP〟と呼ばれるようになっていた。アメリカで、初めてついた私のあだ名だ。日本のTV番組「料理の鉄人」から来ていることは、アンドレアが教えてくれた。あの番組はアメリカの料理チャンネルでも大人気だという。

「手先が器用、仕事は正確で緻密。君は正に理想の日本人だ！　まるで素晴らしい日本製品、そう、ソニーやトヨタのようなー！」

食後にサルマンが誰かの真似なのか大仰な口調で言うと、「うっわー、さいってい！」とテレンス、「こンのポコチン野郎！」とマライカ、「どこの田舎のスノッブおじさんよ」ニコルまで、テーブルの皆が囃す。

単純に世界的企業になぞらえて褒められたのだと受け取った私は、みんなの反応に混乱した。そんな私を見て、サルマンが「くだらなくて、本当にごめん」とたくましい眉毛を下げる。日本や日本人に対する〝ステレオタイプ〟を揶揄《やゆ》するジョークだったのだと言う。

「ステレオ、タイプ……？」

ステレオのように左右から声高に喋る人を想像する。だけど文脈が繫がらない。

「例えばよく言われる日本人のステレオタイプだと、他にはそうだな……気を悪くしないでほしいんだけど」

女性は控えめでおとなしく、男を立てる。

旅行先では集団行動、写真を撮りまくり、女性はブランド品を買い漁る。

ビジネスマンはみんな満員電車に乗って、死ぬほど働く。

皆が挙げる〝クソみたいな〟ステレオタイプの例は、私からすれば頷かざるを得ないイメージだった。実際にそういう日本人はたくさんいる。でもサルマンによると、これらも差別の一種だという。

「どこの国の人だって、おとなしい人、陽気な人、まじめなのも暴力的なのも、多様なのが当たり前なのに、ひとりひとり違う人間だってことを無視して、自分たちの勝手なイメージで集団として単純化するってことだから」

「『理想の○○人』ってのもそう。『模範的移民』とか。誰にとっての理想や模範かって話。結局は白人社会を脅かさないか、役に立つか否かって上から目線の考え方があからさまなんだよ」

いつもは穏やかなニコルが、珍しく強い口調だった。

「ステレオタイプを定着させて、増幅させた広告業界やショウビズも罪深いよね。日本人だけじゃなくて、例えばインド人はカレーばっか食べてる、とかさ」

今日の料理長であるインド系のプリヤが言うと、みんなで手元の皿を見下ろして吹き出した。さっきまで、そこにはほくほくと程よく煮込まれた、ひよこ豆のカレーが入っていたのだ。

「みんなおだまり。来週はビリヤニを作ってやるわよ」

「それ何?」とニコル。

「カレー味の米よっ!」

再び食堂中が爆笑する。サルマンが、ひときわ大きな、まるで怒っているような笑い声をあげて「だから僕ら君が大好きなんだよ、プリヤ!」と言った。

「僕ら黒人のステレオタイプは、犯罪者かその予備軍。逆に振り切って、やたら陽気なサイド・キック《相棒》かトラブル・メーカーだね」

テレンスの言葉に、マライカも相槌を打つ。「それか、超自然的な力を持ってたりね」

二人は「あの映画もウーピーも好きなんだけどね」「うん、何回観ても泣けるんだけどね」と頷きあう。

「ゲイはフェミニンで、レズビアンは男勝り、みたいなイメージもよくエンタメに記号的に出てくるけど、型にはめんなって言いたいね」

ニコルが天井を仰ぐと、テレンスも頭突きをする勢いで首肯《しゅこう》する。やわらかな口調や華奢な体型のテレンスを、密かに〝ゲイっぽい〟と思っていた。二人に見透かされたようで、どきりとする。

子供のような英語しか話せない、おとなしくて内気な日本人。思えば私はきっと多くの人にステレオタイプ通りの日本人女子と思われていたのだろう。

私はどういう人間か。それを、よく知らない他人に決められるということ。

いやだ——ほとんど反射的に、そう思う。

でもふと考えて途方に暮れる。私が日本で自然に受け入れてきた膨大なイメージたちも、ステレオタイプだったんじゃないだろうか。

好きな漫画のお気に入りのキャラクターは、両耳の上にお団子を作り、チャイナドレスを着た中国人の女の子だ。男だったら辮髪《ベンパツ》に長い髭、語尾に「アルヨ」を付ければどこからどう見ても中国人の完成だ。現実世界では、そんな中国人、見たこともないのに。

　毛皮の帽子とハンド・マフならロシア人。タンクトップに短パンでローラースケートを履けばアメリカ人。そんな単純化した表現も差別だったのだろうか。すべてはあくまで記号的な意味で、読む側の私には、そしてきっと描き手にも、それらの国の人々を蔑む気持ちはまったくなかった。たぶん、きっと。でも本当に？

「アパルトヘイトはおぞましいし愚かしいけど、ある意味でわかりやすいんだよね。だけど、する方にもされる方にもずっと見えにくい、気づきにくい差別心はホントやっかい。Cultural《文化》 appropriation《の盗用》とか」

　カロリーナが言う〝カルチュラル・アプロープリエーション〟は、この間の社会学のクラスで、ちょうど出てきた言葉だった。いまいち理解できなくて、次のオフィス・アワーズで教授に聞こうと思っていた。

「ヒップホップやR&Bが、黒人に対する迫害と抑圧の歴史から生まれてきた音楽だって理解してる白人はどんだけいるかってこと。大半は、自分たちが加害者側に属するってことにも無自覚のまま、表面的なものだけ都合よぉーく取り入れてる。『ヨー・メーン！　ソー・クール！』なんつって」

　マライカがリンゴを剝きながら、器用にラッパーのようなポーズを取る。

「あと映画とかドラマの中で、金持ちマダムがバスローブ代わりに日本の着物を着てたりするでしょ。半分おっぱい出して」

あるある。あーやだやだ。ニコルの言葉に、皆が同意した。

「あれ……差別？」

中学の美術の教科書には、モネの妻が着物を羽織って微笑む絵や、浮世絵を背景にしたゴッホの自画像が載っていた。世界的に有名な画家たちがこぞって取り入れた〝ジャポニズム〟。そんな説明を聞いた時は、ちょっと嬉しくも誇らしくも感じたのを覚えている。着物ローブもその延長で、憧れられていても、蔑まれていたなんて、思いもよらなかった。

「日本人が不快に思わないなら、それはそれで外野がとやかく言うことじゃないと思うけど……」

ニコルは私の反応を意外に思ったようだった。ここでは正しい態度ではなかったのかもしれない。そう思うとみぞおちのあたりが落ち着かなくなる。

「ただ、彼らが『とってもエキゾチックなバスローブ』として着ているものは、本当はきちんとベルトを締めて、フォーマルな場所に着ていく伝統的なものなんでしょ？」

「たぶん、カジュアルな着物も、ある、けど、ベルト《帯》は、必須」

成人式の振袖や、結婚式で親族が着る紋付が正装なのは知ってるけど、それ以外の着物は具体的にどう違うのだろう――自国の文化もよく知らないで、人類学志望なんて、もう堂々と言えない。

「積極的差別ではないにしろ、他者の文化を理解しようって姿勢と敬意を欠いてると思う。逆に非西洋圏の人がテーブルマナーを間違って覚えてたり、規範から外れた恰好をしてたりすると、批判したりあざ笑ったりする奴が多いのに。その非対称性の根源は、やっぱり差別意識だと思うんだよね」

「……なるほど」

白人のアメリカ人であるニコルは、マライカたちとはまたぜんぜん違う立場で、シチュエーションで、そんな差別の瞬間を目の当たりにしてきたのかもしれない。

「そういうことを繰り返してきたのが、植民地の歴史でもあるからな」

サルマンがしみじみとため息をついて腕を組んだ。その貫禄と諦念は、やっぱり大学生離れしている。

人種差別問題と植民地問題が結びつくことも、考えてみれば自然なことなのに、今の今まで気が付かなかった。アジアではタイと日本だけが植民地化されなかったと小学校で習ったっけ——そこまで考えて、愕然とする。

植民地化されてないけど、植民地はあった。思わず食堂を見回す。ジウンは食べ終わったあと、すぐに帰ったようだった。

差別って何なのか。わからないということは、私だって知らずに差別をしているのかもしれない。自覚がなくても、差別は差別なのか。

ぐるぐると巡る考えを、私は皆の前で口に出せなかった。プリヤにも、カレーは日本でも鉄板の人気メニューだと話そうと思っていたけど、止める。実際、私が給食や家で食べていたものと、彼女が作るカレーとは似ても似つかない。「こんなのカレーじゃない、文化の盗用よ」と言われてしまったら？　ラーメンやナポリタンは？　サード・キッチンのみんなに、私自身や日本の文化が差別的だと思われたくなかった。

図書館までの道すがら、私と同じように、アンドレアも口数が少なかった。食事の席でもあまり話していなかったように思う。いつもなら必ずと言っていいほど話の中心にいるのに。

「元気ない？　大丈夫？」

「うん。心配してくれてありがとう」

私と同じ高さにある、彼女の瞳が柔らかくなる。

「今ゆっくり消化活動中なの……あ、これ比喩ね。さっきみんなが話してたことを考えてるって意味で。ああでも、いま実際にあたしの胃腸も活動中ではあるんだけど」

そう言うとアンドレアは「白雪姫」のハイ・ホーを口ずさむ。胃袋から大腸直行、ハイ・ホー、ハイ・ホー。知っている部分を一緒に歌うと、自然と歩くリズムまで小人のそれになるような気がした。私たちは実際、キャンパスの平均身長を大きく下回る二人だった。そういえばアンドレアは七人の小人の先生とごきげんをかけ合わせた雰囲気がある。私はたぶん、おこりんぼとてれすけの間。

「消化……難しい、ね。初めて聞いたこと、いっぱい」

「感じてはいたけど、きちんと言語化されると、ああなるほどね、あのもやっとしたものの正体はこれなのねって思うことがたくさんあって。でも一方でね、あたしの中で便秘気味の問題が……あ、これは」

「比喩。だいじょぶ、わかる」

アンドレアはAll right!と、小さくウィンクする。

「消化不良でお尻の手前で引っかかってるのが、あたしもこれまでステレオタイプ・ジョークを言ってきたし、無自覚に『文化の盗用』まがいのこと、してきたんじゃないかなって」

（そう、そうなの。まさに私もそう思ってたの。まさに便秘みたいに表に出せなくて、皆と同じようにそれは間違いだ、言語道断だって言い切れない自分がいたの！）

言葉にできない代わりに、「イエス、イエス、セイム」と、人差し指を突き出して振る。

私は皆に自分の偏見を気取《けど》られないように必死だったのに、アンドレアは自分を装ったりしなくて、すごいね。本当はそうも言いたかった。

「ナオミも？　よかった！　まあ、よくはないんだけど、同じボートに乗ってるってことで」

「安心した。そういう意味で、よかった」

二人で通じ合ったことを確認するように、互いを肘でつつき合う。こういう友達っぽい動作が、いちいち嬉しい。

「ニューヨークの地元の友達とかバイト先の友達はカリビアンやらロシア系やらベトナム系やら、まぜっまぜだったから、親しければ親しいほど際どいジョークで遊ぶところがあったの。でもそこまで親しくない子は傷つけちゃうこともあったかも……。ただボーディング《全寮制の》・スクール《学園》では、」

一瞬、アンドレアの顔が別人のように冷たくよそよそしく見えた。そういえばアンドレアも、ダーリーンと同じプレッピーなのだった。学費全額免除だったと言っていたから、よほど優秀なのだろう。

「……白人の同級生たちから、嫌というほどステレオタイプのシャワーを浴びたけど」

「サルサ、メレンゲ、踊れるでしょ、みたいな？」

私はサード・キッチン初日の、アンドレアの自己紹介を思い出していた。

「そうそう！　向こうはサルサがどんな踊りかも知らないのにね」

「そっか。わたしのまわり、日本人ばっかり」

言いかけて、口をつぐむ。〝日本人〟の中には朝鮮系もいれば、中国系やアイヌ系、色々な国の混血の人だっている。〝日本人〟を思い浮かべる時、どうしてそれを忘れて、のっぺりと均質になってしまうのだろう。

「けど、漫画とかフィクション、外国人のステレオタイプが、たくさんある」

もしかして私たちの思考回路は、サード・キッチンの皆が問題視する、支配側の白人のそれに近いんじゃないだろうか。体から少し離れた背後で、ひらめきの光がパッと点《とも》ってすぐに消える。だとしたら、どうして？　いつから？

「へぇー日本の漫画で？　興味深いね。とにかく！　もしも私がナオミを傷つけるようなことを言ったら、『アンドレア、この差別主義者のクソバカが』ってすぐに教えてね、絶対だよ？　あたしもナオミが何か変なことを言ったらストップかけるから」

した。


「『ナオミおだまり、このケツの穴野郎』って、言ってね」

Oh Yeah! アンドレアが大きな笑みで手を伸ばしてきたので、小さく〝ハイファイブ〟をした。

「ステレオタイプ、気付かなかった。けど、誰かに、『私が何者か』決められる、とても嫌。気持ち悪い」

「うん、本当に……むかし兄のアルマンドが、『Become what you are』って言葉を贈ってくれたことがあったの。もともとはどっかの哲学者の言葉らしいんだけど、その時はあんまりピンとこなくて。でも今はたまに思い出す。言ってくれた時の顔とか情景とかも、すごく鮮明に」

　直訳すれば「あなたになれ」だろうか。

「すてき、お兄さん。エステバンと、三人きょうだい？」

「姉も妹もいるよ。エミリアにグロリア」

「わーお、きょうだい、全種類！　うらやましい。わたし、ひとりっこ」

　アンドレアの兄弟姉妹ならみんなさぞかし陽気で楽しい人たちなんだろう。いつか会えるといいな、と思う。それを気軽に言えるくらい、彼女ともっと仲良くなりたい。


　金曜の掃除係はテレンスと一緒だった。

　多くの学生たちは、金曜の夜は州都のクラブやキャンパス内のパーティーへ繰り出す。学生会館内のディスコに割と有名らしいバンドやＤＪが来ることも多い。金曜といえば人が減る図書館へ安心して籠れる、と考える私と違い、皆が嫌がるシフトにテレンスが入っているのは、ボーイフレンドのためだった。彼氏がやはり同じ時間帯に町のカフェでアルバイトをしているのだという。

「ここの方が僕の寮より彼の店に近いんだ。仕事終わりに一緒に飲むの」

　はにかむテレンスの周りにはハートマークが見えるようで、乙女チックという言葉がよく似合う。背は私よりずっと高いけど、見た目も全体的に華奢で、ウェスト周りなんて私と同じくらいのサイズに見えた。けれど旧式のひどく重い掃除機を運ぶ前腕には、たくましい筋肉が浮かぶ。

「サード・キッチンはどう？　もう慣れた？」

「みんなの話、知らないこと、たくさんある。差別って、とても複雑」

「合衆国では差別問題を突き詰めざるを得なかったから、外から見ると複雑化し過ぎてるかもね。去年卒業したナイジェリア人のメンバーが言ってたよ。『この国で僕は〝黒人〟だけど、帰国すれば何色でもないんだ』ってね」

「それすごく、わかる！　この国で、わたしは東アジア人、People of color に、なった」

　肌は、肌色。自分の肌が黄色いなんて思ったこともなかった。でもこの国であの色鉛筆の色をスキン《肌》・カラー《色》と呼んだら、マライカやテレンスはどう思うだろう。

「合衆国は自由の国だって言われるけど、そういう話を聞くと、なんて不自由なんだと思うよ。僕らは生まれた時から、あらゆる面で〝黒人〟であることを意識しないではいられない。それが死活問題でもあるし。なんせ『間違って撃たれるのは黒人、間違ってなくても撃たれるのが黒人』だから」

「……ロス暴動のきっかけ、そうだった、と聞いた」

九二年のロサンゼルス暴動は、白人警官による黒人への不当な暴力が発端になったと、どこかで読んだ。

「わざわざそんな遡らなくても、ああいう事件は今この瞬間にも、この国のどこかで起きてるよ。刑務所の半分以上が黒人で埋まってる所以《ゆえん》」

差別の歴史は過去のものじゃない。改めて黒人のテレンスから聞くと、その実感はずしりと重い。

おもむろに、テレンスが私の横に立って右腕を前に伸ばす。私より細く長い。促されて左腕を並べると、即席の肌のグラデーションが出来上がる。

「僕の肌、黒人のイメージと比べるとかなりライトに見えない？」

「うん、思ってた……混血《ミックス》なの？」

「奴隷の子孫は、ミックスしてない方が珍しいと思うよ。まあそれは、奴隷主の父祖を持つ人も多いってことなんだけど。本当は〝黒〟一色なんかでまとめられない、多様な肌があるんだよね」

〝アジア人〟が本来なら人種カテゴリーにならないのと同じだ。白人しかりラテン系しかり。

見た目が自分たちと違うというだけで、実際には存在しない、あやふやなもので人を区別することの、どうしようもない愚かしさ。

「そんで僕ね、昔よく幼馴染の女の子たちに羨ましがられたんだ。『あんたの肌は、うすくっていいなぁ』って」

ヒュッと、小さな塊が、喉に詰まったような気がした。日本人が「七難隠す」と女の子の色白を良しとするのとは、わけが違う。

「差別はそんな風に内面化する……つくづくやっかいだよね。僕自身は黒人だからって理由で不当な扱いを受けたことはほとんどないし、専門職を持った両親が揃ってて、リベラルで治安のいいエリアに育って、こうして進学もできて、すごく恵まれて育ったと思う。けど、成長するにつれて『白人の仲間になれるね』って黒人から羨まれたり疎まれたり、『君は他の黒人とは違う』って白人に褒められたり……そうじゃない、そんな風になりたくないんだって、違和感がどんどん募ってさ」

幾重にも張り巡らされた迷路みたいだ。「差別はダメ」なんて単純なものじゃない。いつか解決されるものとも思えない。考えれば考えるほど袋小路にはまり込む。

「……それでこの学校、選んだの？」

「そうだね。もらえる奨学金が一番多かったからっていうのもあるけど」

奴隷解放論者だった大学創立者たちは、南北戦争より何十年も前の創立当初から、入学する学生の人種を問わなかった。大学のある町自体も、南部の逃亡奴隷を北部の街やカナダへ逃がすことを目的とした、市民たちの秘密組織「地下鉄道」の重要拠点だった。そうした背景から、黒人大学ほどではなくとも、この大学も多くの黒人リーダーを輩出してきたと聞く。

　卒業生の大学院進学率や博士号取得率ばかりに重きを置いていた私は、こうした史実をそれほど大きく捉えてはいなかった。せいぜい白人上流階級ばかりの他のリベラルアーツ・カレッジよりは浮かないで済むかも、と考えたくらいだ。テレンスたちにとっては、どれほど切実で、大事なことだったろう。

　しばらく二人でもくもくと掃除機をかけ続けた。部屋が轟音でいっぱいになり、ラジオの音楽もほとんど聞こえない。隅から隅まで、サード・キッチンという場所を確かめるように、ノズルを向けていく。毛羽立った絨毯は古くても清潔に保たれていて、その織り目の一つ一つに、きっと誰かを元気にした、あらゆるごはんの匂いが染み込んでいる。

　掃除機をかけ終えたら、テーブルにあげた椅子をすべて下ろし、天板をアルコールで拭いて掃除は終わりだ。セントラルヒーティングと掃除機の放熱もあって、セーターの中が汗ばむほど暑い。掃除機の轟音の残響が、天井の一番高いところにまだ残っている気がする。

　窓の外では、どこかのパーティーへ向かうのか、五、六人の男女が連れ立って街灯の下を横切っていく。テレンスが窓際に駆け寄って叫んだ。

「エーメーット!!　どしたの?　これからパーティー?」

　一人の男子学生が振り向いてこちらに手を振る。頬骨の張った、とても背の高い人だ。

「みんなで映画に行くんだー!　君も来る?」

「ざんねん、デートなんだ」

テレンスが手を振ると、エメットはおどけた顔で「了解、ビスピーター」と、踵《きびす》を返した。笑い声と一緒に吐き出された彼らの呼気と、タバコの煙が、オレンジの光の帯の上をゆっくりと漂って消えた。

「彼らドイツ寮の寮仲間《ハウス・メイト》なんだ」

テレンスとドイツ寮。その組み合わせはものすごく意外――でもそう思うこと自体、たぶん私の中のステレオタイプに基づいている。

「僕がドイツ寮に住んでるって、不思議？　なんでアフリカン・ヘリテージ寮じゃないのって思った？」

すっかりお見通しのようだった。否定しきれず曖昧に頷くと、テレンスは「そうだよねー」と笑う。

アフリカン・ヘリテージ寮やドイツ寮は、文化寮と呼ばれる寮の一つで、他にアジア寮やスペイン寮、ロシア寮がある。私が住む一年生寮やテートなどの一般寮と違い、住人はその地域の言語や文化を学ぶ学生と、ルーツを持つ学生・教員との混成で、一緒に暮らす中で理解を深め、各種イベントを通じて言語の習熟や文化学習を奨励されている。アフリカン・ヘリテージ寮は文化寮の中でも最大で、併設の食堂まである。寮生の九八パーセントは黒人と聞いた。

「南広場の手前で道が二手に分かれるでしょ。あそこで僕が左に曲がるとね、右に曲がる何人かが怪訝な顔をするのが、視界の端でわかるんだ」

ドイツ寮とアフリカン・ヘリテージ寮は、小さな公園くらいの広さの南広場を挟んで西と東に位置する。

「一応僕もアフリカン・ヘリテージに住んでたことはあるんだよ、一年の一学期だけね。前にここに招待したジェマも、あそこの住人」

私が初めてサード・キッチンのスペシャル・ミールに来たとき、テレンスの隣で蛍光緑のカーディガンを着ていた黒人の女の子だ。くりくりとした丸い眼をぼんやりと覚えている。

「ドイツ語、練習するために、引っ越したの？」

テレンスはそっと肩をすくめる。「うん。でもそれだけじゃない」

「……アフリカン・ヘリテージのいくつかのグループにとって、僕は肌が濃いってだけの『ファグ』で、僕のイタリア系の彼氏は『マッドシャーク』なんだ。おまけに僕の専攻はカフカなんてユダヤ人作家で、それを裏切り行為と取る人たちもいる……黒人とユダヤ人にどういう歴史があるかは聞いたことある？」

私は缶ジュースが空っぽなのを確かめるみたいに首を振る。何度振っても、一滴も知識は入ってない。テレンスが使う単語も、何かを中傷するニュアンスなのは感じ取れても、意味するところがわからなかった。

「この白人が作ったキリスト教国では、アフリカ系とユダヤ系は、それぞれの理由から、ずっと差別を受けてきたことは、想像がつくと思うけど……」

テレンスはゆっくりと、丁寧に説明してくれた。

公民権運動のとき、アフリカ系とユダヤ系の二つのグループは、アメリカの被差別者として基本的に共闘関係にあったこと（「肌の色は置いておいて、僕らは似てるよ、違いは迫害されて故郷を奪われたか、誘拐されて故郷から引き離されたか」）。

しかし目覚ましい社会的成功を収めたユダヤ系は、教育や雇用面での人種差別撤廃を目的に成立したアファーマティブ・アクション《積極的是正措置》に反対の立場をとったこと。

さらには、尖鋭化したブラック・ムスリム《黒人イスラム教徒》や、パレスチナに同情的だった多くの黒人たちが反シオニズム、長じて反ユダヤ主義を掲げたこと。

私が知っているシンプルな世界であれば、物語は例えばこんな風に進むはずだ——迫害され続けた二つのグループは、お互いの痛みを理解し合い、差別なき世界のために手を取り合ったのです——わかりやすい世界なんてどこにもない。現実は、物語とは違う。

「僕はカフカがユダヤ系だと知る前から彼の文学が好きだった。それにアフリカ系の偉大な先輩たちへの尊敬と、ユダヤの迫害の歴史への共感は、僕の中では共存してる。でも多くの〝兄弟〟の中で、それは不可能ってことになってる」

キング牧師の夢の中では、可能だったはずなのにね。テレンスの声は、それでも木陰をゆったり渡る風のように穏やかなままだ。

肌の色や骨格じゃなく、声の大きさやトーンで人種が決定されるなら、彼と私はきっと同じグループだろう。マライカやアンドレアたちの賑やかなやり取りの中にいるのも楽しいけど、テレンスとの会話は、いつもの調子で話せる気楽さに安らぐ。

「……あの、『ファグ』とか『マッドシャーク』、どういう意味？」

　彼はとても大事なことを、とても誠実に説明してくれている。それがわかるから、わかったふりをして誤魔化したくなかった。

「ああ、ごめんごめん。Faggot《ファゴット》って、ものすごく差別的にゲイを呼ぶ言葉があるんだ。その略。で、『Mud shark《泥鮫》』は黒人男性とデートする白人女性を指すんだけど、僕の彼を二重に侮辱しようとしたんだろうね。どっちもひどい言葉だから覚えないほうがいいかも」

「……ずっと、たくさん言われた？　ひどいこと」

「まあ嫌がらせとか、固まっちゃう瞬間はあったね。『ブラザーにあるまじき玉ナシ』……ごめん僕、ナオミに汚い言葉ばっか教えてるみたい。とにかく、そういう時にジェマや他の友達が庇《かば》ってくれた。あそこのみんながみんな、わからず屋ってわけじゃない。ただ僕とは相容れない、男性優位主義《マチズモ》の権化みたいなグループもいるってこと」

　差別を知らない人たちが差別をする。差別をされる人たちが差別をする。理不尽さに、どこへぶつけていいかわからない、悲しい怒りがこみ上げる。

「……その人たち、どうして、あなたの状況、理解しないの？　自分たち、同じようにされて、苦しんだことある、でしょ？」

　言った瞬間に気が付く。セレステやラクシュミーや、拙い私の英語を馬鹿にした日本人グループも、本来この国ではマイノリティと見なされる人たちなのだ。

終わらない連鎖の中で、差別のない〝安全な場所《セーフ・スペース》〟なんてありえるのだろうか。風が吹くたびにカタカタと小さく鳴る窓ガラスに、テレンスと私の姿がぼんやりと浮かんで見える。サード・キッチンは、まさにこんな、実体のない蜃気楼のようなものなんじゃないだろうか。

「仕方ない面もあるよ。僕も自分の中に、頭では理解できない部分があるから。それを他人に理解しろって言ってもね……例えばナオミは、自分のこと女性だと思ってる？」

何を聞かれたのか、一瞬戸惑う。〝女性だと思う〟は、アメリカ特有の言い回しみたいなものだろうか。思えば英語の主語には「僕」「私」のような男女の区別もない。

「わたし、女性だけど……前から、生まれた時から」

日本を出るとき、願書の書類に記入するとき、これまでいくつの〝女〟や〝Female〟欄にチェックや◯を入れてきただろう。赤いランドセル、初めてのブラジャー、生理用品、女子トイレに女子バスケットボール。これまでの人生で私はいつでも当たり前のように「女性」枠で、自分は本当に女性なのか、なんて疑問に思ったことすらない。

「そっか。僕は自分が、男なのか女なのかよくわからないんだ」

思わずテレンスのTシャツの胸元と、ジーンズの股間に目を走らせてしまった。それに気付いたテレンスが、いたずらっぽい笑みを浮かべる。「胸はないし、タマはあるよ」

慌てて「ノー、ノー」と手を振った。顔に一気に血がのぼり、脳内辞書から、近しい単語がはじき出される。漫画なら頭の上でライトがパッと点灯するところだ。「トランス……ジェンダー、なの？」

テレンスははっきりと否定する。他に関連語や類似語はあっただろうか。

「何と言うか、性自認が男性よりは女性に近いのかもしれないけど、完全に女性ってわけじゃないんだ。東が男で西が女という性だとしたら、トランスジェンダーは生物学的な性別と、自分が自覚する性の東西が逆になるでしょう？　僕は北北西くらいかなって」

テレンスは腕を空想の針に見立てて、わずかに左に傾ける。

そんな単語、習っていない。そもそもそういう状態を表す言葉は、日本語や英語に存在するのだろうか。

「そうすると、僕はゲイなのか？　って疑問もわく。心は男性よりは女性に近くて、その心で僕の彼氏と付き合うのは、ほぼストレートなのか、とか」

頭がどんどん混乱する。目の前にいるテレンスは、結局〝何〟なんだ？　理解したいと思うと、どうしても規定したくなってしまう。適当な言葉がないと、不安が募るから。言葉は世界を規定しようと試みるけど、世界は言葉に規定されない。どこかの誰かの言葉を思い出したけど、それを実感するのはとても無理だと思う。

「……ごめん。わたしも、理解、むずかしい」

「お願い、謝らないで。僕だってこの先うまく説明できるようになるか自信がないんだから」

南キャンパスの方向から、ヒップホップの重低音が近付いてくる。なぜかいつもステレオを担いで歩いている巨漢の学生だろう。音楽はすぐ側まできたかと思うと、たちまち遠ざかっていく。今日は自転車に乗っているのかもしれない。

「……だから、〝理解〟がほしいわけじゃないんだ。マッチョマンたちが生理的に嫌悪するというなら、それも仕方ない。ただ、僕みたいな人間もいるこの世界を、そのまま受け入れてもらえたらって願ってるだけ。理解できないからって、存在を否定したり、攻撃したりして、自分たちがわかりやすい世界にしようとするんじゃなくて」

だって彼への愛と同じくらいの確かさで、彼を愛する僕は、ここにちゃんと存在するから。

テレンスがいそいそと帰り支度を始めたので、私もマフラーと手袋を手に取る。外は真っ暗だったけど、金曜の解放感のせいか、夜はまだ始まったばかりな気がする。

「素敵な、週末を……彼と」

「ありがと！　ナオミも良い夜をね」

テレンスが言っていることを、半分も理解できたのか自信はなかった。けれど、ボーイフレンドを思う彼も、その素直な思いも、いいなと思った。照れ笑いを浮かべながら手を振るテレンスを見て、弾むような嬉しい気持ちが私にまで伝播《でんぱ》する。それは胸の奥に小さな温《ぬく》みとして残る。

結局最後には気持ちしか、確かなものはないのかも知れない。それを本物だ、と保証できるのは自分しかいないから、世界は永遠にややこしい。

定期的に開かれる留学生協会の会合に、一学期ぶりに参加する気になったのも、セレステが言うところの〝サード・キッチン化〟だったのかもしれない。

十日後に中間試験をひかえた木曜の午後八時、ポッター・ホール一階の大きな部屋が会場だった。案の定、入り口で学生たちを出迎えていたジョシュには「ネィーオーミー！」と、大げさなほど歓迎された。

大量のトルティーヤチップスとソーダ缶、食堂によく並んでいるドーナッツがものすごい勢いでなくなっていく。サード・キッチンに入ってからというもの、ダーリーンとの夜食以外では、こうしたジャンクフードからすっかり遠ざかっていた。

「なおみぃ、会いたかったよ〜」

英梨子が両手を伸ばしてきたので、手のひらを合わせると、手入れされた爪や華やかで女らしい匂い、頭のてっぺんから爪先まで〝綺麗〟のシャワーに包まれる。ボーイフレンドを紹介されなかったとき以来だったけど、日本語が恋しいということ以上に、私も彼女と話してみたいことがたくさんあった。

「最近は食堂でもあんまり会わないね。元気にしてた？」

「うん、元気。この間からコープに入ったの。バニスター寮の下にあるサード・キッチンって知ってる？」

意外そうな顔は予想通りだ。

「コープってあの、みんなでご飯作るやつだっけ？」

「そうそう。作るだけじゃなくて食材を調達したり、掃除とか、予算管理までぜんぶ学生がやるの」

「仕組みはよくわかんないけど、おもしろそー」

「ホンットおもしろいよ！　サード・キッチンはほかのコープと違って、とにかくユニークなの。人種だけじゃなくて国とかジェンダーとかいろんなバックグラウンドを持ったマイノリティ学生がほとんどで、あらゆる差別に対するセーフ・スペースって方針で」

「ふぅーん、マイノリティとか差別とか、日本は縁がないよね」

「そうかな、日本だって在日の人とかベトナム難民とか、ホモって言葉が、」

言いかけて、止める。英梨子がまったくそうした話に興味を持っていないのは、その表情や声音から明らかだった。「……とにかく、いろんな種類の手料理が毎回食べられるんだよ」

「そっかぁー！　楽しそうでよかったじゃん」

削がれた勢いを持て余し、激甘のドーナッツにかぶりつく。粉砂糖が口の周りで小さく舞い上がり、体に軽く衝撃が走った気がした。

部屋の前方では、会長のシンガポール人留学生が今日の会の趣旨を説明している。四年生たちが卒業するのに伴い、学期末に留学生協会の役員を決めなければならない、卒業パーティーの演《だ》し物を募集中、なんたらかんたら。

「英梨はあの、こないだ一緒にいた人と、うまくいってる？」

今日会ったら、彼女に話さなければと思っていたもう一つのトピックだった。

「えへへぇ、彼、結構カッコいいでしょ。しかもすっごく優しいの」

「彼の名前、ニコラス・ジョーンズで、バーナード寮に住んでる?」

「うん。なぁんだ、ニックと知り合いだったの?」

「そうじゃないけど、知ってる人が何人かいて」

サード・キッチンで新たに知った語彙の中に、「Asiaphile《アジアファイル》」がある。直訳すればアジア人好き、とでもなるだろうか。特に白人男性を指すらしく、他にもラテン系女性好きのLatinaphile《ラティーナファイル》がいるらしい。好きな女の子のタイプと言ってしまえばその通りだけど、サード・キッチンの皆によれば、人種で選別している時点で、その根幹には「アジア系女性は他人種の女性に比べて大人しくて従順」「ラテン系女性は情熱的でセクシー」というステレオタイプがあるケースが多いという。

上級生たちから特に気を付けろと言われたのがニコラス・ジョーンズだった。毎年英梨子の大学から来る交換留学生と、ことごとく付き合っているという噂なのだ。中国系アメリカ人のジェニファーは「あいつはAsiaphileには珍しく見た目もわりと爽やかだから、みんなすんなり落ちる」と言っていた。

ただ、件のニックは日本人なら誰でもいいわけじゃないのだろう。私のことは完全に視界に入っていなかった。でもそんなこと、今はどうでもいい。

「あのね、あの人、その……アジア人好きって評判らしいよ」

「そりゃ、私と付き合ってるもん」

英梨子はとても誇らし気だ。わざわざこんなことを言うのは、やっぱり大きなお世話なのだろうか。

「でも、日本人としか付き合わないって、少し変じゃ」

「ぜーんぜん！　もぉ聞いてよ、彼ね、黒髪が素敵とか、肌が卵みたいに綺麗とか、しょっちゅう褒めてくれるの。日本の男と大違い！　春休みに一緒にカンクンに行くんだ。あ、エティエンヌ！　ロング・タイム・ノー・シー！」

英梨子は、すぐに反対側の椅子に腰掛けたフランス人留学生と話し始めてしまった。Asiaphileという言葉が、私の舌の上で宙ぶらりんのまま残される。学生会館のディスコの話で盛り上がる英梨子たちが、話の輪の中に入れてくれる気配はない。私はまた透明になっていく。

英梨子と言語は同じはずなのに、通じない。日本語でこれでは、まして英語でなんて。そもそも私は、コミュニケーション力そのものに決定的な問題があるのかもしれない。ジョシュの心配も尤《もっと》もで……考え始めるとまた、ネガティブなループにはまってしまいそうだった。

では何と言えば伝わったのだろう——アジア女性とばかり付き合うのも、一種の人種差別なんだよ？　英梨子はきっと困惑して、私がおかしくなったんじゃないかと疑うだろう。好かれて大事にされてるのに、どこがどう差別されてるの？　と。あるいはアメリカ人と付き合える英梨子に嫉妬して、難癖をつけていると思われるのが関の山だ。そういう気持ちも否定しきれない。

何より私自身がまだ、何が差別で、何がそうでないのかを、一つも説明できる気がしなかった。

アジア女性好きがAsiaphileと呼ばれるなら、日本にも似たような〝ファイル〟はたぶんたくさんいる。

繁華街へ行けば、フィリピンパブやロシアンパブへ、やらしい顔で入っていくおじさんたちが嫌でも目に入った。バブル時代は黒人と付き合うことが、六本木で夜遊びする女子大生やOLのステータスだったと聞いたこともある。そういう人たちの中に、何らかのステレオタイプがあったであろうことは、私でも簡単に想像できた。

アジア人ののっぺりした顔立ちより、白人の彫りの深い容貌の方が綺麗でかっこいい。そんな美的感覚は日本では当たり前すぎて、これまで疑うこともなかった。日本で様々な宣伝にやたら白人モデルが使われていることも、サード・キッチンに入るまで少しもおかしいと思わなかった。彼らのように大きな二重の目や、高く細い鼻や、小さな顔、白い肌、長い足が欲しいと、これまでどれほど願ってきただろう。そういう日本人離れした特徴を持った人たちが、「ハーフっぽい」と褒めそやされるのも、メディアや周囲で繰り返し見てきた。テレンスの幼馴染が彼の「薄い色」の肌をうらやましがったのと、ちっとも変わらない。

性的な対象として見てなくても、「白人の方が自分たちより素敵」という、外から植え付けられた価値観や思い込み、その内面化そのものが問題なのだと、サード・キッチンの皆なら言うだろう。

ステレオタイプと、盲目的な賛美と。

じゃあ、日本人は人種差別主義者なの？　ほんの数年前まで、yellow monkeyやらeconomic animalやら、差別されてる側だったはずじゃないの？　You know already差別されてる人が差別しないとは限らないんだよ。Anybody anywhere差別はある。でも日本には異なる人種はないし、racismが生まれようがないじゃない？　Race itself is false belief. 日本では人種が別のものに置き換わるだけでnothing so special……。

賑やかな場にひとりで、話す相手がいない分だけ頭の中がどんどん饒舌になっていく。永遠に発することのない言葉たちで、シャドー・ボクシングをしてるみたいだ。英語で獲得した単語たちと、日本語が混じりあい主張しあう。アメリカ育ちの日本人たちが、なぜ日英語混在で会話するのか、少しわかったような気がする。

いまや英梨子の周りにはエティエンヌだけでなく、わらわらと各国から来た男子学生が集まっていた。

（みんな〝ジャパニーズファイル〟なんじゃないの？）

それともただの美人好きか。やっぱり私の僻《ひが》みなんだろうか。

パンクしそうな頭を抱えて、箱の中で残りわずかとなったドーナッツに再び手を伸ばす。

隣で同じように手を伸ばした子が、「ハイ」と笑いかけてきた。

「ナオミ、よね？　前にサード・キッチンのスペシャル・ミールにいたでしょ」

彼女の顔は、確かにどこかで見覚えがあった。珍しく私の視線が斜め下になるくらい小柄で、華奢な体にすっぽりと大きなセーターを着込み、黒髪のおかっぱと可愛らしい声が相まって、この部屋の中では小学生のように見える。私には言われたくないだろうけど。

「あの時私もいたの。あなたの名前がどうしても思い出せなくて、声掛けそびれちゃった」

「……わたしも、あなたの名前、不確か。顔は思い出せる、けど」

「ふふふ、おあいこね。私はミア、ボリビア出身よ。こっちで一緒に話さない？　シャキラもいるの」

彼女が手を振る先には、もう一人見覚えのある、たくましい眉のせいかどこかいかめしい印象を与える中東系の子がいた。聞けば二人とも、私と同じ一年生寮の三階に住んでいると言う。

「ぜんぜん、知らなかった」

「確かに尼僧院と修道院の子たちとはあまり交流がないかもしれないわね」

「三階のうちのセクションはわりと男子も女子も仲良しなんだよ。カップケーキ・パーティーしたり」

シャキラの真剣な眼差しと「カップケーキ・パーティー」という言葉のギャップが何だかおかしい。ミアもシャキラもネイティブとまったく変わらない、流暢な英語だ。やはりインターナショナルスクール出身か、英語圏での生活が長いのだろう。

二人は私が冬休みから冬学期の間中ずっと寮にいたと言ったらひどく驚いていた。

「私たちも半分くらいはいたのよ？　あなたもいるって知ってたら、『Law & Order』マラソンとか雪遊びとか誘ったのに！」

「かくれんぼの天才かなんかなの？　それともニンジャ？　食堂でも見なかったし、ぜんっぜん気がつかなかった」

「寒すぎだったから、部屋の外、あまり出なかったの。食堂は、閉まるギリギリに、いつも」

「限度ってものがあるでしょう、シェルターじゃないんだから。次は絶対に誘うわね！」

もっと早くに彼女たちと知り合えていたら、久子さんや母への手紙に書いた嘘の出来事だって、現実になっていたかもしれない。そもそも私が留学生協会を避けてきた原因である日本人グループは来ていない。東アジア系は、中国人留学生と韓国人留学生が、それぞれ大きなグループで盛り上がっているだけだ。こんなことなら、ちゃんとこの会合に顔を出せばよかった。またしても、ものすごく楽しいものをたくさん見逃してしまったような、ひとりだけ損をしていたような気分になる。

「じゃあナオミはサード・キッチンのメンバーなのね。私もちょっと加入を考えてたの。あのときはアナ＝マリアのゲストで行ったんだけど、雰囲気がよかったから」

「うん、入ってよかった。すっごく満足」

サード・キッチンって何だっけ、というシャキラの質問に、ミアが「コープなんだけどマイノリティ学生のセーフ・スペースでね……」と説明を始める。私なんかより、よほど詳しそうだった。

「ああ、そういう場所って大事かもね。ハリウッド映画観てると、テロリストといえば全員ムスリムで腹立つんだけど、そういうこと安心して話せる場所が欲しいとは、たまに思う」

シャキラはシリア生まれだった。ラーレとも、コーシャー・ハラール・コープのイスラム教のイベントで会ったことがあると言う。私は脳内でラーレの国・トルコから、その下のシリアへとかろうじて地図を辿る。イスラム教徒の女性はみんな頭に布を被っているイメージがあったけど、ラーレもシャキラも服装は他の学生とまったく変わらない。シャキラは肌も白く、リバティ柄のシャツのせいか、ヒッピーに見えなくもない。

「映画といえば、ラティーノはとりあえず不法移民か、郊外のギャングか、麻薬カルテルよね」

ミアはうふふ、と思い出したように笑って続ける。

「秋学期に『君の国ってまだ奴隷貿易があるんだっけ?』と聞かれたの。『二十世紀も終わりのコンピューター・ルームで、あんたバカなの? 西洋史以外も学んでから出直してきやがれ』って思わず叫びたくなっちゃった」

「ステイツにとって、わけわからない国はみんな犯罪者か異常者の巣窟なのよ」

シャキラがコーラのボトルをライフルに見立てて撃つ真似をすると、ミアがドーナッツとセブンアップの二丁拳銃で応戦する。

「日本人、いつもメガネの旅行者か、ビジネスマン……」

私が写真を撮るジェスチャーをすると、二人が同時に吹き出した。

「そういえば」「やだ、たしかに」

ネタがなんであれ、ウケるのはいつだって嬉しい。相手の顔がほころぶのを見ると、気持ちが楽になる。

「でも私たちよりはずっとマシよ？　なんたって合衆国の敵じゃないし、主人公に殺されないもの」

しかめっ面を装ってミアが私の胸を指差す。

「そう、静かに、優しい、合衆国侵略。日本は合法的、経済的」

「さっすが経済大国ぅ。ゴー・ジャパン！」

「すべては金よ！　金は銃に勝るのよ！」

エステバンの絵のように、幻の爆弾と拳銃と札束に追いかけられる星条旗を思い浮かべる。三人でひとしきり笑った。ばっかばかしいね。あきれちゃうね。

ごくごく当たり前に受け入れていたアメリカ的な物語たちの設定が、いかに歪《いびつ》なものか、見えてくる。

でも――私は、留学生だから。

この国をいつか去るかもしれないから。日本へ帰れば自分が何色か、何系かなんて気にせずに、ステレオタイプにうんざりさせられることもないから、ジョークにして笑い飛ばせる。

もしもこの国で生まれ育ち、幼い頃から絶えず偏見に晒され続けたなら？　きっと怒って、悲しんで、うんざりして、それが積もり積もったら……。白人と違うということで被らされる人種マスクや様々なラベルは、この国のパスポートを持っていようといまいと関係なくて、そこに厳然と存在するのだ。いくら振り払おうとしてもくっついて離れない、蜘蛛の巣みたいに。

――How can they become what they are?《どうすれば彼らは彼らになれるの》

アンドレアが高校で浴び続けたというステレオタイプの数々と、テレンスにぶつけられた蔑称と。私には永遠に、彼らの深い苦しみの本当の姿形は見えない。それは幸運でもあるし、哀しいことでもある。私は彼らが大好きだから。


いつもお手紙をありがとうございます。

学校から結構な額の払い戻し通知が届いたと聞き、何があったのだろうと不思議に思っておりましたが、そんなわけだったのですね！　以前のお手紙でも、そちらでのお食事をとても楽しんでらしたようですし、素晴らしいことだと思います。でも学生だけで運営されているとのこと、食事の量は十分ですか？　栄養の偏りなどは大丈夫でしょうか。それだけが少し心配です。

アメリカの人種差別はまだ深刻なのでしょうか。主人が生前に仕事でアメリカに行った折、心無い言葉をかけられたと申していたことがありました。あなた様はよもやそんな目にあっていないことを、切に願います。

お友達へご馳走するお料理、五目ちらしはいかがでしょう。魚介を混ぜるにしても火を通しますから、お刺身が苦手な外国の方も食べやすいのではないかしら。菜食主義の方には、煮しめたお野菜で楽しんでいただけるし、何より見た目が綺麗で、日本らしいと思うのです。

つい筆が滑ってしまいました。私まで、その日が待ち遠しくなります。素敵な経験をたくさん重ねてくださいね。でもくれぐれもご無理だけはなさらぬよう。それでは次のお手紙も楽しみにしております。

山村久子

一九九八年三月二十日

加藤尚美様

7

1998年3月 失敗と中間試験

A Monster Within

——自己嫌悪を英語でなんと言いますか？

「んーん、なんだろう。ジェニファーのは、食堂のスター・フライ《炒め物》とはぜんぜん違うんだよね。味が豊かというか、なんと言うか」

アンドレアが目を閉じてうっとりとした様子で言う。

中国系のジェニファーが作った豆腐と野菜のあんかけ炒めにトマトスープという素朴なメニューは、なんだか懐かしい匂いがして本当に美味しい。

「ニンニク、ショウガ、たぶんちょっとｓａｋｅ？　使ってる、かも」

調味料棚に日本酒や紹興酒を見つけた時は驚いた。注文したのはきっとジェニファーに違いないと思っていた。

「そっか、ナオミも料理するからわかるんだ。すんごい！」

アンドレアがやたら感心するので照れてしまう。

「食べた途端にその成分から調理法までわかるって、ヒーローの特殊能力みたいじゃない？　DCコミックスが漫画にしてくんないかなぁ。名前はスパイス・ウーマン、武器はデッドリー・ガーリックとギャラクシー・ハラペーニョ！」

アンドレアがテーブルの上の胡椒入れをバズーカのように抱えて決めポーズをとる。私も退魔師の漫画みたいに印を結んで、ソォーイ・ソォース《醤油》！　と叫んでみたかったが、ウケる自信がなくて止める。

「超、弱そう」

「立派なパクリじゃん」

皆が口々に言うそばから、マライカが「Wannabe」を歌い出した。相変わらずものすごくうまい。隣でテレンスがリズムに合わせて上半身を自在に動かし、ニコルがポージングと顔真似で応じる。

個性が際立つイギリスの五人組アイドル〝スパイス・ガールズ〟は日本でも大人気だ。ちゃんと聴いたことはないけど、サビと「friendship never ends《友情は永遠》」のフレーズくらいは私も歌える。

ジウンが作ったというデザートも、リンゴを蜂蜜で煮詰めたもので、シンプルなだけに、いくらでも食べられそうな美味しさだった。韓国の伝統的なお菓子で、本当は数日乾燥させてから食べるものだという。きっと彼女は、あんなとんがった恰好をしていても、自分の文化をきちんと理解している人なのだろう。それはすごく〝クール〟なことに思えた。

　カンカンカン、と空のカップが打ち鳴らされる。今日の話し手はカロリーナだ。

「この前の大学コープ協議会の報告するね。胸クソ悪い話をするから、まだ食べ終わってない人は、今のうちに美味しく味わっておいて」

　テーブルの皆で顔を見合わせる。ニコルは名残惜しそうに最後のリンゴの欠片を口に入れた。

「キートン・コープの役員から、ウチがコープの、『いかなる理由によってもメンバーの加入を拒まない』設立理念に反しているって抗議があったの。現在の面接による加入方法を改めて、他と同じ抽選方式にするよう求める議案が、提出されました」

　そこかしこからブーイングが上がる。マライカやラーレも親指を下に向けて抗議を示した。

「本当に、またかよってうんざりだよね。面接方式はウチの設立趣旨と運営方針に照らして、必要不可欠ってはっきり反論しといた」

　ゴー・カロリーナ。誰かが合いの手を入れる。

「その場ですぐコーシャー・ハラールの役員は、あくまでサードの方針を支持するって表明してくれた。ハクスリーとデビッドソンは現状維持で問題なし、マーシャル・コープは『サードが特殊な立場を保つなら、もっとリーチ・アウト《働きかけ》することを期待する』って濁したけど、まあやんわりとした抗議ね」

　再びのブーイング。マライカが片手を上げて声を張る。

「リーチ・アウトって何？　こう言って回れってこと？　『ハーイ、アタシはバイセクシュアルで低所得家庭出身の黒人女で、超意外でビックリかもしれないけど、キャンパスでは不愉快な思いをすることが多いの。だからこうして安心できる場所を大事にしてるってわけＸＸＸＸお願いしてもＸＸＸルールはＸＸ？　みんなにアタシの困難を想像してほしいのぉー』とでも⁉」

　マライカの言葉はどんどん熱を帯びて、高速回転する独楽《こま》のようだった。ところどころは聞き取れなかったものの、その激しい怒りは痛いほど伝わってくる。

「そうやっていちいち説明責任があるみたいに扱われることが、マイノリティのお前らからこっちへ働きかけろって上から言うことが、どんだけ不公平な関係性か、彼らは気付くべきだよ」

　テレンスの声はマライカとは対照的に穏やかだったが、静かな部屋には十分通った。

「こっちはコープの理念がわかった上で設立してるのに、『わかってないみたいだから教えてやる』って、ほーんと父権主義大好きな〝ドラモンド氏〟が多くて参るね」

　ホセの言葉に首をかしげる私に、アンドレアがそっと補足してくれる。

「ドラモンド氏っていうのは『Diff'rent Strokes』ってドラマの登場人物。お金持ちの賢い白人が、気の毒で物知らずなマイノリティを助けてやるって構図のことを言ってるんだと思う」

　それはダーリーンがおもしろいと言っていたドラマのことではなかったか。むしろきちんと社会問題を扱ったドラマなんじゃなかったっけ。彼女からあらすじを聞いた時は、私も観てみたいと思った。そのことに小さな後ろめたささえ覚える。

一番奥のテーブルに座るジウンが目に入る。彼女は目を伏せてじっと考え込んでいるようだった。サルマンが噛みしめるように話す。

「同じ議案はうちのコープ設立当初から、代が替わるたびに形を変えて、繰り返し僕たちに突きつけられてきた。パンフにも経緯と綱領は書いてあるのに、彼らは読もうともしない。読んで理解できなかったなら、僕らに直接問えばいいのに、それすらしない。ただ一方的に、〝民主主義〟って建前の数の論理を振りかざして『特別扱いは許さない。俺らのルールに従うべきだ』って言うだけなんだ」

部屋を満たす重い沈黙が、長机の上の中華鍋の温みや、さっきまでただよっていた香ばしい醤油の匂いまで、かき消してしまうようだった。

その沈黙を破ったのはジウンだ。

「無知も無関心も差別だって自覚がない人間には、打つ手なしだと思う。単に『あいつらに言ってやったぜ』って誇りたいんでしょ。本当は興味なんてないくせに」

彼女と目が合ったわけじゃない。でも言葉そのものが、一直線に私へと向かってくるようだった。ジウンの隣でジェニファーもお手上げのジェスチャーをする。

「知らない・知ろうともしない、幼稚園児みたいな人間を啓蒙して回るほど、わたしらも暇じゃないかんね」

7　1998年3月　失敗と中間試験

「……自分たちに正義があると思ってるんだよね。『不自然なセーフ・スペースこそ、この多様なキャンパスでは人種間の分断を引き起こす温床』ってね」

ニコルの言葉で、クレアとセレステの顔がよぎった。私がサード・キッチンに入ったと伝えたときの彼女たちの言動は、きっとそれから遠からずのところにあった。

「今回は退けられたけど、不本意ながらこのコープが学内でどれだけ不安定な立場にあるかってことは、みんなも心に留めておいて。私たちは、これからもこの大学に入ってくるマイノリティたちのために、この場所を守らなきゃいけないから」

カロリーナの一言で、報告は終わった。

後で知ったことだけど、通常サード・キッチンは他の多くのコープと良好な関係を保っているという。コープ加入生たちの半分以上は、何らかの形で奨学金を受け取っている中流家庭かそれ以下の経済状態にある学生たちだ。白人のストレート《異性愛者》であっても、この大学の主流層である上流階級との間には溝があり、「潜在的協力者《アライ》」とカロリーナは呼んだ。

みんなが言ったことを、繰り返し頭の中で再現する。自分の中に繋ぎ止め、解読する。これはクレジット・ノー・エントリーの授業とは違うのだ。「理解できませんでした」、「議論に参加できませんでした」、で済ませたくなかった。私もここではマイノリティだから。マイノリティたちのために。

でもずっと透明人間で、何も知らず、マイノリティの自覚もなかった私が、この場所の守り手の一人になんて、なれるのだろうか。いつもここで私の思考は行きづまる。

無知も無関心も差別――それってどういう意味？　ジウンの言葉が、残響のように頭の中に張り付いている。私が歴史や政治や差別のいろいろな側面に無知なのは本当だけど、差別感情があるわけじゃない。故意に無知になることなんて、不可能なのだから。

中間試験期間が迫ると、これまで以上に一日が慌ただしくなった。

一番の問題は社会学だ。リーディング課題が大分遅れてしまったせいで、質問をまとめられず、毎週欠かさなかった教授のオフィス・アワーズへも行けないまま、小論文《ペーパー》の準備に取り掛からなければならなかった。

試験期間最終日までに提出するペーパーには、課題で読んできた各論を理解した上で、「個人的社会学」というテーマに落とし込まなければならない。私の場合はライティング・チューターに英語の添削もしてもらわなければならないので、どうしてもネイティブの学生より早めに仕上げる必要がある。

チューターは大学側に作文力を認められた学生たちで、非英語圏の学生だけでなく、文章を書くことが苦手だったり、卒業論文のために利用したりするネイティブ学生も多い。そのため試験期間が近づけば近づくほど予約が取り難くなる。前学期はそうした事情を知らずに、提出日の三日前に申し込もうとして、あわや予約を取り損ねるところだった。幸いすぐにキャンセルが出て滑り込めたのだけど、テストだろうとペーパーだろうと、すべてA評価を目指すからには、二度とあんな状況に陥るわけにはいかない。

幸い図書館が二十四時間オープンになったので、寮に帰る時間や食事の時間も惜しんで籠った。苦手なコーラを飲みまくり、手の甲や太ももをつねり、それでも眠くなってしまう時は、外に出て冷気で目を覚ました。

図書館の入り口横の喫煙所でタバコを吸っている一団を見ていると、やっぱりタバコを始めようかと思ってしまう。起きていられるなら、どんな刺激物でもよかった。以前マライカが、「大学でドラッグを始めるのはバカだけ。高校までにひと通り卒業しておくべき」なんて話をしていて度肝を抜かれたけど、もしもハクスリー寮の人たちみたいにお金があったら、私も危うくバカになるところだった。

チューターから指定された期日までになんとかドラフトを仕上げてメールを送ると、同日に生物学の前半最後のラボを終え、テストに向けた総復習、そして翌日には心理学のグループペーパーのための会合と続く。数学を取っておいてつくづく良かったと思う。テストに向けて何の準備もいらない科目が一つでもあるのは気楽だった。それでもダーリーンにどうしてもと請われ、二人だけのスタディー・グループはテスト直前まで続けた。

「オー、ナオミ、ものすっごく顔色がわるいわ。ちゃんと寝られてるー?」

いくつかの問題を解きながらたどたどしく解説していたら、眠気で言葉がもつれてしまった。言語回路が混線してしまったかのように、自分がいま英語を話しているのか、日本語を話しているのか一瞬わからなくなる。

「……勉強、終わらなくて。頭痛、胃痛、止まらないし、うまく寝られない」

ほんの少しの空き時間でも眠りたいくらいなのに、熟睡はできない。コーラが効かなくなってからブラックコーヒーを飲むようにしていたら、慣れないカフェインの取り過ぎで、頭も胃もズクズクと波打つような痛みを覚えるようになった。ダーリーンがせっかく誘ってくれたフォース・ミールも、今日は泣く泣く辞退しなければならない。

「これ、よかったらあげるわー。すごく効く痛み止めよ。うちの家族は頭痛でもPMS《生理前症候群》でも、みんなこれ使ってるの」

これまで薬はすべて日本から持ってきたものだけを服用していたけど、差し出された巨大なカプセル剤はものすごく効き目がありそうだった。

「一回二錠だから、もう一回分は予備ね。できれば食事の後、せめてちゃんと胃に何か入れてから飲むのよー」

「どうもありがとう。さすが、医者の娘」

「そうよー数学も化学も苦手な医者の娘よ！」

翌日の昼過ぎに分担パートのドラフトを心理学のグループにメール送信すると、どうしても後頭部の痛みが抑えられず、さっそく薬を飲んだ。いつもの図書館の南端で仮眠をとる。寮に帰ってベッドに横になれば、本格的な睡眠になって、二度と起き上がれない気がしたから。汚いカウチの匂いを胸いっぱいに吸い込んだあと、意識が途切れた。

深い眠りの底の優しい闇は、体温と同じ温かさの毛布に包まれているようで、どこまでも穏やかだった。このままこうしていたいという甘い願望と、いつか出ていくという、切ない予感が共存する。「夜に属する」の森は、きっとこんな風じゃないかと思う。

いつしか私は日本のアパートに帰り、母と古い炬燵《こたつ》を囲んでいた。母はみかんの白い繊維を丁寧に剝がし、一粒ひとつぶ、私に渡してくれる。こんな風に食べさせてもらったのは小学校に上がる前までなのだけど、夢の中の私はごく自然に甘酸っぱい実を口に含んでいる。オレンジとはまったく違う、懐かしい美味しさ。舌鼓はタン・ドラムでいいのかな。あとでアンドレアに教えてあげないと。

――お父さんがひとりで二個も三個も食べちゃうから、今の内にね
――お父さん、帰ってくるの？

――当たり前じゃない！　……も一緒よ
眠りから覚めると　窓の外はすっかり暗くなっていた。口がカラカラに乾いて、口の端には乾いたよだれの筋が残っている。大口を開けて寝ていた証拠。もしかしたら鼾《いびき》もかいていたかもしれない。久しぶりにスッキリした気分で、頭の痛みもひき、今すぐダーリーンに抱きついて感謝したいくらいだった。

サード・キッチンに向かうと、同じように遅れてきたアンドレアと行き合った。

「中間、どう？」

「それ聞く？　もう隕石か竜巻が学校を直撃してくれないかな」

「〝ギャラクシー・ハラペーニョ〟で、壊す？　ソーイソース・ボム、でも」

「Oh Yeahhhh!　あたしたちならできる！」

バカ話をしながら食堂に入ると、食べ始めていた面々が手を止めてこちらを見た。いつもなら皆が口々に挨拶してくれるのに、どこか雰囲気がおかしい。本来なら食事が終わっている時間帯だったけど、みんなこれから食べ出すところのようだ。

三角巾代わりに頭にバンダナを巻いたジェニファーが、スープ鍋を抱えて出てくると、私に強い視線を向けた。

「ナオミ、今日KPだって忘れてたでしょ！　大変だったんだよ、メニュー変更しなきゃいけなかったし、ジウンが全部下ごしらえやってくれて。食事時間だってこんなに遅れちゃったんだから！」

一瞬頭の中が、真っ白になった。たちまち体が火照る一方で、首から上は冷めて硬くなっていく。どうして――なぜ忘れて――スケジュール帳――寝過ごして――言い訳だ――ペーパーが――頭痛薬の――。

キッチンからジウンがエプロンを外しながら出てきた。黒いTシャツの襟首が、汗でじっとりと濡れている。

「本当にごめんなさい！」

頭を上げて二人の顔を見る勇気はなかった。今すぐここから消えてしまいたい。

「……今日のペナルティーとして、この後のあたしの掃除のシフト、それからジェニファーのシフトも、代わって」

ジウンはそれだけ早口で言うと、さっさと皿に食事をよそい始めた。気持ちが凍りつくよ

7　1998年3月　失敗と中間試験

うなぶっきらぼうな声音には、私への怒りがにじみ出ていた。

「みんな試験の準備で大変なときだから……次からは気を付けてよ」

ジェニファーは疲れた顔でため息をつきながら言う。泣いてしまったら卑怯になる。涙を必死でこらえて、もう一度頭を下げて謝った。

アンドレアが芸術史の教科書についてジョークを飛ばし、テーブルの皆が盛大に笑う中、私は口を開くことができなかった。いつもなら楽しみなジェニファーの料理も、味がしない。お腹は減っているはずなのに、皿の上の、炒め物の汁が染み込んだブラウン・ライスを見ただけで、胃がぎゅっと圧《お》される。

視界の隅でジウンを捉える。KPのお陰で少しだけ近付けた気がしていたのに。前学期から元々いい印象がなかったところへ、今回のことで、きっと完全に嫌われてしまっただろう。

(いい加減な日本人はこれだから。やっぱりサード・キッチンには合わないんだよ)

自己嫌悪は幻のジウンの声になって、声は妄想の礫《つぶて》になって。せめて自分を痛めつけないと、許されない気がする。反論なんてできようもない。ごまかしやら、寝過ごしやら、自分がこんなにダメ人間だったなんて、失望と恥ずかしさにやり切れなくなる。私とジウンとの距離が、この先縮まることはきっとない。

やり切れなさが、自分への怒りに変わり、また自己嫌悪へ戻っていく。ステンレス台を黙々と拭いていると、早々に掃除機をかけ終えたニコルが傍に立っていた。彼女がジウンの掃除シフト仲間だった。

「誰でもうっかりすることあるよ」

私の肩を軽く叩き、小さくウィンクしてくれる。シンクの方で、さっき仕掛けたばかりの業務用食洗機が、シャーシャーと笑うような水音を立てていた。

「ましてナオミは、入ったばっかりだもんね」

差別や政治といったトピック以外は、いつも穏やかなニコルに、普段のテンションのまま柔らかな声で優しく慰められると、ぜんぶ吐露してしまいたくなる。試験対策に、どうしてもネイティブより長く時間をかけなければならないこと、頭痛と睡眠不足に、自分が気にしているのは、シフトを忘れたことだけではないということ。

けれど口には出せなかった。飲み込んだ言葉の代わりに、涙がこみ上げてくる。ニコルから急いで顔を背け、拭き掃除を続けるフリをして、反対側の台へ回り込む。

「入ったばっかり、アンドレアも同じ……」

「そんな風にほかと比べてもしょうがないよ。アイアンKPの仕事っぷりはみんな認めてるとこなんだし」

ニコルとアンドレア、そしてジウンは、今学期に同じアート・クラスを取っているらしく、最近仲がいい。アンドレアからは、ニコルがどれだけ植物や動物に詳しく、そしてジウンはどれだけ色彩感覚が鋭くて、〝クール〟なのかを聞いていた。

それに比べて私は――他人と比べないでいられる人なんているのだろうか。シフトは忘れるし、おもしろいことは言えないし、皆のジョークは半分くらいしか理解できなくて、一つもいいところがない。野菜の早切りなんて、ちっともクールじゃない。また目蓋に涙が溜まってきて、鍋をガチャガチャと整理しながら、鼻水をすすった。

「……ジウンと、何かわだかまりがある?」

驚きと同時に、(ああやっぱり)と感じている自分がいた。表面的には何の問題もなくジウンとやり取りしていたけど、彼女があの秋学期の出来事を、忘れるはずがない。そうやって思い起こせば、いつもうっすらとではあったけど、ジウンの表情には、どこか私に対する呆れや軽蔑が垣間見えていたように思う。私が見ないようにしていただけだった。

「彼女、なにか、言ってた?」

「ううん。なんとなく、私がそう感じただけ」

本当は、ジウンはニコルにすべて話したんじゃないだろうか。もしかしたらアンドレアにも。そうしてニコルはあえて、知らないフリをしてくれているんじゃないだろうか。

「……あのときも、ジウン、わたしに呆れた、と思う。今回で、もっと、軽蔑」

「軽蔑って、シフト忘れたくらいでそんな思い詰めなくても」

ニコルは一瞬吹き出しかけて、すぐに口元を引き締める。「なんでそこまで思うか、もし話したかったら聞くよ?」

彼女の形のいい鼻の脇には、よく見れば淡い金の髪と同じ色の丸いピアスがちょこんと付いている。いつも白いよれよれのTシャツに古いジーンズ、履き古したスニーカーと、決して流行の恰好をしているわけではないけど、佇まいそのものがかっこいい。顔はまったく似ていないのに、高校の村田先生を思い出した。

私はとつとつと、前学期の経緯を語った。あんなにみんなに知られるのが怖かったのに、今は自分自身に呆れて、せめて誰かに罰して欲しかったのかもしれない。でも小学校の出来事まで、遡って話す勇気はなかった。

「ナオミが彼女の発表を聞き逃しちゃったのはたまたまだし、英語の聞き取りにも難があったんだから、仕方ないと思うけどな」

「でも、この前、彼女が言った、『無知も差別』。わたし、正直とても無知。戦争のことも、差別のことも……その上、居眠りして聞かなかった。とても恥ずかしい。ひどい差別主義者と、思われてもしかたない。でも差別する気なかった……無知は、差別なの？　わからない」

ニコルは言葉を探すように、ステンレスの台へしばらく視線を落とした。

「確かに、ジウンは日本と韓国の歴史教育の差とか、前に話してたことがあったけど、あれは少しニュアンスが――私は、無知でいられる、目を背けられるのも特権だって意味だと思ったよ」

「……無知でいられる、特権？」

「そう。自分の居心地のいい場所で、自分と似たような価値観の人たちから、聞き心地のいい言葉だけを聞いて、わざわざ不快な話なんか聞かないよって、選択《チョイス》。選べるってことは、特権なんだよ。差別される側は、日々嫌でも直面する現実を無視する選択の余地なんてないから」

　ニコルが私のためめに、できるだけ平易な言葉を選んでくれているのがわかる。ひとつ糸口を掴むと、彼女の言わんとすることは、するすると繋がっていく。

「そういう一方通行の〝無知〟は決して無垢ではあり得ない。かといって無知そのものを責めてるんじゃないよ。差別的言動の言い訳に『知らなかった』を振りかざすことや、『知らないからそっちが教えろ』って態度が問題。その延長線上に差別だってある。ジウンが言っていたのは、そういうことだと思う」

　底に淀んでいたものが、少しだけ見えてくる。ああでも、だからこそ――。

「そうやって選択して、わたしの国は、過去の歴史、ちゃんと教えなかった。どれだけ残酷なことしたか、都合の悪いこと、意図的に、隠して。わたしたちが、知らないでいること、やっぱりそれ、罪。差別主義者と同じ」

「そうなる前に、これから知ることを選択すればいいじゃない。いくらでも学べるし、ジウンとも話してみるといいよ」

　いよいよ鼻がツンとして、目蓋の裏に盛り上がってくるものとその熱を、もう抑えられなかった。

「無理……呆れられて、嫌われた……わたしが、ジウンだったら、話したくない。日本人、昔いっぱい、ひどいことして、今も、だから、当然の、こと」

「ちょっとちょっと、まずはその、歴史に対する罪悪感をのけようよ。ナオミ自身が韓国人を無理やり働かせたり、レイプしたわけじゃないでしょ？」

ほとんど怒ったようなニコルの勢いに、必死で首を振る。遠心力で鼻水が飛び出しかけた。

「確かに切り離すのは難しいよね。私だって、この国の白人である限り、奴隷制の歴史と無関係でいられない。だけど、私自身は奴隷を所有も、リンチもしてない。私個人がその歴史に対して謝ったり、許しを請うべきかと言ったら、違うと思う。白人だから、日系だからって一括りにするのも」

「ステレオ、タイプみたいに……？」

「そうそう」

外から被せられる、自分より大きな、様々なマスクに違和感を持っていたのに、いつの間にか囚われている。

「正直、最初の頃は耳が痛いこともあったよ。人種問題がトピックに上ると、頭では違うとわかってても、感情がね。どうしても自分が責められてるみたいに感じて」

スペシャル・ミールで初めて会った時、〝白人〟という言葉をニコルがどう聞いているのか気になったことを思い出す。

「でもサードのみんなは、私個人がどういう人間かをちゃんと見てくれる。私もそうありたいし、その上で、自分なりにちゃんと知ろうと思う。ジム・クロウ法《人種差別法》を作ったのは私じゃないけど、そこから間接的にでも恩恵を受けながら、その負の影響に無知であることを選択したら、差別主義者と同じになる。何より、大事な人たちの苦しみを無視したくないんだ」

こわばっていた肩から、ゆっくりと、それとわかるほどに力が抜けていく。私の中で、自己嫌悪と一緒に、いろんなものが一緒くたになっていた。ニコルはそれを、丁寧に解きほぐそうとしてくれている。そんな気がした。

「自分の考えばっかりずらずら言っちゃったけど、要は、ナオミが何人《なにじん》だろうがいい子なのは、私も、たくさんのメンバーも知ってるよってこと」

ニカッと笑うニコルにつられて、私の口元も緩んでしまう。アメリカには先輩・後輩の概念はないと聞いたけど、ニコル先輩と呼べたらいいのに。

「……ナオミは、いろいろ考えてるのに、思うように言葉にできなくて、悔しいんだろうなって思ってた」

言われて初めて、自分が本当に欲していた言葉を知ることがある。

どうしたら、こんな風に他人のことを想像できるのだろう。こんなに優しくなれるのだろう。

気付いてくれていた——そのことだけで、これまでずっと飲み込んできたものが、行き場を見つけたように解き放たれる。

泣いているのをごまかすのはとっくに諦めていたけど、いよいよ涙と鼻水が溢れて、私の顔はみっともないほど濡れていた。

「……ありがと……」

ニコルがそっと抱きしめてくれる。子供を落ち着かせるような、シーという音の合間に、かすかに呟いた言葉は聞き取れなかったけど、「頑張ったね」「苦しかったね」というニュアンスだと思う。

内側から体があたたまる。Tシャツ越しに伝わるニコルの柔らかな感触も心地よかった。記憶にない赤ちゃんの頃、私はたぶんこんな風に父や母に抱きしめられて眠ったんだろう。私よりひと回り大柄なニコルの肩や腕にふわりとくるまれて、〝安心〟という言葉の意味を体の隅々で実感する。溢れた感情は再び涙になって、とめどなく流れた。

ふいに肩が離れ、右の頬に、信じられないくらい柔らかなものが触れる。それが左の頬にも触れて離れたとき、かすかに湿った音がした。そのときになって、ようやく、キスされているのだと認識した。ニコルの唇は、両頬よりもおでこに、少しだけ長く止まっていた。

カッと全身が熱を持ち、手のひらが一気に汗ばむ。

この乳白色の肌のかっこいい人は、女が好きなんだ——お試し期間《トライアル・ピリオド》——私も恋愛対象になる——？　考え出すとどんどん顔があげられなくなる。

ニコルがクィアであることはなんとなく気付いていた。なんならサード・キッチンのゲイ比率はキャンパス全体よりもずっと高くて、クレアとセレステのクィアごっこに驚いたときよりずっと慣れた。つもりだった。でも自分も関わることになるとは考えもしなかった。女性同士の恋愛、と頭ではわかっていても、私は心底そういう関係性に納得していたわけじゃなかったのかもしれない。

そもそも私は日本にいた頃からずっと恋愛そのものに縁がなかった。自分は外見的にも性格的にもそういうカテゴリなのだと、半分諦めてもいた。こっちに来てからも、勉強と毎日の生活に手一杯で、英梨子のような恋愛優先の人を、うっすらうらやみつつ、軽く見ていた。

耳がこもって、心臓の音がうるさい。

ニコルの手がゆっくりと頬に伸びて触れる寸前、思わず庇うように上げた手が、彼女の顔をかすめた。「ソーリー」が声にならない。パニックが加速する。

「……あの、わ、わたし、ノーマル、だから……」

ニコルの綺麗なアーモンド型の目が見開かれ、蛍光灯に透けたハシバミ色の虹彩まではっきりと見える。繊細に作られた銀細工のようで、パニックで止まった思考の隅で、一瞬だけ見とれてしまう。

「……ナオミ、クィアはアブノーマル《異常》じゃないよ」

今度は私が目を見開く番だった。柔らかかったニコルの表情が、みるみる固く、くすんでいくように見える。

「あ……ちがう……」

「うん、ストレート《異性愛者》って意味で言ったんだよね。ただ――」

ニコルは何かを振り払うように首を振る。

「ごめん、びっくりさせちゃったね。まつ毛が頬にひっついてたから、取ろうと思っただけなんだけど」

気にしないで、いい夜を。そう言い置いて、ニコルはキッチンを出て行った。

廊下を進む足音を聞きながら、入り口のドアがガチャリと閉まるまで、私は彼女を呼び止めることもできず、呆然とひとりキッチン台の脇に立っていた。最後のすすぎに入った食洗機の音だけが、やけに耳障りに響いた。

セレステたちに透明人間のように扱われることがあれほど苦痛だったのに、今はただ、消えてしまいたかった。ジウンに呆れられ、ニコルを傷つけて、私はもうサード・キッチンにいる資格はない。

それでもまた気がつけば、ああ言えばよかった、こう言えばよかったという脳内シミュレーションを続けてしまう。これは単なるごまかしで、言い訳だ。自分がほとほと嫌になる。アンドレアなら弁解する機会をくれるだろうか。今夜彼女の部屋のドアをノックしてみようか――そこまで考えて、胸の奥が冷えていく。

(弁解するって、何を?)

ニコルに「ノーマル」と言った時、言葉自体は意図しないものだったとしても、異性愛者の自分自身を、「正常」「普通」と思っていた私も、確かにいたのだ。

「普通の恋人同士」と聞いて思い浮かぶのは男と女、「理想的家族」なら父と母と子供という像を、当たり前のように思い浮かべる。女と女の恋人同士を、父と父と子供という家族を、思い浮かべる人たちがいるなんて、考えもしなかった。

(だって、日本ではそういう人たちと知り合うことがなかったから)

私は「正常」でも「普通」でも何でもなくて、単なる「マジョリティ」なのだ。分かっているようで、まったく分かっていなかった。

性指向のことだけじゃない。ジウンのことも、小学生の時の記憶も。もっと、たくさんのこと。

そしてできるだけ意識に上らせないようにして、目をそらしていた想像が頭をもたげる——テレンスやサルマンのことを個人的に知らずに、ダウンタウンの路地裏で遭遇したら、他に居合わせたのが数学クラスのラクシュミーの取り巻きだったら、私はきっと、取り巻き男の方を安全だと見なしてしまうだろう。

（だって、映画ではたいてい、悪い人は白人じゃないから）

ステレオタイプ、見慣れないものへの恐怖、無知と無意識の忌避——自分の中に、やはり差別心としか呼びようのないものが巣食っている。その繭はふとしたきっかけで破れてしまう。今度こそ認めないわけにはいかなかった。ニコルへ「ノーマルだから」と言った瞬間に、静電気が走ったように確信した。

ジウンやニコルの顔が、小学校のあの子と重なる。あのとき抱いた強い気持ち——頭で考えたことより、心で感じたことはずっと深く刻まれ、私という人間を形作る。私はあの子と同じくらい、ジウンが怖い。あの気持ちをジウンに見透かされているようで怖い。きっとニコルにも気付かれた。

サード・キッチンに加入したくらいで、これまで生きてきて自然と身についたものの見方を、簡単に覆せるわけがないのに。ただあの場所にいたいがために、私は自分自身をごまかしていた。

ずっと目をそらしていた、自分の中の暗い穴が見えてしまった。皆と一緒に嫌悪していたはずの差別主義者と大して変わらない、醜く歪んだ自分自身が、穴の底からこちらを見上げている。

中間試験期間であることは、私にとってはこれ以上ない救いだった。通常の食事の頻度が減るから、自然にメンバーとは顔を合わせずにやり過ごせる。シフトがある時は人の少ない時間を見計らってこなし、合間に残り物やパンをつまんだ。

半覚醒のような状態で臨んでも、数学の試験は他のクラスメイトより大分早く終わった。解答用紙を渡しながら教授と挨拶を交わし、ダーリーンにも合図を送ると、ちょうど机から顔をあげたラクシュミーと目が合った。彼女の驚愕の表情を見ても、もう何も感じない。

最終日の生物学の試験は、学習障害がある学生と一緒の試験会場にしてもらった。制限時間が普通より長めになるのだ。英語の読み書きにネイティブ学生より時間がかかると教授に相談したら、あっさりOKをもらえた。試験は日本でもおなじみの解答形式の小問がいくつかと、二つの論述形式の大問が合わさったもので、下級生向けクラスのテストとしては屈指の難易度という評判通りだった。すべての解答をブルー・ブックと呼ばれる解答用紙に何とか書き終え、「不正はしていません」と誓約して署名した後は、右手がわずかに震えていた。

7　1998年3月　失敗と中間試験

その日は社会学の論文提出日でもあった。本来なら論の展開を見直して、もう一つ二つ引用と考察も付け加えたかったのに、チューターから指摘された言い回しや様式ミスを直すだけで気力が尽きてしまった。午後五時の提出時間ギリギリに所定のボックスへ提出したときは、ほとんど破れかぶれになっていた。

私にはもう勉強しかないのに。人のお金で勉強させてもらっているのに。ますます自己嫌悪が募り、息をするのも嫌になる。

試験終了と同時に学校は十日ほどの春休み期間に入る。実家が近い学生は帰省し、英梨子のように旅行に出る学生もいる。クレアは私が図書館にこもっている間に出発したようで、部屋のベッドは完璧に整えられたまま冷たくなっていた。アンドレアもずっと姿を見ていない。

ジョシュからは留学生協会のメーリングリスト宛てに、大学から一番近いショッピングモールへのバスツアーの案内が来ていたけど、これまで通りそっと削除した。とてもそんな気分にはなれなかった。

――私なりに努力したけど、社交なんてやっぱり無理でした

想像の中で、ポッター・ホールの重厚な机の向こうに座るジョシュに、私は半ば自嘲気味に伝える。眉間にしわを寄せながらも、ジョシュの青い目は（この子のコミュニケーション力では仕方ないか）と諦めの色に変わる。そこまで想像して私はまた傷つく。本当に、馬鹿

みたいな繰り返し。

手紙だけは、書かなければいけない。気力を振り絞ってペンを取る。久子さんが喜ぶような内容を想像して、途方にくれる。幾度もペンを止めては、机に自分を縛りつけるような気持ちで便箋に向かった。


お元気ですか？　中間試験が無事に終わり、今はつかの間の春休みを満喫しております。とはいっても、学期後半に向けた課題や予習もたくさんあるのですが。

スペシャル・ミールのアイデアをありがとうございます！　味も見た目もいい五目ちらしはきっと皆が喜んでくれると思います。作るのも食べるのも、今から楽しみです。作ったら写真をお送りしますね。

アメリカにはまだ人種差別はあると思います。かつてのようなあからさまな形ではなくても、蔑視であったり、レッテル貼りであったり、〝こういう人たち〟という思い込みや無知な言動が誰かを傷つけることもあります。する方もされる方も、それと気付いていないことも多いかもしれません。また、白人でなくても、そうした差別をする人はいます。逆に白人でも、経済状態や色々な指向によって差別されることがあります。

私の友人たちはそうした辛い経験を経たからこそ、相手の立場に立って思いやれる、優しくて強い人ばかりです。だからどうぞご安心ください、私は大丈夫です。

学期後半も引き続き頑張ります。久子さんも素敵な春をお過ごしください。ではまたお手紙を書きます。

加藤尚美

一九九八年三月二八日

山村久子様

本当は私こそが、優しい友人たちに軽蔑されるべき、とても醜い差別主義者なのです。封をしたあとも、しばらく頭の中で文章を書き続けていた。

8

1998年3月
春休みと
洗濯室

Forgiving, Unforgivable, Forgiven

——私は自分が許せません。

せっかく変われると思ったのに。大学生活を少しずつ楽しめるようになってきたのに。もうサード・キッチン・コープにはいられない。悪いのは自分だと嫌というほどわかっている。なのにカーテンを閉め切り、一人ぼっちの部屋にいると、どうしても自己憐憫《れんびん》に浸ってしまう。

（あんたにそんな権利はないんだよ）

薄い枕に突っ伏して限界まで息を止める。苦しさに耐えたら過去を変えられる、そんな都合のいい、漫画みたいな願望を抱かずにはいられない。この視界いっぱいの黒い世界に止まって、このまま偏見まみれの自分も何もかも、なくなってしまえばいいと思う。

酸素の薄くなった頭の隅で、もう一人の私が、日本へ帰る言い訳を小声で囁き始める。私は必死で耳をふさぐ。

そろそろ曜日もわからなくなった昼下がり、誰かが突然ドアをノックした。クレアの知り合いでも来たのかと思い、息を潜めて様子を窺う。最初は遠慮がちだったノックが、少しだけ大きくなった。

「ナオミー！　いないのー⁉」

透明感のある可愛い声に続き、「やっぱり隣の窓だったんじゃない？」どこか厳かな感じの口調。声の持ち主たちに思い至り、上体を起こすと、ベッドの古いスプリングが大きく軋んだ。もう居留守は使えない。慌ててドアの鍵を開ける。

「ホラやっぱり合ってたー！　昨日尼僧院に一個だけ灯りがついてたから、ナオミに違いないって話してたのよ」

「またニンジャのフリして隠れてたの？　今度こそ見つけたからね」

薄暗い廊下を背景に、ミアとシャキラがにんまりと笑って立っていた。

「これからジャバ・ルームでサンドイッチを買って、ティペット公園でブランチするの。ナオミも一緒にどう？」

「試験続行中みたいな顔してないで。外、すっごくいいお天気だよ」

黄土色ともねずみ色とも形容しがたい、寮のくすんだ色のカーテンの向こうは確かにひどく明るい。隙間から部屋の中に差し込む陽光に、気付きもしなかった。

私みたいな人間は、もう笑ってはいけない、もっともっと、苦しまなければいけない。自罰的な思いを抱き続けるには、すっかり疲れ果てていた。二人を前にどこか意識して作っていた〝元気のない顔〟が崩れていく。

「うん……行きたい」

いつの間にこんなに暖かくなっていたのか、まだまだコートを手放せる気温ではないけど、もう頰が痛いというほどではない。ほんの数日前の様々な出来事がひどく遠く感じる。冬木の先にぷくりとした芽が見えて、否が応でも気持ちが浮つきそうになってしまう。冬休みのようなしんしんとした静けさとはまた違い、いつもなら人でいっぱいの図書館前広場も、ダイニング・ホールやポッター・ホールへ続く道も、春休みに一息ついているようだった。

ジャバ・ルームは町に二つあるカフェの一つで、これまで幾度となく目の前を通り過ぎてきたけど、入ったことはなかった。学校に三食分の食費を払っているのだから、外食なんてとんでもないと思っていた。

散々迷った挙句にサーモンとクリームチーズのベーグルサンドを選び、向かいに広がるティペット公園へ繰り出す。キャンパスと違い、こちらは賑やかな音楽にひかれるように、学生や地元の人らしきグループがちらほら集まっている。陽気なラテン音楽はバンド・スタンドと呼ばれる、地元の芸術家が作った前衛的な東屋《あずまや》のあたりから聞こえていた。

「そういえば、ダンスイベントがあるって言ってたっけ」

ミアの視線の先には、小柄で口髭をはやした男と真っ黒の長い髪を華やかに揺らして、くるくる踊る女の子がいる。よく見れば、それは入学当初に私の英語を試した子だった。化粧をバッチリしてまるで別人だ。他にも見覚えのある日本人の顔が、踊る二人の周囲にちらほら見える。

ミアによれば、髭面の男は三年生でれっきとした学生だけど、サルサやメレンゲの他にタンゴやサンバなども教えるラテン・ダンスサークルを組織しているらしく、これはそのお披露目イベントだそうだ。

「一緒に踊ってる子、なんて名前だっけ。ユリ、ユカ、それともユミ……ナオミ知らない？あの子も日本人だよね」

シャキラに聞かれて首を振る。たぶんユリエだけど、親しいと思われたくはなかった。

「あの子、日本からの留学生じゃない。長くステイツで暮らしてるから、日本語も、あんまり」

仕返しのような気持ちで口に出した言葉はひどく卑《いや》しくて、後味が悪かった。きちんとした日本語を話せない人を、対等と認めたくない。私の英語をバカにする人とまったく同じ。これもやっぱり差別だ。私はどんどん嫌な人間になる。それとも、隠れていた嫌らしさが露わになっただけなのか。

「彼がリードしてるとはいえ、彼女、すっごくうまいわね！」

「ミアも踊ってくれば？」

シャキラはベンチに腰掛けるなり、待ちきれないようにチキンサンドを頬張り始める。

「よかったら二人にも教えるわよ?」

遠慮しとく、とシャキラが潔く断るのに便乗すると、ミアは「楽しいのにー」と口を尖らせた。そんなミアも、卵サラダ・サンドにかぶりつくと、途端に顔がほころぶ。正に〝ほっぺが落ちそう〟だった。

トーストされ、あらかじめ半分に切られたベーグルサンドは、表面はカリッとして、中はもちもちと柔らかで、まだ温かかった。「やたら固そうなパン」とずっと食わず嫌いだったのを反省する。日本ではあまり食べることのなかったクリームチーズがたっぷりで、スモークサーモンの塩気と絶妙のバランスだ。コーヒーと合わせて三ドル七十五セントと、思ったよりずっと安いのも嬉しい。

食べながら、二人は中間試験や留学生たちの噂話で盛り上がっていた。ミアは英語・スペイン語だけでなくフランス語も得意で、一年生ながら既に上級クラスを履修していた。三年次に選考試験が受けられる、フランスの交換留学プログラムを狙っていると言う。シャキラはいずれ国連かNGOで働くのが目標で、来学期は専攻の政治学だけでなく、社会学や人類学の単位も取る予定らしい。

「じゃあ、同じコース、とるかも?」

シャキラが同じクラスだったらグループワークがあっても安心だ。そんなみみっちい考えが一瞬よぎる。

「ギンスバーグ教授のコースはおもしろいって聞くね。あとフィニー助教授も評判いい」

8　1998年3月　春休みと洗濯室

「私も余裕があったら考古学はちょっと興味あるのよね。ああでも統計学も取りたいし、インターンもしたいし、本当に時間が足りないわ！」

英語や日々の勉強と生活でいっぱいいっぱいの自分に比べ、二人はずっと先を見ている。いつか自分にもそんな余裕ができるのだろうか。今は到底想像できない。こんなに美味しいサンドイッチすら、入学後半年も経つまで知らなかったのだから。

音楽は先ほどよりさらにアップテンポになって、東屋の周りで踊る人数も増えている。町の人らしき中年カップルや老人たちがリズムに乗り切れてない分、学生たちのうまさが際立った。特に中心の二人は息もぴったりに、様々なターンを繰り出して、そのたびに歓声があがる。

「うーわ、so disgusting! 金持ちの日本人女が私らのダンス踊るなんてね」

音楽と歓声に紛れるように、その声は斜め背後から聞こえた。

Disgustingという単語が、シャワールームのぬめりや、誰かが食べかけのまま数日放置したマカロニチーズ、トイレに落ちていた使用済みコンドームに使われるのは聞いたことがあっても、人の形容に使われるのは初めて聞いた。

ベンチの右側に座ったミアたちは聞こえなかったようだ。声の主と思われる赤いニット帽に黒いムートンジャケットの女の子と、黒とグレーのフリース帽に黒いダウンを着た子が、私たちのベンチから数メートル離れた小道を、東屋へ向かって歩いていく。

「あれイサベラじゃない？　ヘーイ、イッサ！」

ミアの鈴のような高い声に、赤い帽子が振り向いた。少し浅黒い肌はセレステを思わせ、でも顔立ちはずっと東アジア系に近い女の子だった。

「ミアー‼　オラ！」

彼女がこちらに大きく手を振るのと同時に、隣の黒いダウンの子――ジウンと肩越しに目が合う。特徴的なピンク混じりの前髪が帽子に包まれて、すぐには気付かなかった。私も彼女と同じように、「あ」という声が聞こえてきそうな表情をしていたと思う。

ジウンはイサベラと二言三言、言葉を交わすと、そのまま一人で美術館の方へ歩いて行ってしまった。ほんの少しだけ気まずそうに見えたのは、私の願望だろうか。

「オラー、ケ・フエ?」

走り寄ってきたイサベラとミアが両頬を寄せ合う。シャキラも彼女を知っているようで、互いに挨拶を交わす。

「彼女は知ってる?　日本からの留学生のナオミよ。ナオミ、こっちはイサベラ」

「ハーイ、元気?　イッサでいいよ」

「ハイ……」

〝日本から〟と聞いても、彼女は表情一つ変えずに微笑みかけてくる。探るようなそぶりもない。私が聞いた声はやはり彼女のものだけど、内容を聞き間違えたんだろうか。近くで見ると、少しめくれた上唇が色っぽくて、華やかな雰囲気の子だ。

「アルトゥーロのクラブ、すごい人気ね。あなたも踊りに来たの?」

イサベラは「んー」と踊る人たちを遠く見やる。その視線に含みがないか、つい凝視してしまう。

「彼と私が中心になって、来学期にダンス・コンサートをしようってプランがあるのよ。やるとしたら、私はああいうのよりもっとフォークロアなものにしたいかな。夏休みに叔母さんに相談するつもりだけど、ミアも協力してよね」

「ステキね！　楽しみだわ。ナオミ、イッサの叔母さんはフィリピンの有名なダンサーなのよ」

「フィリピンで……？　すごい」

高校に入る前、父の蔵書にあった太平洋戦争末期のフィリピンを舞台にした小説を読んだことがあった。ページから溢れてきそうな熱帯の湿気の中で、日本兵に殺されたフィリピン人女性の顔が、まるで本当にあった遠い記憶みたいにぼんやりと浮かび、目の前の、明るく魅力的な女の子の面差しへ変わる。

もしかしたら彼女はもっと個人的なことで日本人が嫌いなのかもしれない。ユリエは実際に嫌な奴だし。でも。もしかして。

「父方の従兄弟はプエルトリコでミュージシャンをやってるの。どうあっても音楽と離れられない血なのよね」

「音楽史とダンス史で独自の専攻にするつもりなのよね？　すごくいいアイデアだと思うわ」

もしイサベラが吐き捨てるように放った言葉が聞こえていなかったなら、すてきな子と知り合えたと、単純に喜んでいただろう。でも今は、笑顔を作るだけで精一杯だ。ここで笑うことに意味があるのかもわからないけど。

ミアとイサベラは、おそらくスペイン語の混じった会話を続け、そのうち好きな音楽がかかったのか、二人でスタンドの方へはしゃぎながら駆け出していった。彼女たちに気付いて、手を振るユリエとパートナーの男子学生が、他のグループの陰に見え隠れする。

“disgusting”と“rich Japanese girls《金持ちの日本人女》”が、〝ジャパゆきさん〟や〝ピーナ〟という、日本にいた頃は聞き流していた、でも今ならぞっとするほど差別的に聞こえる言葉たちと、呼応し合う。

根っこは同じ？　もっとひどい？　悪いのは——だれ？

絶望とは少し違って、悲しさや悔しさみたいな感情でもなく、やるせないような、叫んだあとで地の底まで落ちていきたいような、胸を塞ぐ黒い塊。こんな曖昧な気持ちは、英語にも日本語にもできない。

ジウンがイサベラの言葉にどんな反応をしたのかはわからない。でもきっと彼女が力強く相槌を打っていたであろうことは、そのしかめた表情までも、簡単に想像できてしまう。

あれこれ思い悩んでいたのは、嫌われることを受け入れられなかったからだ。できるならジウンに何とか近付きたいと思った。でも生まれる前の出来事も含めて、既にマイナスから始まっている関係に、何ができるだろう？　私は途方にくれるしかない。

8　1998年3月　春休みと洗濯室

（嫌われてるんだなぁ……）

自分の耳で聞いてしまった、否定しようのない事実は、受け入れるほかない。むしろ心がひたひたと静かになっていく。

「なに？」

シャキラに聞き返されて、自分が独り言を、しかも日本語で呟いていたことに気付いた。彼女がまだ隣にいたことすら、意識の外にあった。

「あの、楽しそうって……」

「ん？　なにが？」

シャキラは顔をしかめる。英梨子なら、きっと可愛く首をかしげるところだ。立派な眉毛のせいで、その表情はたぶんシャキラが意図している以上に厳しく見える。だから私は反射的に焦ってしまう。

「や、ごめん。今の、ナシ」

自分の内側の静けさは、ねっとりした沼みたいだ。言葉を探して進もうとしても、足を取られてずぶずぶとはまっていく。

「嫌われてるんだなって……日本は歴史的、な問題で。わたし自身も、いい印象、持たれてなくて。今、どうすればいいのか、わからない」

たくましい眉をいよいよ吊り上げて、口元を思い切りひん曲げたシャキラの顔は、なんだか歌舞伎役者みたいだった。こんな陽気な春休みのひと時にふさわしいトピックじゃなかったと、言った側《そば》から後悔する。

「誰かに何か言われたの?」

「面と向かって、では、ない……」

「日本は国連への拠出金も多いし、途上国への援助に積極的で、好印象だけどな。少なくとも私にとっては」

「そっか、ありがと。きっと、たまたま、だね。ごめん、変なこと、言った」

「嫌われてるといえば」シャキラは薄い水色の空を眺めながら続ける。

「うちの国や中東諸国にとっては、やっぱりイスラエルって微妙なんだよね。親戚は中東戦争のとき故郷を侵略されて、今も帰れないの。新たな国境のせいでバラバラになっちゃった家族も多いんだ。でも、ここでイスラエル人留学生に会ったら、できるだけフラットに接しようと思ってる。だって『このクソったれ、うちのおばあちゃん家《ち》を返せ』なんて言うの、理不尽じゃない? 相手がペレスやネタニヤフでもない限り」

世界は嫌われ者でできてる。旧ソ連や、イギリス、フランス、ドイツ、アメリカだって、侵略や戦争があるところに、きっと同じような感情や葛藤がある。シャキラは同い年とは思えないほど、達観したように言った。

「でも……もし、そのイスラエル人が、『もともと、うちの国の領土』って思ってたら? 歴史、経緯、教えられてなくて、知らなかったら?」

「ああー、それはちょっと腹立つかも。ちっちゃい子でもない限り、ゴラン高原の歴史を知らないってことはあり得ないと信じたいけど」

「その人が、国全体も、歴史を学ぼうとしない、興味もない……少なくとも、そう見えたら？　やっぱり嫌いにならない？」

「うーん……嫌い以前に、親しくなろうとはしないかな。国が歴史をきちんと教えなかったなら、そこに問題の根幹はあるけど、大人ならあとから自分で学び直すことはできると思うし。何の疑いも持たずに、見たいものだけ見たいように見てるって知性がないし、私にとっては決して尊敬できる姿勢じゃない」

「……だよね」

ニコルが言っていたことと同じだ。シャキラは羨ましいくらいきっぱりとしている。彼女が率直に答えてくれればくれるほど、納得するしかない。

「あとで『ぜんぶ誤解、歴史も学びたい』って言っても、白々しいね……」

「どう捉えて受け入れるかは、相手次第だし、無理強いはできないよね。綺麗事を言えば対話を続けるしかない……でもどうしても理性で整理しきれないとこが出てきちゃう」

「本当に整理、できる人、いるのかな」

イサベラやジウンに「国と個人を一緒にするのは理不尽だ」なんて、どの口が言えるだろう。すべてはブーメランになって、自分に戻ってくる。

「まあ、何があったかはわからないけど、元気出しなよ？　落ち込んだときはまた三人でお茶でもしよう」

「うん。ありがとう」

広場に響き渡る陽気な音楽は最後の盛り上がりが終わり、いつの間にかアルトゥーロと呼ばれた髭男子と三人で踊っていたミアとイサベラが、東屋の上で彼とかわるがわる抱き合っている。ユリエの姿は見えない。

嫌われていることなんて知りたくなかった。自分がこんなに差別的な人間なんて、もっと知りたくなかった。いっそどこまでも鈍感でいられたらいいのに。気楽に開き直ることもできない。

すっかり冷めてしまったコーヒーは、苦すぎて飲み切ることができなかった。


休みの終わりには中間試験の論文も戻ってきた。

社会学部の入り口スペースにずらりと並んだラックの一つに「G・社会学一〇一」のラベルを見つける。Gはグレンジャー教授のイニシャルだ。底の方から取り出した論文を、待ちきれずに廊下を歩きながらめくる。ところどころ書かれた下線とクエスチョンマークは、論旨がわかり難いという意味だろうか。最終ページに書き殴られた大きな「B」の一文字を見て、思わず立ち止まってしまった。

（うそ……）頭から血の気がひいていく。確かに十分な時間をかけたとは言い難かった。でもBなんて。チューターは文法的なミスはあっても内容は問題ないと言っていたのに。せめてBプラス、あるいはAマイナスでも、よかったんじゃないか。

8　1998年3月　春休みと洗濯室

私はすがるような思いで、後期初めてのオフィス・アワーズに、グレンジャー教授の部屋を訪れた。

「ナオミ、一番乗りね！　元気にしてた？」

「はい、教授も？」

グレンジャー教授はいつもながら、年齢の割に張りのある声で私を迎え入れてくれた。ふくよかな体を包む綺麗な紫色のゆったりとしたセーターは、彼女の白髪混じりの髪にとてもよく似合っている。

「あの、中間論文、コメント、読みました。ご指摘、理解した、と思います。でも……」

「成績に納得はできないのね？　どれどれ、あなたの論文は……」

教授はデスクトップのモニターを覗き込む。細長い部屋の両壁を天井まで覆う書棚を見上げると、いつも地震の心配をしてしまう。この地域ではほとんど発生したことがなく、怖いのはどちらかといえば竜巻だけど。

「ああ、そうだった。留学生ならではの視点はとってもおもしろいと思ったのよ。この『デュボイスの〝二重意識〟を、合衆国の被支配者だった日本人も、部分的にもっているのでは』なんてくだり、もっと突っ込んで論じてほしかったかな」

「美醜の基準、には、言及してたんですが……」

「そうね。でももう少し事例と論拠が欲しい。ちょっとリサーチが足りてなかったと思うんだけど、どう？」

「――その通りです」

「試験前、あまりオフィス・アワーズに来なかったわね。毎回あなたの質問攻めに備えていたのに。というのは冗談として、忙しくしてたのかしら？」

「はい、あの、勉強と、コープとか」

「そうそう、サード・キッチンね。参加者であり観察者でもあるあなたの意見もなかなか興味深かった。『同化でもなく、多元主義でもない、内と外の両意識を持って共存を図る人いなる実験としての〝安全地帯〟』。これはつまり二重意識と対比して、と言いたかったのかしら？」

「そうです。あの、マジョリティの視点に、自分が、ぐるっと、取り囲まれる、ことなく、でも、それぞれの目を、持っている、ような」

「なるほど。であれば『マイノリティとしてそれぞれが自意識を獲得しつつ、マジョリティの視点をも保持して』とか、言い換えた方がいいわね。少しわかり難いわ」

教授の言うことはいちいち尤《もっと》もで、この分では評価が変わる望みはないだろうと思われた。全身から力が抜けそうで、ペンを持つ感覚も曖昧だったけど、私は必死でメモを取り続けた。

「そして総論が、『安全地帯は、多元主義的考えを乗り越えられない、自分たちの〝普遍性〟を疑わないマジョリティによってしばしば脅かされる。それに対抗する知性的手段としての多文化主義を……』そうそう、ここが一番勿体なかったと思ったのよ。ここまでの提示が総論を支えていないせいか、論旨がぼやけてしまってる」

「それは……」

「これは英語の表現力というよりは、あなた自身、この総論が腑に落ちてないからじゃないかと思うんだけど、違う？」

ぐうの音《ね》も出ない。表面的に綺麗にまとめたところで、言っていることは確かにスカスカだ。全部お見通しのグレンジャー教授は、ほがらかに笑う。

「材料はとってもよかったのよ。Aグレードの美味しいお料理ができる可能性は十分だったんだけど、そうね……例えば、あなたはハイマンの言う『共有された文化と、あらゆるグループに受け入れられるユニバーサルな規範』は実現可能だと思う？」

「……机上の、空論だと、思います」

「ほっほー、どうしてそう思うの？」

「その規範を形作る、のは、〝声〟の大きさが、影響する……結局、マジョリティの、規範に、なってしまう。私たち、誰も、エスノセントリズム《自民族中心主義》を、乗り越えられない」

エスノセントリズムは今世紀初頭に社会学者サムナーによって定義付けられたものの見方で、自分たちの集団こそが中心であり優れている・正しいと自負し、他の集団は軽視する、正に植民地主義や盲目的愛国心、人種差別の根源の考え方だ。私はこの概念を知ったとき、自分自身も含めた、人間の本質そのものだと思った。特にニコルとのことがあったあとでは、尚更だった。誰でも大なり小なり、他者と接するときにこうしたものの見方を捨てられない。呼吸するように、ものを食べて排泄するように、ごく自然に、私の世界の中心も基準も、どうしたって私になってってしまう。

「あなたは確か、人類学専攻を目指してるのよね。ギアツやベネディクトはもう読んだ？」

「『ローカル・ノレッジ』とか、一部は。でも、よく、わからなかった。想像、できなかった。他者の目、他者の、ものさしを、人が獲得、できるなら、差別も、戦争も、とっくにない」

「わぁお、それはちょっと暴論に過ぎるわね。人文の学徒として、もう少し多角的で批評的な観点を持って欲しいかな」

「すみません。ただ、現実に、この国で、差別は、あまりにも複雑で。見え難い、気付き難い。社会や制度、人に、深く、入り込んで。自分も、持ってたり……考えても、考えても、後から後から、落とし穴が、出てくるみたい。変革とか、その方向とか、見えなくて」

言葉に出すと、苦しさと一緒に怒りにも似た感情が私の中でどんどん高まる。どうして？何をどうすれば？

「なるほど。そして社会学なんて、実社会で役に立たなければ、学ぶ意味は？　なんて思ってるんでしょう」

私が恐る恐る首肯すると、教授は誰もが通る道よ、としみじみと言った。

「だからこそ、学び続ける、考え続ける価値がある、とも言えると思うわ。自然科学みたいにスパッとした解があるわけでもない、でも数多《あまた》の人文学者たちの調査や思索や観察の過程で言語化されたり、認識されたり、それこそ宝物みたいな視点がたくさんある」

答えなんてない問いに意味はあるのか。出口のない暗闇を歩き続けるような、そんな無謀で絶望的なこと。

「考え続けて……終わりがない、ということ、ですか？」

「私なんて三十年間考え続けてるわ。学ぶってそういうこと」


アンドレアに偶然行きあったのは、深夜の洗濯室だった。洗濯カゴ代わりのビニールバッグを抱えていくと、彼女はちょうど乾燥を終えたところで、窓のない生暖かい室内は、石鹸の匂いでむせかえるようだった。

「ナオミ！　久しぶり！　春休みはどうだった？」

二週間も離れていたわけではないのに、アンドレアは私を大事なもののように抱きしめてくれる。

「特に、何も。寮で、だらだら。アンドレアは？」

「同じく実家でだーらだら。エステバンに毎日ちょっかい出してたら、最後にはウザがられたよ。『お姉ちゃんとはちょっと離れてるくらいがクールな距離感だと思う』なんて、なかなか大人びた物言いするのがまた、もう！　可愛くって!!　ああいう瞬間を一個一個、セーブボタンで保存できたらいいのに」

「缶に、詰めたりしてね」

アンドレアとは、暗くどんよりした顔のまま話を続けるなんてとても無理だ。

「エステバンの缶詰！　やだ、超可愛いイラスト描けそう。また非社交的お絵かきクラブ開催する？」

「そうだね。また、いつか」

「ずいぶんコープで見てない気がするけど、ちゃんと食べてる？」

とっさに否定も肯定もできなかった。罪悪感や恥ずかしさが、またまざまざと蘇って、全身が萎んでいくようだ。

「残り物、食べてる。スタディー・グループとか、課題いっぱいで、いつも時間に、間に合わない」

「そっかあぁー、あたしも中間ヤバかったから、期末で挽回しなきゃ。でも食事を取っておいて欲しい時はいつでも言ってね？　この間のジェニファーのパオズなんて絶対に逃しちゃいけなかったよ！　『舌が天国にいる』って思ったくらい。そうそう、舌に羽を生やしたイラストなんてどうかなぁ」

「日本語で、舌のドラムを打つ、という言い方が、あるの。美味しい、とき」

「なにそれ超イケてる!!　日本語っておもしろすぎなんだけど。これからサード・キッチンで美味しいって言う代わりに、二人で舌のドラムロールしてみよっか。どうやるのか全然わかんないけど！」

そう言いつつ、アンドレアはトゥルルルルーと見事な巻き舌をしてみせた。綺麗な鳥の鳴き声みたい。もし二人で食事のたびにこんな真似をしたら、コープのみんなは「アホがいる」と大いに笑ってくれるだろう。アンドレアをいつも取り巻いている、あたたかい笑顔。

想像するだけで胸がぎゅっと詰まる。

「わたし、サード・キッチン、やめると思う」

「えええ!?　なんで？」

　こんな風に、こんなところで彼女に言うつもりはなかったのに。

「もしシフトがキツいなら曜日を変えたりできると思うよ？　せっかく入れたのに、こんなすぐにやめるの勿体ないよ。私だって、さみしい」

　ぶわりと、感情が一気に押し寄せてくる。その一言が、舞い上がるほど嬉しい。私もだよ、あなたともっと仲良くなりたいんだよ。どんなに言葉を尽くしても言い足りない。でも私はあそこにいちゃいけないから。

「マライカやニコルも『ナオミはどうしてんの？』って心配してたよ」

「……ニコルも？」

「うん。ナオミがこんな痩せたところを見たら、二人ともきっと山盛りのピーナッツバター・アンド・ジェリーを食べさせようとするね」

　私が一番苦手とする、アメリカの定番サンドイッチだ。ピーナッツバターにさらにジャムを重ね塗りしたあの殺人的な甘さを想像するだけで、歯にしみる。「ノック・ノォオック！」とパンを載せた皿を片手に持って、部屋に突撃してくるマライカを思い浮かべた。

「それは、ちょっと」

　おかしいんだか、悲しいんだか。

私はどうすればいいんだろう、どうしたかったんだっけ――脳内は煮崩れた煮物みたいにごちゃごちゃだ。アンドレアに軽蔑されるのが、そういう顔を向けられるのが、一番怖い。でも彼女の前で、自分を飾ったり、偽ったりするのも、もう嫌だ。天秤にかける前に、天秤そのものを頭の隅に追いやってしまった。

「あの……ちょっと話しても、いい？」

「もちろん！　何でも聞くよ」

アンドレアが励ますように肩を抱いてくれる。深呼吸をひとつして、私は秋学期の、エッセイ・クラスの話をする。

「居眠りして、ジウンのエッセイ、聞き逃して、誤魔化した、だけじゃない。小学生の頃、わたし、韓国系のクラスメイトに、ひどいこと、言ってしまった。そしてそれは、本心、だった」

父の死後、家族で暮らしていた都下から母と二人で引っ越した古い都営アパートは、東京の中でも高級住宅地として古くから知られた地域にあった。私はそこで、小学校の登校初日から、自分とクラスメイトとの明白な〝違い〟に気付かざるを得なかった。

デパートで買った流行の服ではなく、知り合いに貰った〝おふる〟の服、美容院ではなく母が切った不揃いな髪、小柄で全方位に丸い体型、塾はおろか何の習い事もしたことがないこと、そして父親がいないこと――同級生たちが私をからかう要素は、後からあとから出てきた。負けん気だけは強かったから、どんなに笑われても泣かなかった。私が泣けば彼らがもっと笑うことも、本能でわかっていた。何でもない表情を作るのが上手くなったのは、多分この頃からだ。

「ほがらかで、クラスのみんなをよく笑わせています」

通知表で担任教師からの生活評を見たときは、自分がどこかおかしいのかと思った。この世界の言葉やルール、決められた振る舞いを、自分は知らないのかもしれない。知ることができないのかもしれない。そう思い始めると、自分の立つ地面の底が瞬く間に抜けていくような気がした。働き詰めで、保護者会やＰＴＡへの参加もかなわない母には心配をかけたくなくて、相談もしなかった。

いじめのターゲットにされていた子は、クラスにもう一人いた。私と違い、外見的な部分ではごく普通に見えた彼女は、「嘘つき」と評判だった。原宿でスカウトされた、家は高級レストラン、お母さんはスチュワーデス――実際には彼女の家は小さな焼肉店で、母親は確かに綺麗だったけど、ずっと父親と一緒に店を切り盛りしていたらしい。でもそれらの他愛ない嘘よりもずっと罪深いとされたのが、彼女の〝嘘の名前〟だった。

「あの子、ほんとはチョウなんとかって変な名前の〝チョーセンジン〟なんだよ」

当時八歳の私は、その言葉を知らなかった。私のそばで内緒話をしていた子たちも、意味がわかっていたとは思えない。ただ〝○○ジン〟という響きが意味するところは〝外人〟であり、それはつまり、ニホンジンではないのに、ニホンジンのフリをしている、ということだった。

　口に出すのもはばかられる様子で声を潜めていたあの子たちの眼差し、くすくす笑いの中の、正義感の顔をした悪意の匂いは、ぞっとするほど強かった。〝ビンボー人〟や〝カタオヤ〟のように、意味は違っても、同じように人を蔑む言葉が自分に向かってくるとき、それがどれだけの痛みを伴うか、私は嫌というほど知っていた。

　彼女がいじめられているとき、私は皆と一緒に笑わなければならなかった。彼女も私がいじめられているとき、歪に笑っていた。私たちはお互いの瞳の中に、怯えと申し訳なさと、（自分はあの子よりはマシだ）という拭いようのない蔑みを見て取った。笑うことと、笑われることの間に横たわる絶対的な線に、それが私たちの間で気まぐれに位置を変えることに、私たちは怯えていた。


「わたしが、〝いじめられ当番〟の日、帰り道であの子が、ひとりで歩いてた……わたし、走って追い越して、初めて、言ったの。『チョーセン人のくせに！』って」

　一瞬しか見えなかった彼女の顔。いじめっこたちの誰よりも、私はあの子を憎んだ。あの子の笑顔が一番許せなかった。あの子の笑う瞳に映る自分は、もっと嫌いだった。

「すごく、強くなった、気がした。わたしは、彼女より、絶対に〝上〟って信じられた。同時に、何か、取り返しが、つかないことを、したんだと、思った」

　刹那の彼女の表情も、荒々しく高揚した気分から叩き落とされるような後悔も、私は今でもありありと思い出せる。

「大きくなって、社会や日本史の授業や、ニュースで、いろんなこと、知って、わたし、自分の言ったことの意味が、はっきりと、わかった」

　それでも、したことが消えたり、薄れたりするわけじゃない。耳の奥にいつまでも残る自分の声と一緒に確かになった気持ちは、楔《くさび》みたいに私自身に深く刻まれていた。あのエッセイ・クラスで、私がジウンを避けたのは、恥ずかしかったから、嫌われたのではと怖かったから――でもそれ以上に、私があのとき抱いた強い悪意を、見たくなかったからだ。

「わたし、ジウンに、軽蔑されること、した。ニコルにも、ひどい言葉、言った。小さい頃も、今も……ぜんぜん、変わらない。サード・キッチンに、いたらいけない」

「『ニコルにも』？　彼女とも何かあったの？」

「彼女が、せっかく、励まして、くれたのに、わたし……」

　喉元にせり上がるものを、力一杯押し止める。あんたには泣く権利なんかない、被害者面すんな、と自分に言い聞かせながら。

　アンドレアは、私の文法も時系列も混乱したままの話を、一語一語促すように、丁寧に聞いてくれた。適当な単語が出てこない時は、喩《たと》えや言い換えを交えて、こういうことかと、確かめてくれたりもした。それはまるで、私の気持ちをひとつひとつ、一緒になぞってくれているかのようだった。

「便秘は治った？」

一瞬何のことかと戸惑ったけど、すぐに気付く。「まだ、少し。消化活動中」

「道理で。おなら臭いと思ったら！」

「……バラの香り、でしょ？」

All right とアンドレアが小さく〝ハイファイブ〟をしてくれる。そこには軽蔑の気配はみじんもなかった。私はもう一度ゆっくりと、深く、息をつく。

出口が見えずに、私の中に溜まりに溜まっていた思いや、まとまらなかった考え。便秘がひどくなると例のものは体の中で石のように固くなるらしいけど、考えや思いはどうなるのだろう。

「でさ、あたしは『ナオミおだまり、このケツの穴野郎』って言う気にはぜんぜんならないんだけど」

「『クソみたいに無知なバカ』でもいいよ。本当に、そうだし」

私たちはみんなそうだよ。アンドレアの口調はこれ以上ないほど穏やかだ。

「あたしだって、無知だしバカな失敗はするし。日本についても、トーフの食べ方やら、ソイ・ソースの使い方やら、たぶん相当ヘンでしょ」

「それ、しかたない。自然なこと」

だってアンドレアは日本に行ったことがなくて、これまで身近に日本人がいなかったのだから。

「そう！　ナオミも仕方ないって思うんだよ。ステイツに来て半年ちょっとで、politically《政治的に》

incorrect《間違った》な言葉を使ってしまったからってさ。こんな顔色悪くなるまで気にして、上辺だけPCであろうとするより、よっぽど正直で誠実だと思う」

「……でも、わたし本当に、『ゲイは異常』って心の底で思ってた。マジョリティが正しい、普通って思い込みに、気付いて、しまった。韓国のこと、マイノリティや、外国人のこと、日本でスルーしてたこと、いっぱいあって。それはどっかで、差別と繋がる、と思う」

嘘つきと呼ばれたあの子も、ジウンやニコルも、そんな私の本当の姿が見えただろう。偽善の皮を被り、醜く歪んだ、私も見たくないと思っている顔が。

「思い込みに気付いた時点で、これから変わっていくと思わない？」

「思いたい、けど、自信ない。自分が、信じられない……わたし、いっぱいステレオタイプ、あるの。気付いてないのも含めて、たくさんの。人と国、文化や歴史や、いろんなバックラウンド、どうしても、完全には、切り離せない」

アンドレアはふーっと大きく息をついて考え込む。背後では洗濯機が激しい音を立てて、脱水を始める。いつもどこか壊れてるんじゃないかとビクついてしまうけど、今日は格別だった。

「高校のフランス語の授業で聞いたんだけど、後悔《regret》の語源は、ものすっごく悲しむって意味の古いフランス語なんだって。当時なるほどなぁって思ったの」

「悲しむ……」

ずっと後悔に押しつぶされそうな私の心にも、確かに悲しみとしか呼べないものがある。

最初からあったのかもしれないけど、それとは捉えていなかった。アンドレアにも、そんな強い後悔があるのか。

「『後悔しても遅い』とか、『覆水盆に返らず《no use crying over spilt milk》』とか、できるだけ後悔しないように、後悔しても無駄って言葉が多いけど、すっごく悲しむこと自体は無意味なのかな？　で、あたしエステバンに聞いたことがあんの。『ミルクをこぼしちゃったらどうする？　コップには戻せない、もう飲むことはできないけど』って。そうしたら、あの子、なんて言ったと思う？」

アンドレアの言わんとすることを測りかねて、首を振る。

「『猫を呼ぶ！　虫さんも呼ぶ！』だって」

Buggie《虫さん》と得意げに言う小さな巻き毛の男の子を想像すると、柔らかな毛布に触れたみたいな気分になる。

「エステバン、本当に、可愛いね。しかも、賢い」

「でしょでしょ？　そんでちょっとした真理じゃない？　ナオミもさ、少なくともその、ものすごく悲しい気持ちは、やめる前にジウンやニコルに伝えたらいいんじゃないかな」

「それは――ちゃんと話して、謝りたい。けど、拒絶されたらって、怖い。謝罪、押し付けたく、ない。あと、恥ずかしい、気持ちも、あって」

アンドレアはわかるよ、と繰り返し頷く。

それに本当は、アンドレアと彼女たちの親しい輪の中に入りたかった。アンドレアが彼女たちを〝クール〟と評するように、アンドレアや彼女たちにも、いつか私のことを、そう思って欲しかった。でも今の私は、クールから何光年も遠い。

「許すとかは別に、あの二人は、きっとちゃんと聞いてくれるよ。うまくいかなかったらあたしも……ううん、ナオミの気持ちは、ちゃんと伝わると思う。自分のしたことが、ものすっごく悲しいんだって、私には伝わったから」

もう一度小さな爆発のような音がして、ようやく脱水が終わる。私の中にも小さな火花の気配が残る。アンドレアに「くさくなっちゃうよ」と促され、生温かく湿った洗濯物をドラム式の乾燥機に移す。コイン投入口に二十五セント玉《クオーター》を入れると、腕全体から強い石鹸の香りが匂い立った。町の雑貨屋で、一番安い洗剤の香り。

「伝えられる、かな」

もっちろん！　というアンドレアの笑顔は、私に小さな自信をくれる。

「あとバックグラウンドが切り離せないって話だけど、それってていい側面もあると思うんだ。あたし、もともと日本っておもしろそうとは思ってたけど、ナオミのお陰でどんどん興味が募ってるよ。マジで行きたい！」

「わたしも……！　私も、プエルトリコのこととか、ニューヨークも、スペイン語も、知りたいって、思った。あなたのお陰」

胸の奥がふわふわと温まる。多分私はこの先何度もこの時間を思い出す気がした。洗濯物の湿気で少しだけぼやけたレンズで、それこそ缶に詰めた幸せな景色を覗き見るみたいに。

「親しくなればなるほど、その人を知りたくて、その背景にも興味が湧くよね。どんなメガネで世界を見てるのか、見てみたくて」

「たまに、虫眼鏡になったり、ね」

「あはは、水中眼鏡かも？　じゃあ明日、コープで席用意して待ってるね」

心が震える。恐怖じゃなく、期待し過ぎてはダメだという戒め。許してもらおうなんて、のうのうと考えるな。でも。

ためらいながら頷くと、アンドレアが「やったー！」と手をかざしたので、思い切り〝ハイファイブ〟した。乾燥機の熱気がこもる洗濯室に、ばちん、と小気味いい音が響いた。


翌日は、色のない冬に後戻りしたような、厚い雲に覆われた日だった。意を決してスロープを上り、サード・キッチンへ続くドアロックを解除する。ずっと人のいない時間帯に行っていたから、廊下にまで満ちた匂いと音と笑い声が懐かしい。明かりのついた食堂へ足を踏み入れると、食べ物も、おしゃべりに興じるメンバーたちも、すべてがあたたかい色に溢れて、頬のあたりがくすぐったくなる。

「ナオミ、なんか久しぶり！　調子どう？」

「ちょっと病気？　ずいぶん細くなって、消えちゃいそう」

ラーレやマライカが大げさなほどに構ってくれる。マライカがセーター越しに私の二の腕を測るように揉んできたので、殊勝な顔を保つつもりが、やはり笑ってしまった。

「心配したよ。元気？」

キッチンの手洗い用シンクで、ニコルが話しかけてきてくれた。たくさん用意していた謝罪の言葉が、こみあげるものに押されて詰まってしまう。何度も繰り返したシミュレーションの中では、ニコルはこんな風に気さくに、私に笑いかけてくれたりはしなかった。

「あの、ごめんなさい。本当は、もう、来ちゃいけない、と思った、けど」

「なに言ってんの！　これでやめられたら、むしろ私が気に病むよ」

　ああまた間違えてしまった。こんな風に言うはずじゃなかった。私はどうやっても、ここでは〝正解〟の振る舞いにたどり着けない。もう英語のせいばかりじゃないだろう。

「気にしてるってことは、私の気持ちを想像してくれたってことでしょ？」

　言葉が出ない代わりに、私は必死で頷く。次の瞬間、ニコルの手がふわりと私の肩を包んだ。

「それで十分。またここで、会えてよかった」

　許されている《forgiven》——どうして与える《give》ことが許すことなのか、この単語のスペルがずっと不思議だった。でも今はなんとなくわかるような気がする。ニコルが私にくれるもの。受け渡された実感と一緒に、肩から伝わる温度が胸を満たし、深く吸い込むと小さく体が震えた。鼻の奥がむずむずするのを堪えようと全身で力むと、ニコルが慌てて手を離す。

「おっと、これも触りすぎ？　パーソナル・スペースが近すぎって指摘されたばっかなの。日本人は家族でもハグやキスをぜんぜんしないんだってね」

「確かに、ない。けど、いい文化だと思う。私、まだ慣れてない、うまくできないかも、だけど、『郷に入っては、郷に従う《Do as Romans do》』！」

「よかった！　じゃあ、ローマ人と練習しとく？」

ニコルがふざけて両手を広げたので、「うん」思い切って抱きついてみた。二人して笑いながら、「おー」とも「うー」ともつかない、ため息のような声がもれる。やっぱりハグは、温かくて柔らかくて、とても心地がいい。

「なになに、ハグタイム？　僕もー」

いつの間にそこにいたのか、テレンスがニコルと私をまとめて抱きしめてくる。

「ほら料理長も。僕らは生きてく上で、ハグが必要なんだよ」

「はいはい、よくわかんないけど」

反対側からどすんと勢いをつけて加わったのはプリヤだ。彼女から匂い立つ美味しそうなスパイスの香りが鼻をくすぐる。

「なんかこういうのどっかで……ああ、コウテイペンギン？」

テーブルに着くと、離れた席に座ったジウンと、一瞬だけ目が合う。彼女から視線を外され、決心が揺らぎそうになるのを、何とか保つ。隣に腰掛けたアンドレアがおどけたようにウィンクして、私の手の甲にそっと彼女の手を重ねてくれる。

（私の、席がある）

ジャガイモとインゲンのカレー炒め、ターメリック・ライス、トマトと豆のスープ。熱々の夕食を、久しぶりにお腹いっぱい収めた。美味しいと頷きあう声、匂いや湯気までも、美味しいと思った。数週間ぶりに顔を出す気まずさも、ぎこちなさも、この場所が柔らかく包んでくれる。

バナナを混ぜたヨーグルトを食べる頃、サルマンが厳しい表情でコップを鳴らした。

「今日は週末にあった、ちょっとした事件の報告。端的にいうと、ゲストでもない非メンバーが、しかも白人の女子学生が、勝手に中を見学してた」

たまたまサルマンが食料の在庫をチェックしに来たところを、鉢合わせしたのだという。何をしているのか尋ねると、彼女は悪びれる様子もなく、上階のバニスター寮に住む友人に会うついでに、中を通ってみたのだと答えたそうだ。

「はあぁぁ？」

マライカが顔を歪めて叫んだ。皆の眼差しも険しくなる。

「僕は、『ここはマイノリティ学生のためのセーフ・スペースだから、この場所とメンバーに敬意を払ってくれるなら、今すぐ出て行ってほしい』とできるだけ紳士的に伝えたつもりだ。でも彼女は逆ギレしてね。『この大学の学生である限り、私はどの設備にも入る権利がある。その権利を侵害するあんたの方がおかしい』って」

「その子、バニスターにも男子が入る権利があるって言ってんの？」

テレンスが呆れた顔で言うと、サルマンも苦笑した。女子専用のバニスター寮は男子禁制で、〝女性のセーフ・スペース〟を標榜している。有事の際の保安員以外の男性は入れず、学期中の清掃員もみんな女性らしい。サード・キッチンから表通りに出るには、食堂からドア一枚隔てたバニスターの正面玄関ホールを通り抜けた方が早いけど、男子メンバーは絶対に通らないし、女子メンバーも滅多なことがなければ通らないようにしていた。バニスターの寮生も同様で、互いにそれぞれの場を尊重しあい、これまで一度も問題になったことはなかったと聞く。

「まさに僕も、テレンスと同じことを彼女に伝えて、納得してもらえるかと思ったんだ。でも彼女、『レイプ・サバイバーやレズビアンのための安全地帯とは次元が違う。マイノリティだからって理由で暴力を振るう白人がこの大学のどこにいるのよ』だってさ。それで今度は『私が白人じゃなかったら、こんな扱いはしないんでしょ？　それって逆差別じゃないの？　あんたたちこそ差別主義者よ』とのたまった」

皆はそれを聞いて、頭を抱えたり、腕を組んだり、半ば笑い出しそうな顔で天井を見上げたりした。うんざりだ、と声になるかならないかのため息が聞こえる。

「確かに彼女が白人学生であることは、問題をより深くしている。でもたとえ彼女がマイノリティだったとしても、アライ《協力者》だったとしても、通り抜けに使うのは看過できない。もっとも、そういった学生たちは、この場所に対してちゃんと敬意を払ってくれるから、決してそんなことはしないけど——そう僕が言ったら、大学側にこの不公正を訴え出るってさ」

「ちょうどその時私も来たんだけど、すごい剣幕だったよね。何ごとかと思った」

それまで議事録らしきものをとっていたカロリーナが顔を上げて言った。

「ちなみに私は彼女を知ってるんだ。ラテン・アメリカ文学のクラスで一緒だった二年生で、ジョアン・マクファーソンって子」

ああ、知ってるかも。あの子か。いくつかのテーブルから声が上がる。

「彼女、ストレート?」

「たぶん。一年のとき北寮の寮監と同棲してたはず。あのいかにも体育会系《jock》っぽい男」

そんな会話も聞こえてくる。小さな村のようなキャンパスでは、大抵の学生は知り合い同士で、大抵のことは誰かに知られている。そしてどこの寮でも寮監が恋人を連れ込むのは規定事項なのか。

「で、ここからが提案なんだけど、この前のキートン・コープのこともあるし、設立当初のうちの理念を改めて表明する、いい機会だと思うんだ。この小さな事件と、僕らの主張を交えたエッセイを書いて、大学新聞に掲載してもらおうと考えてる。もちろん彼女の名前は伏せてね」

「説明責任があるみたいに思われるのは癪《しゃく》だけど、仕方ないか」頷きながら、テレンスが言う。

「いきなり行って、掲載してくれる?」とニコル。

「実はもう編集委員には話を通してある。人種問題はこの大学ではいつでもホットなトピックだし、ブッシュJr.の豪邸が白人限定で売りに出されてたってニュースが出たばかりだしね。次期大統領候補特集の裏面って感じかな」

「蛙の子は蛙ってやつか。親父みたく、黒人による犯罪を言い訳にしそう」

「うっわぁー、あの『週末パス』のCMうっすら覚えてる！」

「Dukakis on crime!」

「やっぱクソだな」

みんな何の話で盛り上がっているのか。ブッシュがクリントンの前の大統領だというのはかろうじてわかる。ジュニアということは息子か。アンドレアを見ると「なんだろうね」という意味の肩をすくめるポーズをしたので、少し安心した。

「で、締め切りに間に合うの？」

遅れてきたホセが残り物を頬張ったまま尋ねる。

「書き上げたら、掲載前にみんなに確認してもらいたい。それでもし間に合わなかったら来週でもいいと思ってる。一刻を争うタイプの記事じゃないし——じゃあ、決をとっていいかな？」

サルマンの提案に、全メンバーが、親指を立てて《サムズ・アップ》賛成した。

9

1998年4月
大学新聞と国際電話

Where do you belong?
——あなたは誰ですか?

大学新聞　一九九八年四月X日　第●●●号

世界最大の移民国家である合衆国と同様、僕らの大学は今も〝多様性〟への発展途上にある。しかしながら、一六〇年の歴史の中で、この議論においては常に国内で進歩的な存在であり続けているのは、誰もが同意するところだろう。

サード・キッチン・コープもそうした文脈の中で誕生したのだが、昨今、「人種分離主義」「逆差別の温床」などと、いわれなき誹《そし》りを受けることが増えてきた。そうした批判に対して、この場を借りて、改めて僕らの立場を説明したい。

サード・キッチン・コープは、それまでコープ協議会でまとまった声を持てなかったマイノリティ学生のための〝安全地帯〟を作るべく、五人の学生によって設立された（サンフランシスコ州立大学とカリフォルニア州立大学バークレー校の〝第三世界解放戦線〟に刺激を受けての発足であることは言うまでもない。知らない人へ念の為、第三世界解放戦線とは、六〇年代に彼の地で複数のマイノリティ学生団体が共闘し、西洋中心主義のアカデミアを批判して、多様な文化を学ぶ機会を求めたキャンパス改革運動のこと）。〝サード〟には、とかく白人と黒人という二項対立で語られがちな人種問題に多様な視点をもたらす、という決意表明だけでなく、プライベートとパブリックの間の、第三の場所、というニュアンスも含んでいる。

誰にとっての安全地帯か：基本的には非白人の、とりわけ低所得者、クィア、移民、留学生など、マイノリティの中でも周辺化されてきた学生にとっての、というのが基本理念だ。白人であっても、同様の背景によって大学のメインストリームから疎外され、僕らを取り巻く問題に共感し、連帯してくれる学生たちも、伝統的にアライ・メンバーとして、あるいはスペシャル・ミールのゲストとして、包括してきた。

このコミュニティの目的は、異なる社会階層、文化、民族、ジェンダーといった多種多様なバックグラウンドを持つ学生たちの間で、対話を通してそれぞれの違いを受け入れ、互いをエンパワーすることだ。誰も不用意な発言で脅かされたり、一方的に判断されることなく、その時々のメンバーにとって重要なトピックを、建設的に議論し合える場を作ることだ。

生まれ育った街で、「どこの国出身？」「英語はどこで覚えたの？」と繰り返し投げかけられる質問、教室で外見から自分だけが注目を浴びてしまう瞬間、内外から押し付けられるステレオタイプ、そぐわない自分との葛藤、過剰な哀れみ、あるいは特別視……ひとつひとつは些細なことでも、積み重なれば、それらは十二分に僕らを損なう毒になる。ひたすらに突きつけられる〝私たちと違うお前は何者か〟という問いと、常に対峙し続けなければならないのだ。

残念ながら、この「リベラルの中のリベラル」と呼ばれる大学にも、少なからぬ毒はある。学費ローンや終わりなき課題というプレッシャーに加え、いつどこで浴びせられるかわからない毒にまで対処するのは、ひどく消耗する。サード・キッチンは各メンバーにとって、健康的な食事を楽しみながら、〝ここにいる間は大丈夫〟とささやかな安心と休息が得られる場所だ。そうして養った力で、僕らは外の世界《outside world》で自分らしく、生き抜いていくことができる。

先日、僕らのコープを近道に使おうとした白人学生がいた。

ちょっと想像してみてほしい。大切に守り、築き上げてきた家の中を、赤の他人が、あたかもそこに家など存在していないかのように踏み込んできて、通り抜けて行ったらどう思う？　それがどれほど敬意を欠いた行為か、人は想像できるはずと思うのは、過ぎた期待だろうか？

この場所を問題視したり、軽視したりする君たちへ。君らの主張によると、僕らのしていることは、白人というマジョリティに対しての新たな差別であり、人種融和を成し遂げたキャンパスにおける、逆ジム・クロウであり、リバース・アパルトヘイトだそうだね。サード・キッチンがメンバーにとってどんな場所か知った上で、これらの批判がはらむ大きな矛盾に気が付かないなら、高校へ戻って英語と歴史の勉強をやり直すことをお勧めする。

（特別寄稿：二〇〇〇年度生　サルマン・バクシ）

サードのみんなにとって、今回の件がどういう意味を持つのか、私はまだ本当にはわかっていなかった。サルマンの記事を読んで、ようやく一段、輪郭がくっきりした気がする。心の奥底では（部外者が食堂に入ったくらいなら）と思わないでもなかったのだ。

そんな私もまた内側に入ってしまった〝毒〟かもしれない。

ジウンとはまだ話せていなかった。ちりちりとくすぶる不安を隠すように、ニコルやアンドレアがかけてくれた言葉たちを反芻する。私は彼女たちに許されて、受け入れてもらった。いい加減、うじうじと後ろ向きの自分と決別しなくちゃいけない。私にできることを、探さなくちゃいけない。たとえそれが見つからなくても、せめてグレンジャー教授の言うように、考え続ける。

しばらくは新聞を広げている白人学生を見かけるたびに、自意識過剰なほどドキドキして様子を窺った。だけどキャンパスは、表面上は何の変化もなかった。いつセレステが「ＰＣ

コープがおもしろいことになってるね」とからかいに来るかと身構えていたけど、徒労に終わる。クレアもダーリーンも、新聞を読んでいる素振りはなく、私からあえて話題を振ることもしなかった。

〝あなたのママから電話があったよ＠９ＡＭ〟

いつも通り十一時過ぎまで図書館で過ごし、ようやく部屋に帰り着くと、ベッドの上にクレアからのメモがあった。朝に出たきりだったから、電話を受けてからまるまる半日以上が過ぎていることになる。クレアはすでに奥のベッドで静かな寝息を立てていた。

よほどのことがなければ母は電話をかけてこない。思えば前回話したのは正月明け、三ヶ月近くも前だ。小さな不安を覚えながら、電話コードを引っ張り、蛍光灯が揺らいでブーンと鳴る廊下へ出る。受話器の向こうで呼び出し音が、日本の土曜日の午後へと時空を超えるのに、じっと耳を澄ました。

「はい、加藤でございます」

「お母さん？　私。ごめんね、折り返すの遅くなって」

母が小さくため息とも呻《うめ》きともつかない声をもらす。声はすぐ側に聞こえても、やはり遠いという感覚が強まる。何かあったの？　じっと待っても返事がなく、もう一度繰り返す。

「久子さんがね、ちょっと風邪をこじらせてしまって」

心臓がどっくん、と跳ねた。というより、一瞬止まったみたいだった。いつもより返信が遅いな、とは頭の片隅で思っていたのに、ずっと自分のことにかまけてしまっていた。

「大丈夫なの？　まさか」不安は絶望に変わり、光の速さで未来を貫く——中退、帰国。

「ああ大丈夫よ。朝方には熱も下がって安定したらしいの。やっぱりご高齢だし、お世話をしている方が『大げさに騒いでしまった』ってさっきわざわざご連絡くださって」

「よかった……！」

いの一番に学費のことを考えてしまった。そんな自分の俗物根性が、ひどく後ろめたい。

あの優しい手紙を受け取れなくなったら。そう考えるだけで暗い崖から突き落とされるような恐怖を覚える。嘘を書いてはいても、私を労《いたわ》ってくれる言葉の一つ一つや、「久子さんは信じてくれている」と確かめられることが、私の支えになっていたのだ。今更のように痛感する。

「私、次に帰国したら絶対に久子さんに会いに行くから。嫌がられても、ほんの一瞬でもいいから、何なら窓とかドア越しでもいいから、ちゃんと会ってお礼が言いたい」

「そうね。お母さんも、そうした方がいいと思う」

母の言葉はどこか歯切れが悪い。まだ何か悪いことがあるのだろうか。沈黙で待つのはもどかしい。電話代も気になってしまう。電話カードの残高と通話時間を頭の中で計算し始めると、母が再び口を開いた。普段の母からは考えられない、か細い声だった。

「久子さんはね……なの」

「え？　聞こえなかった。もう一回言って」

本当は聞こえていたかもしれない。ただ脳が処理できなかっただけだったのかもしれない。それくらい、一万キロ越しに届いた母の言葉は、全く予想していなかったものだった。

「久子さんは、あなたのお祖母さんなの」

「え？」喉に何かがひっかかって、声がうまく出ない。懐かしいアパートの一室の、襖の横の箪笥の上、退色した祖父母の写真を、ゆっくりとビデオカメラを回すように、思い出す。

「だって——死んだって、ずっと昔——あの写真、は？」

「久子さんは、お父さんのお母さん。ずっと黙ってて、ごめんね」

「でも、父方だって、お祖父ちゃんも、お、お祖母ちゃんも、私が生まれるずっと前に、死んだんじゃなかったの？」

「一昨年まで、あなたのお祖父さんも、生きてらしたの」

何が何だかわからない。まったく状況が飲み込めない。

今までいなくて当たり前だった、影のようだった人たちが、突然私の現実に飛び込んでくる。寮の廊下の壁のヒビや、絨毯のシミまでも、異様に強い輪郭を持って、こちらへ迫ってくる気がした。

ではあの毎年の帰省シーズンの、帰る田舎も祖父母もないという小さな心細さは。お年玉も誕生日プレゼントも、友達の誰よりも少ないわびしさは、何だったのか。でもそんなことよりも、

「なんで？」

久子さんと血が繋がっていることは、喜ぶべきことなのかもしれない。なのに、ふくれあがる疑問の方がずっと大きい。母の沈黙は、永遠に続くかのように思われた。受話器の向こうの微かな気配に、全身全霊で耳を澄ます。

「お父さんね、お母さんと結婚するとき、ものすごく反対されて、実家から勘当されたの。それ以来、死ぬまで、ううん、死んでも、縁を切られたままだった……私たちも」

あの優しい手紙の主と、「縁を切る」という響きは、別世界に属するように遠く、結びつきようがない。そもそも私には家族の縁を切るということがどういうことか、わからなかった。

「どうして。何があったの？」

母は諦めたように、ひとつ大きく息を吐くと、ぽつりぽつりと説明する。

父の実家が静岡の旧家であり、私の祖父にあたる人も、曾祖父・高祖父に到るまで、議員やら市長やらを務めてきた家であること。でも父は、家族の意向を無視して進学先を決めてしまい、家を継がずに研究の道に進んだこと。そのことで、母と出会う以前から家との関係は良くなかったこと。

「そこに私との結婚で、ますます……私は両親もいなくて、家柄も釣り合わなかったから」

なんなのそれわけわかんない古臭い漫画かドラマみたいですごいウケるんですけど時代錯誤もいいとこじゃん。

茶化そうにも、できなかった。父と、母と、久子さん、そして見ず知らずのお祖父さん。

彼らの間の、何十年もの確執。

「久子さん、今さら祖母を名乗ってあなたに会う資格はないからって。あなたに伝えるかどうかは私に委ねられてたけど、その時はぜんぶ、私たちの経緯を、包み隠さず伝えてくれってお願いされてたの。正直私も言うべきなのか、わからなかった。ナオがどう受け止めるのかと思うと」

「私だってわかんないよ。縁を切るとか、お父さんがそんなすごい家の人とか。ぜんぶ急に言われたって、ぜんぜん、想像もできない！」

勢い余って大きな声が出てしまう。部屋の中で寝ているクレアが咳をするのが聞こえた。口をつぐむと、廊下の静けさが耳を圧する。

嫁と姑問題なんて巷《ちまた》にありふれていて、父の家柄云々《うんぬん》の話も、どちらもほとんど空想の域で、現実感がなかった。映画やドラマなら展開の予想がついても、自分のことになると、まったく読めない。

「久子さんは、お母さんや私を憎んでたの？」

これまで受け取ってきた何通もの手紙の、文章の一つ一つを思い出す。どこかにそんな感情の、片鱗はあっただろうか。

「久子さんは、あなたと私から大事な人を奪ってしまったって、そう思ってらっしゃるの。うちのお父さんがあんなに早く死んでしまったのは、自分たちのせいだって。それから、赤ちゃんも」

母の声が詰まる。

「赤ちゃんって、私?」

電話の向こうで、一瞬だけ、嗚咽《おえつ》を押し殺すような気配がした。

母は、ときどき喘ぎそうになりながら、少しずつ話してくれた。

父と母は、ベトナム反戦デモで出会い、結婚の約束をし、父が大学院にいるときに母が妊娠した。そこまでは、私も前に聞いた話だ。

二人は父の実家に挨拶に行ったけど、玄関先で追い返され、母はその後まもなく流産した。生きていれば、私には四歳上の姉がいるはずだった。ほどなくして父の実家からの経済的な援助は打ち切られ、父を遺産相続人から排除する旨の連絡も、弁護士を通じてあったという。

「お金で脅されても、私たちはぜんぜんへっちゃらだった。だってナオを授かれたから」

母はもともと妊娠しにくい体質だったらしく、何度か初期流産を経験したそうだ。でも「幸運に恵まれて」私が生まれた。その頃には父も無事に博士号を取得し、生活の目処はつくかに思われた。

父は物理学で将来を嘱望された研究者だった。実際、博士論文は学会の注目を浴び、本人だけじゃなく周りの誰もが、母校の大学で何らかの地位を与えられるだろうと、当然のように思っていた。けれど祖父や久子さん、その周囲の人たちの圧力によって、大学での出世はもちろん、他の就職の道もことごとく閉ざされた、らしい。

「久子さんもお祖父さんも、それで研究の道を諦めさせようとしたんだって。私たち母子に

9 1998年4月　大学新聞と国際電話

は十分なお金を渡すから、別れて静岡に戻って、昔から約束していたお家から改めて奥さんをもらって、家を継ぐようにって。何度か話しに来たらしいの。お父さん、そういうことは一切私に言わなかったけど」

父には弟と妹がいて、今は弟が家を継いでいるらしい。母は今も彼らに会ったことはないという。家族が皆亡くなったという久子さんの話も、嘘だったのだ。

父は中央の学閥から遠い、小規模大学の講師と、塾講師の職をいくつか掛け持ちすることで、何とか私たち家族の生活を支えた。不安定な立場で、理不尽な形で雇用を打ち切られたこともあったそうだ。そんな中で、アメリカの研究機関に活路を見出そうとしていた矢先、仕事の合間に寸暇を惜しんで研究と論文執筆に励んだあげくの、急性心不全だった。

「お父さんが亡くなったとき、あちらにも連絡したんだけど、結局、誰もお葬式には来なかったの」

母の言葉は、廊下の冷気と同じくらい冷たく、しんと響いた。

まるで夢の中の出来事のような、黒い服の大人たちの群れ。皆がいるのに父がいつまでも寝ていることがおかしくて、花に埋もれているのもふざけているみたいで、今にも笑い出しそうだった。火葬場の、目線よりはるかに高い台の上の薄灰色の塊が、父なのだと言われてもわからなかった。こんなのはもうおもしろくない、お腹がすいたと、父にも母にも腹を立てた。その感情は今も鮮明だ。

親でも子でもなくなる、だから死のうが生きようが構わない。死んでも、会わない。縁を切るとは、そういうことなのか。それが、祖父が亡くなった二年前まで続いたのだ。

「お祖父さんは最期まで、久子さんにも弟さんたちにも、私たちとの接触を一切禁じてたらしいの。おかしいのよ、遺言まで残してたんですって。強情なところは血なのかね」

だいぶ落ち着いたのか、母がそっと笑う。つられて、小さい頃にさんざん「もう！　お父さんにそっくりね！」と怒られたことを思い出す。「お母さんにも似たんだよ！」と言い返すと、母は怒りと笑いが混じった福笑いみたいな顔になった。

久子さんは夫の遺産を相続すると、ひとり老人ホームに入った。そうして、ほかの家族には内緒で、私たちを探し出そうと決めた。代々世話になっている弁護士事務所に頼み、そこから依頼された東京の調査会社が、私たちの住所や母の職場だけでなく、私の高校もバイト先も、留学を希望していることまで、調べ上げたそうだ。

「いきなり職場に『加藤久子さんの代理の者です』って電話が来るんだもの、何事かと思っちゃったわよ。久子さんの名前なんて忘れてたしね」

山村じゃなくて、私と同じ加藤なんだ。思えば当たり前のことだったけど、久子さんが私の祖母なのだという事実が、より強まる。習字のお手本のような筆跡の〝山村久子〟が、私にとってはずっと彼女の顔だった。

母はその後すぐ、久子さんが暮らす老人ホームへ会いに行ったのだという。

「最初はあなたの進学だけでなくて私たちの生活費も、ぜんぶ面倒見させてくれって言われたの。お断りしたんだけどね。『贅沢はできないけど二人でちゃんと暮らしてきたし、これからもそうする。大学にだって行かせてみせる』って啖呵を切ったの。そしたら、あなたはアメリカに留学したがってるっていうじゃない？　二重にびっくりだった」

「ごめんなさい……」

いいのよ、恰好はつかなかったけど。電話口で母が苦笑するのが目に見えるようだった。母は自ら気づいたわけではなかった。私のＴＯＥＦＬ教材の隠し場所は、間違ってなかったのだ。

「会って、どうだった？　本当は、会いたくなかったんでしょ？」

「決して待ち遠しい再会ではなかったけど、怒りとかそういう気持ちはもう、とうに薄れてしまって。あなたは、お父さんにも『どうだ！』って胸をはれる子に育ってくれたし、施しを受けなくても、誇れる人生を生きてる。ただそう伝えに行こうって。でも……久子さんね、私に会ってから、ずっと頭を下げてたの。首が折れそうなくらい深く、『ごめんなさい』ってずーっと」

母の声はもう淡々としていた。私の感情も思考も、壊れたように動かない。しんしんと寒さの増す、真夜中のがらんどうの廊下は、私そのものだった。

「ナオは、これからどうしたい？　手紙は続ける？」

「まだ今は、考えられない。なんかいろいろ、いっぺんに来て」

「そうだよね。焦らずに必要なだけ、ゆっくり考えてみて。何か聞きたいことがあれば、お母さんももう隠し事はしないから」

電話を切ったあとも、しばらく廊下でぼうっとしていた。半ば無理やりベッドに横たわったけど、明け方近くまで眠れなかった。ただ、母の側にいたいと思った。いられないことが、もどかしかった。二人きりの家族なのに、一番一緒にいたいときに、なぜ私はアメリカの田舎の片隅にいるのだろう。秋学期の半ばに突如襲ってきたホームシックより、何倍も胸が痛かった。

考えなければいけないことがありすぎて、もう、何をどう考えればいいのかわからない。

当の女子学生が反論を投書したのは、その週の終わり、サルマンの記事が掲載された翌週の号だった。

10

1998年4月 夜のお菓子と学生会館

Voices Taking Voices
——どちらが差別主義者でしょう。

大学新聞　一九九八年四月X日　第●●●号　読者からのコメント欄

まず始めに、前号に個人に対する誹謗中傷を掲載した編集委員の良識を問いたい。S・バクシの寄稿は明らかに私に対する攻撃で、事実の歪曲《わいきょく》も甚だしい。言論の自由を主張する前に、自由とは責任が伴うものだということを胸に刻むべきだ。

私はあの日、バニスターに住む勉強仲間を初めて訪ねるところだった。図書館から向かうと裏口から入った方が早く、足を怪我していたこともあり、できるだけ近道を通りたかった。そこがサード・キッチン・コープであることは漠然と知っていたけれど、メンバー以外立ち入り禁止なんてルールがあることは知らなかったし、たとえ知っていたとしても、一笑に付しただろう。私は以前に別のコープに属していたが、そこではそんな馬鹿げた規則はもちろんなかった。大学のあらゆる設備は、学生の肌の色にかかわらず、全学生に開かれてしかるべきなのだから。

さらに、私が通った時は食事の時間外で、バクシが来るまでそこには誰もいなかったことも言っておく。もし食事中であれば、一般的なマナーとして、私も通り抜けるのは遠慮した。

バクシは文章内で意図的に、コープに誰もいない時間帯だったことには言及せず、あたかも私が、食事中にずかずかとテーブルの傍を通り抜ける、厚顔無恥で傍若無人な白人であるかのような印象操作を行った。さらにはつらつら自分たちの〝苦境〟を唱えることで、根底にある白人への憎しみを姑息にも隠そうとしていた。その試みは見事に失敗したけどね！

さて、厚顔無恥はどっち？　この大学に通いながら〝虐げられている人々〟と自称することの滑稽さに彼らは気付いていないの？　リアル・ワールドが見えてないにもほどがある。

私たちが通う大学は、国内有数の学費を課すことを忘れてはならない。確かに私たちの四分の一は何らかの形で学資援助を受けている（かくいう私もその一人）。でもこの入学に入学できた時点で、私たちは、将来的に家の経済問題を打破する可能性を手にしている。私たちは皆、〝持たざる者〟ではなく、〝持つ者〟だ。お金でなくとも、才能、運、環境、何らかの形で恵まれていなければ、ここへ入学することは不可能なのだから。

メトロ・デイドの母校では、卒業生の半分以上は進学を何らかの理由で断念しなければならない状況にある。移民の同級生たちの中には、英語すら覚束《おぼつか》ない子もいた。言語や永住権の問題で軍にも入隊を許されない彼らが直面する差別や苦境と、大学の教室の中のストレスなど比べるまでもない。英語を母国語とする白人の同級生たちも、アルコールや麻薬、暴力の蔓延する負の連鎖から抜け出すことに大変な苦労を強いられている。そうやって貧困が再生産され、大学より刑務所の方がずっと身近な進路という環境にあっても、彼らは白人である限り、特権階級だというの？

地元の同級生たちを思うと、この大学で〝マイノリティの安全地帯〟なるものを作り上げて、被害者面をする輩には、バカバカしさを通り越して嫌悪しか感じない。

〝白人〟という外見だけで、私たちを貶めようとするバクシとその仲間たち。ありあまる特権を享受しながら、憎しみを撒き散らし、さらに自分たちしかアクセスできない場所という特権を作り上げるのは、まるであなたたちが忌み嫌う、そして私も軽蔑してやまない、差別主義者の行為そのものよ。

何度でも言う、あなたたちは差別主義者よ！


（二〇〇〇年度生　南部の怒れるフェミニスト）

皆に読み上げていたカロリーナが言葉を切ると、ラーレは吐き捨てるように短く笑い、マライカは（とんでもねーわ）と怒り心頭の様子で呟き、テレンスは目を閉じ、苛立たしげに体を前後に揺らしていた。サルマンは一番落ち着いていて「まぁ、いろいろツッコミどころを挙げると切りがないよね」と静かに言った。

「……メトロ・デイドが何だよ。こっちだってノース・フィリー出身だよ。貧困地域なんてこの国には町の数だけあるってーの」

「自分じゃなくて同級生を引き合いに出すとか、論理がめちゃくちゃ」

ジェニファーとジウンが口々に言うと、数人が周りで頷いた。ニコルも、

「『全学生に開かれてしかるべき』って……『白人の自分にはすべて開かれてるべき』って素直に言えばいいものを。どっちが姑息なんだか」

ため息混じりに言う。

私はといえば、記事からサード・キッチンへの怒りと侮辱はひしひしと感じたものの、一回聞いただけでは正確に意味が取れたか自信のない単語がいくつかあった。後でもう一度自分のペースで読み直そうと思う。この場で意見を言えない分、サルマンのエッセイと同じくらい、隅々まで理解しておきたかった。

論理がずれてる、といえばそうなのかもしれない。でも「地元の同級生たち」と言うくだりが、強く私の奥底に刺さる。刺さってしまう。久子さんの件を知ってしまった今では、なおさらだった。

高校では、予備校に通ったり浪人したりする余裕のない、私のような子は珍しくなかった。

ほぼ一〇〇パーセントの進学率とはいっても、そうした理由で希望通りの進路へ進めなかった子は多い。隣のクラスで留学したいとずっと言っていた子は、大学が費用を持つ派遣留学でなら、と海外プログラムが盛んな国立大学を目指したものの、落ちてしまったと聞いた。

特に多かった医学部志望者は、私立医大の学費など払えるべくもなく、かといって都内の国公立医学部は門戸が狭すぎて、多くが地方の国立大医学部へ進学した。彼ら彼女らは、ほとんどの学費・生活費を奨学金でまかなうか、学費のみ親に払ってもらい、それ以外の全てをバイト代で補っている。

そんな中で、アメリカの四年制大学へ直接留学する卒業生なんて、後にも先にも私だけだった。同級生たちにはひどく驚かれたし、羨ましがられた。奨学金の返済を心配することもなく、アルバイトに勉強時間を取られることもない自分が、ひどく恵まれていることは、わかりすぎるほどわかっている。すべての援助をしてくれているのが、かつて私たち家族を見捨てた実の祖母でも、その事実は変わらない。

マライカやアンドレアは移民の子供たちだ。きっとサード・キッチンの他のみんなも、多かれ少なかれこの国で生きる移民の現実を知っているのだろう。一方で私はアメリカの移民問題についても完全に無知だった。日本にだってかつて〝ボート・ピープル〟と呼ばれた、ベトナムやカンボジアからの難民がいるはずだけど、彼らの暮らしぶりなんて知らない。

私が唯一知っているのは、朝鮮半島からの〝移民〟あるいはその子孫であるあの子が、自分の本当の名前を使わず（それとも使えず？）、私のような無知な同級生から、酷い言葉で蔑まれたということだ。

裕福な日本人留学生のイメージが自分に適用されると、居心地の悪さを覚えること。言語が不自由なために疎外感を覚えること、実際疎外されること。〝怒れるフェミニスト〟に、それらすべてが〝被害者面〟の、特権的わがままなのだと、バッサリと断言されたような気がする。

その日の夜遅く、寮の部屋のドアが控えめにノックされた。

私には客なんて来たことがないから、自分宛てと信じて疑わないクレアは、お肌のお手入れをしながら「カモーン・イン！」と声を張り上げる。そっと開いたドアから顔をのぞかせたのはミアだった。見知らぬ訪問者に、クレアはひどく驚き、ミアも白塗りパックのクレアにギョッとする。

「……こんばんは。ナオミはいる？」

シャワーの用意をしていた私も、予想外の訪問客にびっくりしたが、すぐに嬉しくなる。

「どうしたの？」

「ボリビアからお菓子を送ってもらったんだけど、ちょっとおしゃべりがてら、私の部屋に食べに来ない？」

もちろん断る理由なんてなかった。私は歯ブラシの入ったシャワー・セットをベッドに放り出し、脱いだばかりの靴下を履き直す。「レッツ・ゴー」

「ああ、ところで初めまして、ミアよ。三階に住んでるの」

10 1998年4月　夜のお菓子と学生会館

「クレアよ。前に会ったことあると思う。スペイン寮のパーティーだったかな」

「あら！　ごめんなさい、思い出せない……というか」

「これじゃわかるわけない、ね。パックを付けてない時にまた会いましょ」

私が二人を紹介すべきだった。「いい夜を」と笑って挨拶を交わす彼女たちを見て、やっと気付く。ソーシャル《社交》に慣れていないと、そんな気配りもできない。

滅多に上がったことのない三階は、〝尼僧院〟のどこか甘い匂いと違い、食べ物や体臭や雑多な濃い匂いが混ざっていて、廊下の風景もごちゃっとしている。男子が入るとこうも違うのかと思う。

ミアの部屋はキラキラしたファンシーカラーの小物と、ボリビアの物なのか、素朴で原色鮮やかな小物とが、不思議と調和して賑やかだった。アート・レンタルの絵だけじゃなく、あらゆる点で分割の線がくっきり見えそうな私とクレアの部屋と大違いだ。

彼女のルームメイトは、今夜シャキラや他の寮生たちと、車で一番近い街のクラブまで遊びに行っているらしい。

「私はバイトがあったから。はい、どうぞ」

ミアは綺麗な包み紙の板チョコを半分に割り、一方を差し出してくれる。口に入れるとカカオがみっちり詰まったような少しビターな味で、アメリカの甘すぎるチョコバーに比べ、大人の高級感があった。ボリビアはカカオの名産地で、このチョコは「ボリビアでベスト」なのだという。

「これと一緒に食べると、もっと美味しいわよ。アナ＝マリアからもらったの」

アナ＝マリアは、ホセたちとスペシャル・ミールを作っていたエクアドル系の上級生だ。差し出されたビニール袋いっぱいに、茶色のあられのようなものが入っている。口に入れるとあられというより、かりんとうに近い。甘い中に、ほんのりしょっぱさも感じる。

「不思議な味……けど、美味しい」

「でしょう？　〝カカ・デ・ペロ〟っていうんですって。どういう意味だと思う？」

わからない、と首を振ると、ミアはいたずらっぽく笑った。

「『犬のうんこ』よ」

次の一粒を口に運ぶ寸前で、慌てて引っ込める。

「まさか、本物……？」

今度こそ、ミアの人形のように小さな口が全開になって、ふふふとはははの中間のような笑い声が響いた。「そんなわけないでしょ！」

「形が似てるってだけ。カカが〝うんこ〟で、ペロが〝犬〟って意味のスペイン語なのよ」

「でも……だって、そういう、高級なコーヒーある、と聞いたことある。猫の糞の。あと日本も、むかし、小鳥の糞、使って」

「え？　食べたの？」

今度は私が仕掛ける番だ。「もちろん、食べたんだよ」ミアの驚いた顔をじっと見ながら頷いた。「なわけなーい！　スキン・ケアに、使った、らしい」

「ああなんだ、それなら良いかも。いえ、やっぱりちょっと無理だわ！」

「そんな、くさくない、らしいよ？」

「くさくなくても、うんこはうんこよ⁉」

私のカカ、大きい《うんこ》カカ、美味しいカカ、最後の一粒のカカ。一つ口に運ぶたびふざけながら、私たちの食欲は止まらない。深夜の甘いものってどうしてこんなに美味しいのだろう。ミアはルームメイトのものだという小型冷蔵庫からアイスティーの缶を取り出し、紙コップに注いでくれた。南米のチョコよりもかりんとうよりも、なお甘い。

「……あのね、ちょっと話したかったのは、私のスペイン語の生徒《チューティー》のことなの。彼女、ジョアン・マクファーソンっていうんだけど」

私の反応を見てとると、ミアは「やっぱり、知ってるのね」と言った。

「サード・キッチン、近道に、使った子……？」

「そう。私もジョアンから少しは聞いてたんだけど、新聞であんなことになっちゃってるじゃない？　ちょっと心配で。アナ＝マリアはカンカンだし……それでナオミにも聞きたかったの。ほかのサードの人たちは、その後どんな反応？」

「彼女の、反論のあと、ディスカッションは、してない。でも、呆れてる人、多かった。自分じゃなくて、他人のこと、引き合いに、出したり、人種、階級問題、すり替えてたり」

「んー確かにちょっと感情にまかせて、筆が滑ってるところもあったけど。でもね、普段の彼女はぜんぜん差別的なところはないのよ？　私と親しいくらいだし。そこは伝えておきたくて」

「彼女とサルマン……サードの役員とが、言い合った、本当の状況は、わからない。けど、セーフ・スペースを、軽視してる。それは、本当に見えた。あの投書から」

「そこは確かにね。でも彼女が足を怪我してたのは本当だし、聞いた感じ、サルマンって人もちょっと高圧的なところがあったんじゃないかしら。セーフ・スペースのあり方に反対してるからって、差別主義者ってわけじゃないし」

「サルマン、新聞で、差別主義者、とは呼んでなかった、はず。私、最初、彼女が勝手に入ってたこと、そんなに酷い、と思ってなかった。でもサルマンの、記事読んで、納得したの、とても」

「それは私だって……ああもう！　どっちの言い分も理解できる部分があるから困るのよ。もどかしいわ」

二人で黙り込んでしまう。ミアにとっては友達同士が差別主義者のレッテルを貼り合うなんて、心が痛いだろう。ジョアンのためではなく、困っているミアのために、何かしたかった。ミアの大事な友達ならなおさら、サード・キッチンのことも誤解して欲しくない。ミアのために、サード・キッチンのために、私ができること——。

「……あの、私と彼女が、話すのは、どう？　私、まだサードに、来て浅い。だから、みんなより、ちょっと客観的、に話せると、思う」

ミアはくりくりした目を見開いて私を見る。少し思案すると、ゆっくりと頷いた。

「そうね、いいかも。チューター・セッションのあととか、軽い感じで一緒にコーヒーに誘ってみるかな。どう？」

「う、うん」

途端に、後悔の念に襲われる。

根底に差別意識を抱えている私なんかが、皆を代弁して話していいのだろうか。ジョアンに少し通じるものがあるから？——でも私に話せることなんてたかが知れている。そもそも何を話せばいいのかもわからない。こんなことでジョアンの誤解を解けるとは、到底思えなかった。伝わらなかったら？　むしろ誤解を助長して、みんなに迷惑をかけてしまったら？

想像を悪い方へ悪い方へ膨らませ、それでも「やっぱり……」と撤回できないまま、日にちまで決めてしまった。

言語チューターは、当該言語のネイティブ学生が、クラスではカバーし切れない口語表現や、手紙の書き方などを教えたり、あるいはシンプルに会話パートナーになったり、チューティーの希望に即してセッションを行い、それぞれの学部から時給も支払われる、立派な〝仕事〟だ。英梨子のように余裕ができたら私もいつかやってみたいと思っている。ミアとジョアンは毎週二回、学生会館の二階ブースでチューター・セッションをしているという。

ファミレスのようにずらりと廊下に沿って並んだブースは、勉強やセッション中の学生でいっぱいだった。座席にちょこんと納まるミアに声をかけようとすると、反対側から来た白人の二人組に先を越される。〝白人〟といっても、混血かもしれないし、ユダヤ系かもしれないし、東欧移民かもしれない。

「ジョー！　新聞読んだよ。すごくよかった、よく言ったよ」

「大変だったね。怪我人なのに、いきなり言いがかりつけられたんでしょ？」

二人はこちらから見て後ろ姿のジョアンを称えるようにその肩をたたく。

「あれ書いたの私だってすぐに広まったみたいね。おおかたバラしたのサード・キッチンの連中だろうけど。汚いやつら」

ジョアンは茶色の短い巻き毛の、中肉中背の子だった。文章の雰囲気からなんとなく図体が大きくて押し出しの強そうな外見を想像していたから、少し拍子抜けする。

私に気づいたミアが手招きしてくれたが、ジョアンたちは構わず話し続ける。人を透明人間にするタイプの子だな、と警戒レベルを強めた。

「プライバシー侵害か名誉毀損で訴えちゃう？　うちの家の顧問弁護士、紹介するよ」

「賠償金いらないから、サード・キッチンを廃止できたらいいのに」

「本当だよね！　次号で反論くるかな？　そしたらまたやり込めちゃえ」

「ナオミー！　調子はどう？」

遮るように、ミアが少し声を張り上げ、ジョアンはようやく私の方を振り向いた。正面から見ると下がり眉に小作りなパーツが、どちらかといえば真面目そうで大人しそうな印象を与える。つまり、私みたいな子だった。

10 1998年4月　夜のお菓子と学生会館

「ハロー、ジョアンよ」

「ナオミ。よろしく」

「私たち地下のカフェに行くから、また来週……」

ミアは計画を中止するつもりらしい。あんな会話を聞いたあとでは、確かに気まず過ぎる。

「私も行くよ。二人とも、じゃあまたね」

ジョアンはあっさりと荷物をバックパックにしまい始める。二人組は話し足りなそうに「じゃね」「バーイ」と立ち去っていった。ミアとゆっくり視線を交わす。でもどうにもできない。

半地下のカフェに降りるとフォース・ミールの時間だった。デイトン・ホールだけでなく、ここ学生会館のカフェでも夜食が供されているのは、最近知った。ただしメニューはごく限られていて、オートミールとベーグルにそれらのトッピング、あとはマフィンやクッキーが数種類あるくらいだ。

ミアは私の分もカフェインレスコーヒーを取ってきてくれた。ジョアンは電子レンジで温めたクッキーと紅茶をトレーに載せ、三人で奥のテーブルに腰掛ける。よく見ればジョアンの右足首には包帯が巻かれている。

「私のスペイン語クラスにもタクって日系学生がいるよ」

「そう、なんだ」

名前を聞いても顔が浮かばない。留学生協会に属さない、日系アメリカ人かもしれない。

「日本語はスペイン語と母音が似てるんでしょ。発音テストが楽だって聞いた」

「それは、知らなかった」

「ジョアン、あのね。すごく言い難いのだけど、ナオミは私の友達で、サード・キッチンのメンバーでもあるの」

ジョアンの小さな双眸が強張り、薄い眉がくいっと上がる。

「へぇ、そうなの。何でまた？」

「彼女もまだ入ったばかりだから、そのぶん冷静に、今回のことも話せるかなって思ったのよ。私の友達同士の二人だし。おせっかいだったかもしれないけど」

「そうじゃなくて、何であなたはサード・キッチンなんかに入ったの？」

カン、と頭のどこかでゴングが鳴る。できるだけさりげなく、唾を飲みこんだ。

「私、留学生で、英語があまり、うまくないの。経済的にも、恵まれた方ではない。だから、日本人学生の間でも、疎外感あって、それで」

「〝疎外感〟ね。でもこうやってミアみたいな友達がちゃんといるじゃない？」

「サード・キッチンの、みんなのお陰。自信もって、話せるように、なって、ミアとも、仲良くなれた。メンバー、とても思いやりあって、誠実に、接してくれ」

「特定の人種に限定された思いやりって、本当の思いやりと言えるのか疑問ねぇ」

彼女は敵対モードを隠さない。感情的にならないように抑えてきたが、もう我慢ならなかった。

10　1998年4月　夜のお菓子と学生会館

「人種限定、してない。白人のメンバーもいる。同じ痛み知ってる、だからこそ、配慮できる。そういうメンバー、選ぶのは、」

「そうやって白人のメンバーを免罪符みたいに使ってるけど、結局はあなたたちが〝安全〟って判断した白人だけでしょ。マイノリティである自分たちが『一方的に判断される』とか嘆きながら、同じことしてるよね。〝いい黒人〟〝いい移民〟と何が違うの？」

次々に畳み掛けられる。英語の勢いでは、どうしても負けてしまう。彼女が律儀にいちいち付ける引用のジェスチャーも、被せるような話し方も、ひどく馬鹿にされてるようで腹立たしい。

視界の端でハラハラした様子のミアをよそに、ジョアンは悠々とクッキーをかじり始めた。

「……コープの面接と、マイノリティが受ける、一方的判断、ぜんぜん違う。外見だけの判断、ステレオタイプ、映画やテレビのイメージ、そういう意味。場を脅かす、人を入れないのは、当たり前。特権意識じゃない、生存の必要から」

「生存!!　生存が脅かされるって、本気で言ってる？　今この時代に、この大学で？」

ジョアンの大声に、隣の席に座るカップルがちらりとこちらを見た。

「言葉のあやじゃない。差別的発言で、日常が脅かされないようにってことでしょう？」

ミアが助け舟を出してくれたが、ジョアンは肩をすくめて続ける。

「あとね、サルマン・バクシが私を白人だからって外見だけで、出て行かせたのはどう説明するの？　私だって貧困家庭出身の、ゲイかもしれないでしょ。でも彼は有無を言わせぬ態度で『出て行け』と言った。外見で断罪したも同然よ」

サルマンは紳士的に言ったと話していた。どちらを信じるか、問われるまでもない。

「もし、あなたがマイノリティでも、メンバーで、なければ、注意した。サルマンもそう言った」

「そんなの後から何とでも言える。少なくとも私が受けた印象は、白人に向けた憎悪以外の何ものでもなかった」

「……平気でルール無視、セーフ・スペースを侵した人、軽蔑するの、当たり前。あと、さっきから、あなた、白人とマイノリティ、一〇〇パーセント並列で、話してる。けど、間違い。どっちが、優位？　歴史的、社会の、構造の不平等。それ無視するの、ふかの……じゃない、不適切、なこと」

気持ちが高ぶり過ぎて、どんどん英語がおぼつかなくなる。それでいて怒りが募りに募って、過剰なアドレナリンが語尾を震わせる。まるで私が弱気みたいに。これ以上、侮られたくないのに。

「だーかーらー、それも新聞に書いたでしょ。ちゃんと読んだ？　白人だからって社会の中で有利な立場にいるとは限らない、逆に社会的にも経済的にも強者のマイノリティはいっぱいいる。白人対マイノリティって単純すぎる考え方がキャンパスではもう受け入れられないって言ってんのよ」

――受け入れてないのはキャンパスじゃなくて、あんたでしょうが！　主語を大きくして誤魔化してんじゃねーよ！

　怒鳴りたかった。でも咄嗟に言葉が出てこなかった。誤魔化すという単語もわからない。

「サード・キッチンみたいな敵対的な考え方・あり方は、お門違いの溝を生むの。いつまでもアイデンティティ政治に終始してたら、本当に対峙すべき問題を解決できない。分断の結果、いつか本来の味方を失うのがオチよ？」

　ジョアンはまるで物分かりの悪い生徒を諭す先生のような口調に変わった。そこがまた癪にさわる。

「……アイデンティティ政治、大事になった過程が、歴史が、ある。それぞれのメンバーに、セーフ・スペースが必要な、理由がある。あなたには、ない。だから理解できない、勝手な、文句を言う。それが優位な側の、特権。わからない？」

「はあぁ？　ちょっともういい加減にして！　ねぇ私の英語、通じてる？　あなたがこれまで私が言ったことを理解してるとは、到底思えないんだけど」

「ジョアン！　そんな言い方ひどいわ！」

　ミアが鋭い声をあげた。ジョアンも一瞬（しまった）という顔をしたけど、撤回する気はないようだった。たとえ撤回したとしても、もう遅い。

「これ以上いくら話しても平行線ね。今夜は疲れたからもう帰るわ。アスタ・ルエゴ、ミア」

　ジョアンは乱暴にトレーを持ち上げて席を立った。ドアへ向かう足は、来た時よりもそれとわかるくらい引きずっていて、芝居じみていた。

「ナオミ、本当にごめんなさい。彼女の態度はあんまりよ。敵愾心《てきがいしん》むき出しで、何より失礼だわ。あんなこと言うなんて、信じられない」

「だいじょぶ。あなたの、せいじゃない」

それだけ言うのが精一杯だった。口を開くと、抑えていたものが、ドロドロした気持ちと一緒に決壊してしまいそうだった。ミアが余計に気に病んでしまう。でも、悔しい。怒りで倒れそうだ。あの子が許せない。


——あんたみたいな腐った人間がいるから、私は声を失うの。分かんないでしょ、うまく聞き取れない言葉でまくし立てられる気持ちが、惨めさが。サード・キッチンのみんなは分かってくれるんだよ！

——ねえ楽しい？　そうやってなかなか言い返せない相手の優位に立って、歪んだお説を思う存分撒き散らすのが。相手の立場を想像しようとすらしないで、自分の考えだけが正しいって信じ込めるのは、さぞ気分がいいんだろうね

「ちょっと、図書館、行かないと。またね」

ミアは「本当にごめんね」と繰り返した。「大丈夫だって！」と快活に笑った方がいいのはわかっていたけど、できなかった。代わりにしっかりと手を振った。油断すると、唇が震

え出してしまう。
――「貧困が」とか「移民が」とか、さもご立派なこと言って、私の英語を小馬鹿にしてんのがダダ漏れなんだよ。お前が差別主義者じゃないなら何だっての？ Xenophobia《外国人嫌い》？ White supremacist《白人至上主義者》？ ふざけんな！

考えるのをやめようと思っても、言ってやりたかった言葉の濁流は止まらない。今さら遅いよと笑いたくなる一方で、目を閉じると視界が怒りで赤黒く染まるようだった。あいつが憎い、あいつらが憎い、みんな大嫌い。

口を開くことがまた怖くなった。今やサード・キッチン以外では、誰とも話したいと思わない。通りすがりの、知らない学生たちの笑い声さえも、何らかの悪意か敵意を含んでいるようで、耳障りでしょうがない。クレアとセレステの平常運転のおしゃべりには、怒りを通り越して憎悪すら覚える。

ダーリーンの話し方も、いちいち癇《かん》に障るようになってしまった。結局は彼女もまた、私を子供のような存在と見ているのだと、それは見下しているのと同じことだと、悟ってしまった。否定したいけどしきれない。かろうじて二人だけのスタディー・グループは続けていても、フォース・ミールのお誘いはなんやかやと理由をつけて断っていた。彼女がしてくれた数々の親切を思い出しても、「あれは憐れみから。親切な自分に酔ってるんだよ」と、もう一人の私が冷たく囁いた。

people of color の概念が、ようやく腑に落ちる。あれは対白人の連帯を意味するものだ。白人社会に対して、そうでない人たちが、主体的に、包括的に、一緒に闘うためのフレーズなのだ。

私は子供なんかじゃない。頭だって悪くない。英語ができないからって、あんたたちに馬鹿にされるいわれはひとつもない。自分ではどうしようもないことを蔑まれるのは、存在そのものを叩き潰されることだ。

気がつけば、胸の一点から広がった憎しみが、頭を丸ごと支配する。体じゅうが蝕まれて、私はさらに歪んだ人間になっていくようだった。

いつか英語さえ流暢になれば、すべてはスムーズに、うまくいくのだと思っていた。ジョアンに拙い英語を指摘されたことで、そうでないことがむしろはっきりした。

何度も、様々な形で、サード・キッチンの皆から聞いていたはずなのに。中間論文でも、多文化主義なんて幻想だという諦めを、教授にも見抜かれたくらいなのに。私はまだどこかで、ナイーブにも、アメリカが見せる夢をどうしようもなく信じていたのだ。みんなが多様で、平等で、一緒に暮らす、自由の国。

同じ国、同じ地元に育とうが、同じ言語を話そうが、関係ない。この国のマジョリティは〝他者〟とみなした人を永遠に内側に入れない。同じ立場に立つこともない。一見フレンドリーな外面の下で、いくつもの〝他者〟専用マスクを用意して、決して素のままの、同じ人間として見てくれることはないのだ。ひょっとしたら本人たちさえ気付かない、永遠に消えることのない壁がそこにはある。

それは別に合衆国に限った話ではなくて、人そのものの拭えない汚れみたいなものかもしれない。人類学やら社会学やらを学んだところで、目の前の人の何がわかるというのか。こんな世界で、学ぶ意味などあるのか。考え続けろと、グレンジャー教授は言うだろう。でも、もう疲れた。この向かう先は、真っ黒に塗りつぶされているようにしか見えない。

心配したミアが何度か話しに来てくれたけど、「ぜんぜん大丈夫だよ」と当たり障りのない返答しかできなかった。「あんな人間の腐ったのと仲良くするの止めなよ」という言葉が喉まで出かかったけど、彼女を侮辱することになりそうで飲み込んだ。本心では、ミアがジョアンに「失望した」とか何とか言って、ついでにジョアンの言動を新聞で公開した上で、サード・キッチンに入ってくれれば、どれだけ気分が晴れるだろう。

ふとしたときに、頭の中で久子さんへ宛てた手紙を綴っている自分がいる。久子さんに伝えてきた大学生活の中でなら、これまでの出来事はどんな風に変わるだろう。嘘でも本当でも、楽しい出来事を想像すれば、少しだけ上向きになれた。そして私をいつも気遣ってくれる丁寧な返事は、ささくれ立った心を少しだけ優しくしてくれた。そんなことにも今更気付く。あれからずっと、手紙は来ない。

11

1998年4月
ドラァグ・ボールと
静かなおしゃべり

Becoming What I am Not
——なりたい私になるのはとても難しいです。

金曜日は、いつものようにテレンスと掃除に精を出した。単純な作業に汗を流していると、余計なことを考えないで済む。こんな時は何かスポーツをやっていればよかったな、と少し思う。

「ヘイヘイヘーイ！　こっちは準備万端よぉー！」

騒々しくキッチンに飛び込んできたマライカに、度肝を抜かれた。一歩間違えればヤクザ映画のチンピラのような、真っ白いスーツ姿だったのだ。

「ジーザス！　すごい、どこで手に入れたの？」

テレンスが飛びかかるように彼女のジャケットの襟を掴んだ。スーツの下はテラテラと光る青いシャツ。豊かな胸はサラシでも巻いているのか、肉襦袢《じゅばん》のように厚い胸板になっている。

「スリフト・ショップに奇跡的にあったのよぉ！　この大時代的なブツ一式が！　サイズぴったりで十ドル、信じられる？」

「僕たち最高のマーヴィンとタミーになっちゃうんじゃない？　こっちも準備はぬかりないよ。ホラあそこ以外は全身ツルッツル！　脇だって綺麗だよ」

テレンスがジーンズを捲り上げると、すね毛の一本もない、ひきしまった綺麗な形の脚が現れた。

「早くあんたも着替えてきなさいよ！　ナオミは今夜は？　どうするの？」

「……なんの話か、わからない」

「まさか、ドラァグ・ボールを知らないなんて言わないよね⁉」

「ナオミ、うそでしょ？　一年間のハイライトだよ！」

テレンスが珍しく興奮気味に説明することには、ドラァグ・ボールはこの大学で学生が運営する最大のパーティーなのだという。薬のDrugではなく異性装のDrag、Ballは舞踏会の意味だった。大学の案内パンフレットに触れられていた記憶はないけど、八〇年代から続く〝伝統〟があるらしい。

元々のドラァグ・ボールは、主にゲイ男性が、派手なメイクと装いで女より〝女〟らしいドラァグ・クイーンとなり、パフォーマンスの出来を競い合うという、ニューヨークのゲイ文化から発祥したものだという。

「ゲストとしてプロのドラァグ・クイーンも来るの。参加者の基本ドレスコードはもちろん異性装《Drag》。ま、何でもありっちゃありだけど」

「僕みたいな中間性は、とにかく普段とぜんぜん違う、好きな恰好をすればいいの！　楽しきゃいいの！」

マライカとテレンスは、六〇年代にデュオを組んでいたマーヴィン・ゲイとタミー・テレルをイメージした扮装をするのだという。キャッチーで楽しいチューンは、父が残したレコード・コレクションにもいくつかあった。

「ナオミも行こうよ！　僕ら失恋クラブと一緒にうさ晴らししよう」

「アタシはまだ失ったわけじゃないわよ！　ちょっと喧嘩しただけよ」

「へーへー、僕だって、ジェレミーはシカゴで急に面接が入っちゃったんだよ」

来週の授業のためのリーディング。学期末ペーパーに向けた資料の収集。一連のジョアンとの出来事のせいで、溜まりに溜まってしまった課題が一瞬脳裏をよぎったけど、本当に一瞬だった。

パーティーへ行ける。しかも、私を透明人間にすることなく、対等に扱ってくれる人たちと。ああ、だけど。「男物の服、ない……」

置いてけぼりのシンデレラ、再びだ。テートの時はセミフォーマル・ドレスがなかったけど、男っぽい服なんてもっと持っていない。

「僕のタイとジャケット貸したげるよ。着替えるついでに持ってくる」

11　1998年4月　ドラァグ・ボールと静かなおしゃべり

「髪をオールバックにするといいと思う。一緒にナオミの部屋に行こう。ついでにアンドレアも誘おっか」

「……！　イエス！」

　最低の出来事の後には、とびきりのいいことがある。かつてならそんな風にポジティブに思うことはできなかったけど、今なら少しだけ、信じていいかもしれない。サード・キッチンの大きな窓から、夜へ思いきり飛び出していきたい気分だった。私はずっと、積もり積もった怒りを忘れるきっかけを待っていた。もう何もかもウンザリだと、できるだけあっけらかんと、大きな声で叫びたかった。

　マライカがはしゃぎながら腕を組んでくる。二人で夜気を真正面から受け、スキップこそしなかったけど、早歩きと小走りの中間くらいのスピードでキャンパスを突っ切る。無敵の期待が前へ前へと私たちを引っ張っていくみたいだった。

　尼僧院ホールはテートの時のようにまた閑散としている。セレステたちはとっくに出かけたのだろう。

「『アンドレアァー、ノック・ノォーック！』」

　二人で声を合わせると、しばらくの沈黙のあと、微かな衣擦れが聞こえた。扉が薄く開いて、アンドレアが力なく微笑む。

「ハイ、二人してどしたの。マライカ、キマってるね」

「……あんたこそどうしたの？　目が死んでるよ」

ダボッとした部屋着にペンで結い上げた髪はいつものアンドレアだったけど、そばにいるだけで元気になれるような、彼女特有のありあまる生命力がまったく感じられなかった。薄暗い部屋と相まって、まるでトレーシング・ペーパーを重ねたように、彼女の佇まいが淡い。

「病気？　大丈夫？」

「うん、平気。ただちょっと、今日は早めに寝ようと思って」

「眠る前にひとっ走り、みんなでドラァグ・ボールへ行こうよ。テレンスもこれから合流するよ。アタシたちマーヴィンとタミーだから。あんたも好きでしょ？」

Yeah!といつものアンドレアだったら拳を上げて、モノマネでもしながら歌い出したことだろう。

「……ごめんね、今回はやめとく。みんなで楽しんできて？」

どうしたの？　そう聞くこともはばかられるような雰囲気があった。いつもなら毒舌混じりに言葉を尽くして説得を試みそうなマライカも、何かを察したように「そっか、わかった」とそれ以上の無理強いはしなかった。

「ゆっくり寝るんだよ？」

「うん、いい夜を」

こんなアンドレアを見たことがない。静かに閉じたドアの前でマライカと顔を見合わせる。

「だいじょうぶかな……？」

「まぁ、疲れてるのかもしれないし、PMS《生理前症候群》かもしれないし？　とにかくあんたの支度をしちゃおう」

マライカがかける言葉がないならば、私が言えることなんてもっとない。それがとても情けない。

ときおり隣の部屋の様子を窺いながら、マライカに慌ただしくメイクを施された。支度している間に合流したテレンスは、鮮やかな緑と白のノースリーブワンピースに、黒いボブのカツラ、緑色のヘアバンドと、びっくりするほどおしゃれで可愛かった。付け睫毛なのか、メガネをかけていなくても目元がぱっちりしている。喉仏さえ見えなければ、じゅうぶん女性で通りそうだ。

髪を整えられ（オールバックにされた）、少ないワードローブをひっくり返され（「何これ黒と灰色とベージュばっか！」）、軽くメイクをしてもらい（クレアのチークとラメシャドウを「ちょーっと拝借ぅ」）、最後にアイライナーで口髭まで描かれた。テレンスが持ってきてくれたジャケットとタイを着けて、一応の男装が完成する。

「Sexy Asian Boy!　本気でほれそう！」

「このPimp《ヒモ男》！　二十人は泣かせてるね」

二人に囃されると、どんどんその気になってしまう。鏡の中には見たことのない私。照れを含んでいながらも、どこかふてぶてしい顔がある。少年と思い込めば、そう見えないこともない。

胸を張り、肩をそびやかし、顎を上げて。ポケットに手を突っ込み、できるだけつま先を外側に向けて、大股で歩いてみる。私が思う男らしさを演じる。こういう動作をしそうな人、例えば日本で見た繁華街を闊歩するチーマーや、電車の席でめいっぱい脚を開いて座るおじさんたちは、今の私のように、できるだけ自分を大きくたくましく見せたかったのかもしれない。

今夜、女を演じる男の子たちはきっと、腰をくねらせ、指先まで神経を使って、楚々と小股で歩くのだろう。そうやって、か弱くてセクシーな〝女らしさ〟を作るのだ。男や女であることって、突き詰めればぜんぶ、思い込みと芝居のような気がしてくる。

それは、誰のステレオタイプ——？

サルマンの記事にあった、「内外から押し付けられるステレオタイプ」という言葉を読んだとき、私はコミュニティの内外という意味だと思っていた。でもあれは、個人の内と外という意味も、含んでいたのかもしれない。

メイン会場の学生会館に着くと、入り口からあっけにとられてしまう。ほとんど裸と思われる、全身白塗りの男女三人が階段に並び立ち、ねっとりとしたダンスを踊っていた。乳首や性器はかろうじてプラスチック製の葉っぱや花模様のボディ・ペイントに覆われているけど、腰を深く落としたり、背を思い切り反らすと、その下の膨らみや茂みが夜目にもくっきりと浮かぶ。

「いちおうマッパは禁止なんだけどね」

「陰毛だけならギリギリで州法は犯してないんじゃない？」

11　1998年4月　ドラァグ・ボールと静かなおしゃべり

テレンスとマライカは事もなげに言う。

「問題、そこ……?」

板張りのホールではちょうどドラァグ・クイーンのショーが始まるところだった。中二階にスポットライトが集まり、地鳴りのような歓声と熱気で耳がこもる。黒い羽根飾りのついたヘッドドレスがばさり、光の中に屹立する。

ゆったりとした曲調に合わせて、その人は優雅に階段を下りてくる。ドレスの長い裾は中央がぱっくり開いていて、網タイツに包まれた、褐色の長い脚が覗く。ふくらはぎに浮き上がる筋肉のラインは野生動物のよう、ヒールは優に十五センチはありそうだ。

水色のアイシャドウと、歌舞伎役者並みに太くくっきりと描かれた青いアイライン、強烈な視線が私たちを睥睨《へいげい》する。「彼女」はステージの中央に進み出ると、喉を反らせ、高音を余韻たっぷりに歌い上げる。どう聞いても女性の、ベルベットのように豊かな歌声だった。

思わずオーマイガ、とつぶやくと、両側からマライカとテレンスに肩を叩かれた。

「言っとくけど、あれ口パク《リップ・シンク》。歌ってんのはホイットニーだから」

「口パクとダンスがドラァグ・クイーンのお家芸なんだよ」

曲調が転じてアップテンポになると、会場中が一斉に踊り出し、床が一瞬浮き上がった、ような気がした。どこかで聞いたことがあると思ったら、有名な映画の挿入歌だ。美しい歌手と彼女を命がけで守るハンサムなボディガードの恋物語は、母と一緒に映画館で観た。

「お父さんより素敵」とはしゃいだ母が、オリジナルの楽曲は青春時代に人気だったのだと話してくれた。

〝私は全能の女——すべては私の中に〟

胸の尖ったコルセットが、機関銃のように私たちに向けられる。広げた両腕の、その指先まで、圧倒される。この曲がこんなに似合う存在が他にいるだろうか。一挙手一投足に、笑いも、美しさもぜんぶあった。

楽しくて胸の奥で何かが跳ね回るみたい。見渡せばキャンパスで見かけたことのある逞《たくま》しい男の子たちが、ひらひらスカートや超ミニのスリップドレスの裾を翻し、女の子たちは長い髪や豊かな胸を男装に押し込んで、全身で同じリズムを刻んでいる。興奮が伝播して、体が勝手に動き出す。初めて音楽を捕まえた、と思った。リズムに乗ることがこんなに気持ちいいなんて、知らなかった。

「サカリのついたステキなメス犬ちゃんオス犬ちゃん、ご機嫌いかが。今夜はアタシがあんたたちの女王様、クイーン・エスメラルダよ。たっぷり可愛がってあげるから、踊り狂いなさい。みんなでうんと、セクシーで美しい夜にしましょう」

低くて甘い声とエレガントな話し方は、まさに女王だった。内容はどうあれ。

「ああもう！　こういう熱気だーい好き！　美味しそうなワンちゃんがたっくさんいて、最高の気分よ。アタシのあそこがもうビッショビショ。あんたたちも、もっと濡れたいでしょ？　ねえ熱く濡れたいでしょ⁉」

会場中が沸く。全身濡らして。早く濡れたい。その気にさせて。そこかしこで誰かが叫ぶ。

新たな音楽が始まると、さっきとはまた違った興奮がホールの空気を動かした。テレンスとマライカも嬉しそうに飛び上がる。

“Strike a pose”

クイーン・エスメラルダが会場の中を優雅に指さすと、その一帯が一瞬静止して見えた。音楽と一緒に黒いレースの手袋に覆われた両腕が、別の生き物のように、自らの顔や背中をしなやかに這い回る。関節や重力はどこにいったのか。テレンスが神様を仰ぎ見るような目で叫んだ。

「彼女、すっごいダンサーだ！」

“Strike a pose”

ストライク・ア・ポーズ——ポーズをとって、とでもいう意味だろうか。

ホールを埋め尽くす皆が、思い思いの形になってピタリと止まる。マライカたちの見よう見まねで動いてみる。今までしたことのない手の形、動かしたこともない筋肉。

「初ドラァグ・ボールはどう？」

二人が私に指をさしたまま静止する。私はその指たちに撃たれたマネをして、動きを止める。

「たのしい！」

英語を馬鹿にされる私、嫌われる日本人の私、何も知らない、失言ばかりの私。

そんなものは脱ぎ捨てて、今夜この場所でだけ、私は別人になれる。明るくておもしろくて、たくさん友達がいる子に。静止する瞬間、閃くように思った。ドラァグ・ボールを始めた人たちも、自分がなりたい人になろうとしたのかもしれない。

ドラァグ・コンテストの始まったメインフロアを後にして、三階のテクノ＆ハウスルームから、二階のサルサ＆メレンゲ、地下一階のソウル＆ファンクを流すディスコへ落ち着くまで、三人で文字通り、上へ下へと踊り回った。

踊りの基本の動きを教えてもらうと、逆に体がどんどん自由になるようだった。新しい動きが、新しい自分を連れてきて、自分が拡張していくみたい。苦いだけだったビールをこんなに美味しく感じる日が来るとは思わなかった。今なら毎週金曜のクオーター《二十五セント》・ビールを有り難がる皆の気持ちに、少しだけ共感できる。

マライカとテレンスはどんな音楽でも瞬く間にリズムに乗って、自在に体を動かすことができるようだった。日本でもクラブやディスコなんて行ったことがなく、アメリカでも一学期にセーフ・セックス・ナイトへ行ったきりの私でも、二人のダンスのうまさはわかる。何よりものすごく楽しそうに踊るので、見ているこちらまでわくわくしてしまう。周囲を見渡せば、皆が同じように感じているのが見てとれた。

「あーきもちいー！」

「さいっこう！」

ダンスフロアの汗と埃の混じった空気を思いっきり吸い込むようにして、二人は両手を広げる。まるで広大な草原で、この上ない開放感に浸るみたいに。

11　1998年4月　ドラァグ・ボールと静かなおしゃべり

天井のミラーボールの周りを、シャボン玉のようなとりどりの光がすべり、フロアの暗闇では半ばシルエットになった学生たちがうねるようなグルーヴに乗って蠢《うごめ》いている。みんな誰が誰だかよくわからない。男でも女でもない――肌の色も国境も――言葉もない。誰もが自分でいられる。世界が真っ暗なダンスフロアだったなら。そんな風に思うのは、ナイーブに過ぎるのかな。

「えー！　ナオミ？　なにやってんの？」

甲高くてよく通る、聞き覚えのある声に、胃の内側がざわりとした。黒い折り重なる影の中に、見覚えのある綺麗な顔が現れる。セレステだ。

ぐるぐると部屋中を動き回るスポットライトを一瞬浴びた彼女は、マフィアみたいな帽子と口ヒゲに、三揃いのスーツ姿だった。背後には同じくスーツ姿のクレアや尼僧院の子たちもいる。私に気付くとそれぞれの口が綺麗なOの字になった。みんな迫力いっぱいの美しい男装で、途端に自分がひどく貧相に思えた。

（ああまた）意識したが最後、ずぶずぶと劣等感に飲み込まれる。

生まれ変われたような気持ちはぜんぶまやかしだよ、本来あんたがいるべき場所はこっちだよ。耳を塞いでやり過ごそうとしても、声は自分の内から聞こえてきてしまう。

セレステはジャケットの下のシャツをはだけて、胸の谷間が露わになっていた。かっこよさに色っぽさも加わり、この上なくドラァグ・ボールにふさわしい。そんな彼女が、私を上から下まで眺め回してニヤニヤ笑う。大音量の音楽の中でも、不思議と何を言っているかはわかった――今日も図書館かと思ったらねぇ。

中折れ帽を被ったクレアが私と動きを合わせるような素振りを見せたので、さりげなく体を引いた。一学期のパーティーで、皆の笑い者になったときのことがまざまざと蘇る。耳元に、クレアの天使の弓型の唇が近付いてくる。

「誘えばよかったね。誰と来たの？」

踊るマライカたちに視線を向けると、気が付いたテレンスが「ハーイ」と皆に気さくに手を振る。セレステが私を押しのけるように身を乗り出した。

「超かわいーい！　六〇年代？」

「今日のあたしはタミー・テレル。そっちは禁酒法時代？　似合ってるね」

「『Some Like It Hot《お熱いのがお好き》』なの。モンローたちはさっき旅に出ちゃった」

「どこ⁉　あたしもガールズ・トークに加わんないと～」

キャハハハと、転がるような笑い声が響く。まるで昔からの友達みたいなノリ。決して私にはついていけない英語のジョーク、醸し出せない親しさ。

やがて皆が一緒に踊り出し、緩やかな輪が出来上がる。私はその中へ加わるタイミングが摑めない。飛び込んでいく勇気も出ない。勇気を出しても、セレステに巧妙にかわされて、身の置き所がなくなる自分が、容易に想像できた。

邪魔しないでよ、二人と仲良くしないでよ、こっちへ来ないでよ。マライカたちも、お願い気付いて。

あっという間に霧散した楽しい気持ちは、今夜だけは忘れたはずのどす黒いものに変化して、むくむくと、歪な形へ膨張していく。

(こんなの、わたしじゃない)

違う、そうじゃない。

(こんなわたしで、いたくない)

音楽が切り替わり、まさにマーヴィン・ゲイとタミー・テレルの「Ain't No Mountain High Enough」がかかった。

「ワーオ！　やったね！」

「私らの出番！　いくよ！」

マライカたちが動きを揃えて踊り出すと、二人の周りにはまたたく間に人が集まってきた。ステップもターンも、練習でもしたのかと思うくらい息がぴったりで、わっと声援があがる

——〝**どんな高い山も、深い谷も**〟——人垣はどんどん膨らんで、私は外へ外へと押し出されていった。

ますます熱量があがるドラァグ・ボール会場を背に、私は暗い北キャンパスを駆け抜ける。こんなところまでシンデレラごっこをするつもりはなかったのに。静まり返った寮の、アンドレアの角部屋のカーテンの隙間から、小さな灯りが漏れ出ているのが見えた。

いつかの夜のように、そっとドア越しに気配を窺う。思い切ってノックすると、またして

も無人の廊下に大きく響いた。

「ナオミだけど、だいじょうぶ？　あの、なんか話したくて……」

返事はない。静寂が強まって、耳が少し重くなる気がした。それは彼女の無言の拒否なのかもしれない。「ごめんね。よい、ねむりを」

ゆっくりとドアが開いた。顔をのぞかせたアンドレアの目元は赤く、頬がかすかに光っている。きまりの悪さよりも、驚きの方が強かった。

「どうした？　聞いて、よければ」

アンドレアはなんでもない、と言おうとしたのだろうけど、声になっていなかった。

言葉を探しているうちに、入る？　と促される。本当に踏み込んでいいのか。ドア口で迷っている間にも、アンドレアはのろのろとベッドの方へ戻っていく。そこには何枚もの写真が広げられていた。隠すような素振りはない。

「大事な写真？　見ていい？」

「うん」

最初に目に入ったのは少しだけ古そうな、兄弟姉妹が勢ぞろいしている写真だった。姉妹たちはアンドレアに目元がよく似ていて、でももっと女の子っぽい感じ。エステバンと思われる男の子は、お人形のように可愛い。まだほとんど赤ん坊と言っていいくらい小さく、カメラ目線ながら、抱っこをせがむように、兄や姉たちのほうへ一生懸命両手を伸ばしている。

中学生くらいだろうか、今より少し幼くスリムなアンドレアは、左端で笑う青年に抱きついている。妹のエミリア、姉のグロリア、兄のアルマンド、と彼女が指で皆の顔を辿っていく。

「いい写真、本当に」

「ありがと。あたしもそう思う」

アンドレアが手にしていた一枚を覗き込むと、思わず吹き出してしまった。アルマンドが家の前でジャンプした瞬間を捉えていて、右頰と右眉のつり上がり方といい、だらんと伸ばした四肢といい、まるで上空から何かに引っ張られているようだ。タイトルをつけるとすれば「宇宙人による誘拐」か。

どこからどう見ても、間違いなく、あなたの兄。そう伝えるとアンドレアが「でしょ？」と少しだけ笑ったのでホッとした。

「ホームシック？」

それなら、私もよくわかるよ。返事のあとでそう続けようとした。

アンドレアはしばらく黙っている。カチンカチンと窓の下の暖房機の奥で、微かな音が鳴るのが聞こえる。聞いてはいけないことだったのだろうか。

誰かに気にかけて欲しい、構って欲しいと、いつも心の中でみっともないくらい願っているのに、いざ自分が気にかける側になると、どうすればいいのかわからない。ニコルやアンドレアのような、あたたかい言葉が咄嗟に出てこない。踏み込んでいい領域もわからない。コミュニケーション力云々とごちゃごちゃ考えてみても、結局はアンドレアに「嫌われたくない」から一歩も動けなくなる。

「アルマンド……兄に、会いたい」

消え入りそうな声に胸が潰れそうになる。彼女の肩をそっと抱いて、頭を寄せてみる。どこかで見た、アメリカ人的な慰め方。何かを演じているような照れがあったけど、アンドレアがゆっくりと力を抜くのがわかった。できるだけ優しく、丸い肩をたたく。大丈夫だよ、のジェスチャー。

もうすぐ学期が終われば、初めての長い夏休みが待っている。早く会えるといいね。言おうとした矢先だった。

「今日は、彼が死んだ日なの」

「え？」

「二年前に、事故で。この季節になると、いろいろあの時のことが鮮明になって」

いつもみたいにふざけたり、笑ったりができなくなっちゃう。消え入りそうな声に続く自嘲の笑いは、ひどく痛々しかった。普段から存在そのものがふっくらと弾けるような彼女が、どんどん細く消えていくみたいだ。

「誰とも話さずに何日も過ごしたり、去年はベッドから起き上がれなくて、ずっと毛布を被ってた。あたし実は、どんよりしてくらーい人間なんだ。がっかりでしょ？」

私は必死で首を振って否定する。嘘じゃない、同情からの演技じゃない。はっきりと伝えたかった。

「がっかりなんて、しないよ。ダメなとき、笑わなくていい」

父がいないことをからかわれた小学校時代とは違い、中学や高校では、私は父の不在をすっかり受け入れていた。周囲の大人に気の毒がられれば「死んじゃったんだから、いま何を言っても仕方ないじゃん」と気にもしなかった。

それでも寝る前の電気の落ちた食卓や、授業の最中の教室で、ふと父の思い出が過《よぎ》ったり、父がいたら起こったかもしれない出来事や、抱いたかもしれない感情に想像が至ってしまった時は、蓋をするようにやり過ごした。

どんなに時間が経とうと、どれだけ蓋をしようと、蓋の奥のものが消えて、まったく失《な》くなるなんてことは、決してないのだ。今のアンドレアを目の前にして、実感する。

「お兄さん、どんな人だった?」

写真に永遠に留められた、UFOに連れ去られる寸前みたいな、引きつった顔を眺める。きっとアンドレアのように、周りを愉快にする人だったろう。

「アルマンドはね……おならでABCを演奏できたの。本当だよ?　うちでは大叔父さんしかできなかったスゴワザなんだから」

写真のアルマンドが改まった様子で尻を突き出し、「では、聴いてください」とABCDを得意げに鳴らす様を想像すると、ブフッと吹き出してしまった。こんな状況だけど、どうしようもない。

「やっぱり、兄妹。おなら、何の匂い?」

私の言葉に、アンドレアがふわりと笑った。「プランテンかな」そうして静かに話し始めた――アルマンドは、陽気で、優しくて、私を救ってくれたの。

「……十二歳でプレップスクールに入ったとき、周りは何でも持ってる白人のお金持ちばっかりだった。学校まで送ってきたうちの家族と車を見ただけで、こう言った親がいたの。『奨学生なんて、賢いお嬢さんで誇らしいでしょう』」

どきりとするくらい、冷めた笑い。アンドレアのそんな顔や物言いも、初めて見た。過去の苦しい日々は、まだ彼女のすぐそばにあるのだと思う。

「周り中が等身大バービーとケンみたいな子ばっかりで、あたしはただただ緊張して、焦ってた。真っ白な肌や、モデルみたいな足やストレートの髪、青や緑の目が羨ましくてしょうがなかった」

アンドレアも、私と同じような気持ちを抱いていたことがあったのか。

「どうしてあたしはこんなチリチリの頭なの？　どうしてあたしも家族も、みっともなく太ってるの？　どうして、どうしてあたしはって、そんなことばかり考えては、死にたくなった」

アンドレアは別の写真を手に取る。エステバンを両側から抱く中年の男女は、間違いなく彼女の両親だろう。面差しがそれぞれアンドレアにそっくりだった。

「両親のことも恥じたの。二人のことは大好きだけど、社長やテレビスターや弁護士の親たちと比べて、英語も訛ってて、大学に行ったこともない、アパートの管理人とウォルマートの店員なんて、ってね……そんな風に考えちゃう自分も、嫌で嫌でたまらなかった」

どうしてうちにはお父さんがいないの、どうしてうちにはお金がないの、どうしていじわるなあいつらばっかり、何でも持ってて、得して、全部ぜんぶ不公平――理不尽に親や境遇を恨んだときもあった。直後、自分の卑屈さが恥ずかしくて消えてしまいたくなった。

後悔という、〝ものすっごく悲しい気持ち〟。

私とアンドレアはいろいろなところが似ている。思いもよらなかった。

「自分はとてつもなく惨めで醜い生き物だと思ってた。消えてしまいたいって願ってた。でも、アルマンドはいつもあたしのこと、『僕の世界一クールな妹』って」

しょっちゅう、よくぞこんなものを、という変な絵葉書――のみの市で見つけた、厳格な顔でドーナッツを頬張る初老カップルの写真や、不気味すぎる青い犬のおもちゃの広告、時には自作の珍妙なマンガ絵――を寮に送ってきてくれたという。

「あと、『Become what you are』……」

「そう！　覚えてくれたんだ」

「うん。とても印象的、だったから」

お前のままでいろ。お前らしく。他の誰でもなく、お前になればいい――アルマンドは大事な妹へ伝えるとき、どんな意味を込めて、どんな想いでいたんだろう。

ふと暗がりで踊るマライカやテレンスの姿が浮かんだ。「自由になれ」かもしれない。

「何度も実家に帰りたくなったけど、いつも兄が励ましてくれた。コンプレックスがなくなったわけじゃないし、本当に学校は大嫌いだったけど、なんとか乗り切れたの」

「お兄さん、とても素敵。私も……会ってみたかった、本当に」

アンドレアの赤くなった目からほろりと涙がこぼれおちる。その場の適当な慰めじゃなくて、私が正直にそう言ったと、伝わったと思う。心を乗せて、心を託して、話せる。英語が少しずつ、私の言葉になっていく。

「ナオミのお父さんは？　写真見たい」

しんとした自室の机の中から、家族写真の入ったフォトスタンドを取って来る。埃の薄い膜を指でこすると、久しぶりに目にする若い頃の父や母が、幼児の私を挟んで笑っていた。八〇年代ファッションや、大きく開けた口の、歯並びの悪さなんかが限りなくダサいと思っていたけど、改めて見ると、そんなひどい写真でもない。

「優しそうな人だね。鼻とか顎とか、ナオミに似てる」

「そうかな。思ったこと、なかった」

ずっと母似だと思ってきたし、そう言われてきたけど、よくよく見れば、確かに似ている気もしてくる。私は久子さんにも似ているのだろうか。

「どんな人だったの？」

「うーん、勉強好き、アメリカ好き、アメリカの映画や、音楽も好きだった、母によると。こっちで研究したかった。するために、いつも英語で、論文を書いてた。宇宙物理学の、博士だったから」

「ワーオ、宇宙！　スケールのでっかいパパだったんだね」

「そうかも。私に、英語を教えてくれた。テープ残ってる。ハローとかハウ・アー・ユーとか、簡単なの。それで、英語でも通じやすい、尚美という名前をくれた……」

　気がつけば、頬があたたかくてくすぐったい。こんなはずじゃなかったのに。こんな想いが自分の中にあるなんて、ずっと忘れていたのに。自己憐憫のような気がして、長いあいだ正面から悲しいと認めることもできなかった。アンドレアに話しながら、ゆるゆると溶け出した気持ちが、涙と一緒に止まらなくなる。会いたい。さみしい。大好き。

　今度はアンドレアが私の肩を抱いてくれる。「ヒゲが溶けてる」と渡されたティッシュで、洟もかんだ。

「お父さんのこと、友達に話すの、初めてかも」

　中学や高校の友達の間で父親の話になりそうな時は、いつも話題をそらした。いつだって、できるだけ明るくいたかった。二度と惨めな子になりたくなかったから。

「そっか……」

　自然に、久子さんのことも話していた。実の祖母とは知らずに文通し、学費援助を受けていたこと、父との絶縁、祖父の遺言、そして生まれてこられなかった私の姉のことも。解けていくように、自然と言葉が出てきた。アンドレアは傍らで、静かに聞いていてくれた。

「ずっと手紙、来てない。私も、何書いたらいいか、わからない」

「難しいね。向こうもこれまで通りってわけにもいかないだろうし」

「どんな人か、わからなくなった。手紙、すごく優しかった。でもお母さんたちには、とても、信じられないくらい、冷たかった」

「お祖母さんたちのこと、許せないと思う？」

「許す、許さない、私が決めるのでは、ないと思う。でも、このまま、ぜんぶＯＫにして、なかったフリ、できないし……」

「一番大事なのはナオミの気持ちだと思うけど、あたし、すごいなぁって思っちゃった。なんか不適切だったらごめん」

「すごい？　何が？」

「お祖母さんが。受け入れたお母さんもだけど。お祖母さんがナオミのお母さんに会って、ぜんぶ自分が間違ってたって認めるのは、すごく勇気のいることでしょ。してしまったことは取り返しのつかないことだから。あたしだったらって、考えるだけで怖いし辛い。会っても拒絶される可能性の方が大きくて、自分の人生の終わり間近に、その半分を否定することになるかもしれない。それでも、会おうと思ったんだなぁって」

　そんな風に思いもしなかった。私とはぜんぜん違うものの見方をする、ぜんぜん違う生き方をしてきた女の子。まったく違うのに、とても自然に納得できる。彼女の言葉で、自分の想像力のずっと先まで、見渡せる気がする。「そう……そうだね。ホント、そう」

　ずっとあわだっていた気持ちが、すっかり落ち着いている。アンドレアと話すと、どうしてこんなに安心できるのだろう。

「聞いて、くれて、ありがとう」

「また話したくなったら、いつでも聞くよ」

「私も。いつでも話してね」

きゅっと、力一杯抱きしめられる。ぽっちゃりしたアンドレアは、弾力のあるクッションみたい。私も両腕を回して彼女を抱きしめた。互いの体温と気持ちを送り合う。私たちには、ハグが必要なんだ。

「パパの思い出や、お祖母さんのことを共有してくれて、ありがとう。あと、一緒に泣いてくれて」

「うん。私も、ありがとう。お兄さんのこと、聞けて、写真とか、見られて、あなたのこと、知ることができて、よかった」

遠くにパーティーの喧騒の気配がある分、私たちの周りの夜はどこまでも静かで、小さなスタンドの明かりは柔らかだった。悲しみは自由になって。痛みはくるまれて。私たちはずっと寄り添ったまま、黙っていた。

12

1998年5月
ティーチ・インと叫び

Just a Hum, Yet We Hum

――小さな声でも、私は叫びます。

期末試験の直前、予《かね》てサルマンがサード・キッチンで告知していたイラク・ティーチ・インが、ティペット公園のバンド・スタンド前で行われた。なぜこんな大変な時期にわざわざ、という疑問は、いち早く木陰の特等席を陣取っていたカロリーナとニコルによって、すぐに解けた。その日は「五月四日の虐殺」という、アメリカではベトナム撤退の契機になった有名な事件のメモリアル・デーだったのだ。

ベトナム戦争末期の一九七〇年、ケント州立大学でアメリカ軍のカンボジア空爆に対する大規模なデモがあり、暴動を恐れた市長の要請で州兵が動員された。非武装の学生に軍が発砲して、四人の学生が亡くなったという。

「表向きはベトナム撤退を進めて、陰で戦線を拡大したあげく、それに反対を叫んだ学生を殺すんだから。『民主主義』が聞いて呆れるって事件だよ」

三十年近く前の、彼女が生まれるずっと前のことも、ニコルは目の前の出来事と同じくらいの温度で怒る。怒れるのだと、思う。ベトナム戦争の時代に生きていたら、きっとサード・キッチンの皆は迷わず反戦デモに参加していただろう。両親はデモで出会ったのだと言うと、ニコルも「うちと同じ」と笑った。

サルマンともう一人の女子学生の紹介を受けて、政治学部のサンダース教授と歴史学部のブレナン教授が、バンド・スタンドの中央で片手を上げる。どちらもまだ縁のない学部だった。サンダース教授はシュッとした体型と黒い口髭が冷たい感じの容貌で、ブレナン教授は横に少し広がった体に顎髭がサンタを思わせる、温厚な顔をしている。どちらも五十歳前後だろうか。対照的な外見ながら、頭頂部が完全に禿げていることだけは共通していた。

サンダース教授が、無表情のまま静かな口調で語り出す。

「サダム＝フセインとは何者か——イラン・イラク戦争までは、彼は合衆国を含む〝西側〟チームの一員だった。敵の敵は味方の論理だ。フセインは、革命なんてもので外国企業の石油利権を奪い、アメリカ大使館員を人質にとり、欧米への嫌悪を隠そうともしない、にっくきホメイニと彼が率いるイランをぶちのめすための、優秀な尖兵だったからな。

しかし盟友イラクは我らの援助でいつの間にか世界屈指の軍事大国になっていた。そのために莫大な借金も膨らんでいた。我々は当然ながら貸した金の返済を求める。返済の目処が立たないなら輸出だって制限する。戦後の国内の混乱？　経済の疲弊？　知ったことか」

国々は本来顔なんて持たないはずなのに、私はイラクに対して、不敵な笑みをたたえた口ひげとカーキの軍服、フセイン大統領その人の姿をくっつけてきた。けれどバンド・スタンドのすぐ前に陣取ったシャキラや、私たちの後ろに座ったラーレには、きっともっと違う顔が見えているはずだ。例えば知っている誰かによく似た人々、どこか見覚えのある風景なんかが。

「戦争債務に苦しみ、経済立て直しの見通しが立たないイラクの頼みの綱は、もちろん国内に豊富にある〝黒い黄金〟だった。そんな中、原油価格をコントロールするOPEC諸国との対立が深まる。当時クウェートをはじめ、サウジやUAEが割当量を超えて産油していたため、原油価格が下落していた。そしてクウェートとイラクは戦後の債務処理や国境の油田をめぐって争ってもいた。やがて痺れを切らしたイラクはクウェートへ侵攻する。これが湾岸戦争開戦までのごくごく簡単な経緯だ」

当たり前のことだけど、戦争の前にも後にも、経緯や影響があったのだ。日本のメディアで報道されていた、〝Show the flag〟という言葉や、石油まみれで飛べない海鳥といったイメージでしかなかった湾岸戦争が、出来事の連なり、国々の思惑の連鎖として形作られていく。

「湾岸戦争のときはみんな小中学生くらいか？　僕らは今と大して変わらない。やはりこの大学で、この場所で、戦争について君らの先輩たちと討論していた。ありがたくないショーが続いているせいでね」

12　1998年5月　ティーチ・インと叫び

ブレナン教授はまるで自分の子供を眺めるように、私たちを見渡して、柔和な笑みを浮かべる。

「湾岸戦争では、第二次大戦以来の大規模な多国籍軍が編成された。銀河帝国軍も真っ青な〝正義〟のフォースの結集だ。たった百時間の地上戦でオールセット。しかしどれだけ短かろうが、戦争というものは、その後何年も、何十、何百万という人々に傷跡を残す。それは歴史がいやというほど証明してきた。

今日は〝五月四日の虐殺の日〟だ。カンボジア空爆に抗議するケント大の学生が、銃弾に倒れた。僕らはまさにあの時、全米の各地で戦争反対を叫ぶ、君らみたいな学生だった……そう、時間とは無慈悲なものなんだよ」

ブレナン教授がお腹と頭に手を当てたので、小さな笑いが起きた。

「合衆国の空爆が始まって、カンボジアという国でその後何が起こったか。我が国の後ろ盾を得たノル将軍が、北ベトナム軍を黙認していたシアヌーク国王に対し、クーデターを起こした。カンボジア国内の北ベトナム軍とその陣地を掃討するという目的がノル将軍と一致していた合衆国は、ますます堂々と、交戦状態にない国を攻撃し、侵攻した。私たち国民は一九七〇年四月の終わりにやっと、ニクソン大統領からその事実を知らされた……」

その直後にケント州立大学の〝虐殺〟が起きたことになる。ブレナン教授の説明によれば、反撃に出た北ベトナム軍は、自らも大規模な攻撃を加えながら、カンボジア国内の、ノル将軍と敵対する武装勢力を支援したという。一方では同国人同士が争い、他方ではベトナム系住民の迫害・虐殺が起こり、カンボジア国内は混迷を極める。何万もの人々が命を落とし、農地は失われ、焦土と化した。国内は慢性的な飢餓状態に陥り、難民が周辺国へ溢れ出た。日本にも来ていた〝ボート・ピープル〟は、そういう人たちだったのだ。

ようやく合衆国がベトナムから撤退すると、ノル将軍に代わり、今度は中国共産党の支援を受けて台頭してきたポル・ポト率いるクメール・ルージュの支配が始まる。ブレナン教授の穏やかなトーンは変わらない。

「すでに地獄を見ていたカンボジアの人々は、さらなる地獄へ叩き落とされた。この一連の空爆と内戦、飢餓、難民化、そしてポル・ポトによる大虐殺で、一説にはカンボジアは国民の三分の一、二百万人以上を失ったと言われる……」

背後に立つ、樹齢を重ねた巨大な楡《にれ》の木の向こうから、はるか遠いと思っていた国とその歴史が、知らない間にぐんぐんと、芝生の上に伸ばした私の足の傍まで距離を詰めてくるような気がした。背中から首筋へピリピリした悪寒が走る。

再びサンダース教授が口を開く。

「このように利権と覇権をめぐる大国の介入が招く戦争は、戦地となった国々とその人々に、戦後も暴力と殺戮の連鎖をもたらす。レバノン然り、アフガン然り……イラクでも混乱は続いている。経済制裁による慢性的な物資不足で一番の打撃を受けるのは弱者だ。湾岸戦争からこっち、イラクの子供の十人に一人は五歳になる前に死んでいく。政府軍対シーア派やクルド人との紛争も激化して、イラク国内は疲弊しきっている。フセインは自身への批判の声を弾圧し、配給食糧も掌握することで、むしろ独裁体制を強めている。完全な悪循環だ」

「イラクに大量破壊兵器はあるか？　答えはグレーだ。湾岸戦争で壊滅的な打撃を受けたとはいえ、イラク軍はクルド・ゲリラ掃討のために化学兵器を使用した前科があり、サリンも保有していた。サダム＝フセインは中東覇権と核兵器保有への野望があるか？　答えはイエス、あの男が国際社会の脅威であることは確かだ。では抜き打ちの査察を受け入れない代償に、合衆国は国連を無視して、かの国を攻撃する権利があるのか？」

No. Absolutely《絶対に》 No. そこかしこから学生たちが答える。隣のニコルも、ン・ンーと首を振った。サンダース教授はゆっくりと頷く。

「地球上で最強の軍事力を有し、唯一他国へ核攻撃した経験もある、すなわち人類の最大の脅威たり得るのは、合衆国大統領であることを忘れてはならない。だからこそ私たちアメリカ国民は政府の政策を監視し、それが暴走するのを、食い止める義務がある」

　Yes. Absolutely Yes.

「戦後の影響という点では、米軍兵士も――湾岸戦争症候群で苦しむ帰還兵たちは、未だに十分な医療ケアが受けられていないという状況がありますね」

　サルマンが尋ねると、ブレナン教授は、毛深い両腕を突き出たお腹に乗せるように、固く組んで頷いた。ひょっとするとサルマンは、州兵としてそんな人たちと直接関わることがあったのかもしれない。

「ベトナム戦争でもそうだった。合衆国とその正義を信じて戦い、帰還した兵士たちを支えるはずの医療制度はまったく不十分だ。結局のところ国家というものにとって一人一人の兵士は顔のない駒に過ぎない。自らの武器が――ベトナムでは枯葉剤が、ガルフでは劣化ウラン弾が、かの国の民だけでなく、末端の兵士たちをも痛めつけた。運良く身体的に完治したとしても、長くPTSDに苦しむ。友人の兄はベトナムから帰還して三年後に自殺してしまった。彼らは誰のために、何のために、見ず知らずの国で、見ず知らずの人を殺したんだ？なぜあんなにも誰かを苦しめ、自分も苦しまなきゃいけなかった？」

ブレナン教授の穏やかな語り口が、少しだけ乱れた。

サルマンの隣に立つ、赤毛の髪をポニーテールにした女子学生が、芝生にバラバラに座った私たちを見ながら、嚙みしめるように言う。

「私たちはイラクを、第二のベトナムやカンボジアにしちゃいけない」

切れ長の目が余計にきりりとして見えた。ほとんど睨みつけるような視線のまま、彼女は教授たちに向き直る。

「強硬姿勢の政府を阻止するために、私たちは今どう行動すべきでしょう。ベトナム戦争、湾岸戦争に際しての経験から、何かアドバイスはありますか？」

政府を阻止するなんて、とんでもない。一瞬そんな風に思ったのは、私だけだったのかもしれない。そう感じるくらい、公園に集まった学生たちが彼女の質問をきっかけに、少し前のめりになったように見えた。同時に口を開きかけた二人の教授は互いに促し合い、ブレナン教授が先を譲られた。

12 1998年5月　ティーチ・インと叫び

「まず言えるのは、遅きに失するなということだ」

教授によると、ベトナム戦争では、反戦運動が始まったのは開戦から一年以上経ってからだった。本格化したのは六五年の北爆開始のあとで、全米の大学へ広まったのは大学生の徴兵免除が撤廃されてからだという。

「……正直言って、僕もその時まではベトナムの位置さえ曖昧だった。学生時代、私の心は常に古代ギリシアにあったからね。その点、湾岸戦争では、開戦前に各地で反戦デモが起きた。だがベトナムほどの大きな規模にはならなかった。要因はいろいろあるが、やはり一番大きいのはイラクの侵略に対する武力行使という点だろう。『クウェート国民を救え』という大義の前には、世論も賛成が多数だった」

「その点、今回の攻撃に大義はない。イギリスと日本以外の国際バックアップもない」

ブレナン教授の後を受けて、サンダース教授が言い切る。

「国連決議を無視して攻撃すれば、湾岸戦争でサダムが描いていたシナリオ――〝イスラム世界対イスラエルを含むアメリカン・レジーム〟が、今度こそ実現してしまう。すぐにではなくとも、じわじわと、確実に。パレスチナ、クルドといった民族問題、そして数多のテロ組織、周辺すべての火種につながれた発火装置に点火するようなものだ。何十万という命が失われ、何百万という人が故郷を失うだろう。原油価格は高騰し、難民を受け入れる周辺諸国の経済は疲弊、ひいては世界経済が大打撃を受ける……道義的な問題だけでなく、経済・外交の面からも、イラク攻撃は悪手中の悪手なのだ」

「クリントンも、野望は財政問題と下半身に留めていればいいものを……おおっと失礼」

ブレナン教授の言葉に再び小さな笑いが起きた。大統領とインターンの不倫スキャンダルは、雑貨店に積まれたタブロイド誌の見出しでうんざりするほど目にした。

「影響が広範囲ということは、それだけ多くの利益団体が、反戦に動く可能性があるということですね」

女子学生が念を押すと、二人の教授は同時に頷いて、それぞれの頭がつるりと光る。

「合意点が持てる他の団体とも連携して、点ではなく面で、できるだけ早い段階から立ち向かうことだね。そのためには共通の、強力なメッセージなり象徴なりも必要になるだろう」

「君たちにはインターネットという、あの頃の私たちが持っていなかった武器がある。バーチャルな場で会議もできる。全米に限らず、国境を超えて学生だろうがＮＰＯだろうが、繋がることも、意見交換も容易だろう」

「僕たちは産業革命以来の歴史的転換点の中に生きている。歴史の学徒としてこれ以上ない学びの場だよ」

「冷戦後の国際政治、国際法や憲法の大統領権限について学びたい学生にとってもね。大いに学び、考え、対話し、行動し続けてほしい」

「教授たち、ありがとうございます。この辺りで、質問や意見を募りたいんだけど、みんなどう？」

サルマンが呼びかけると、何人かが手を挙げた。最初にマイクを握ったのは、もじゃもじゃの茶色い巻き毛とヒゲが一体化した隠者のような男子学生だった。

「ベトナムの時はペンタゴンマーチから和平協定まで、えーと五年の時がかかってますよね。百時間でカタを付けられる、このハイテク兵器時代には、そんな時間をかけてられない。即効性のない、デモという形が適当なのか。そもそも意味があるんでしょうか」

「だからこそ攻撃を開始する前に、というのが肝要だ。折しも今年は中間選挙の年だ。上・下両院で巻き返しを図りたい民主党とクリントン政権に対してノーを突きつけることで、揺さぶりをかけられる。デモに代わる表明行動も、暴力的手段に訴えないかぎり、あらゆる手を追求してみるといい。インターネットも大きな可能性だ」

サンダース教授の言葉を受けてブレナン教授も頷いた。

「デモは確かにアナログだが、そのいいところは、そこに反対者がいるというプレゼンスの可視化、誰の目にも見えて、分かりやすいということだと僕は思う。あともう一つ歴史的事実を。ペンタゴンマーチの翌月に国務長官は辞意を表明し、半年後に大統領は二期目を諦め、一年後に北爆を完全停止している。影響は確かにあったんだよ」

もじゃもじゃは頷きながら、サンキュー、と言って着席した。

次にマイクが渡ったのは気の早いタンクトップ姿の女子だった。マイクを握る褐色の二の腕が陽を受けて光る。

「いま中間選挙で現政権を揺さぶる、という話がありましたが、それは共和党へ投票しろってことですか?」

ブレナン教授が「極端だね」と苦笑する。隣でニコルとカロリーナも（アホか）（質問すりゃいいってもんじゃない）と目をぐるりと回して呆れている。

「どちらに投票するのも、もちろん君らの自由だよ。有権者として〝政治屋〟に『タダじゃ投票しない、仕事をしくじれば遠慮なく弾劾する』という態度を示す、ということだ。その態度の表明の仕方は、さっきブランドン……サンダース教授が言った通り、十人十色で、いろんな可能性を探ってみればいい」

最後にマイクを渡されたのはシャキラだった。最前列に座り、隣にはヒジャブを被った知らない女の子がいる。自分はシリアからの留学生だと説明した後、少し躊躇するような沈黙があった。

「多くのアメリカ人は、ヨーロッパ以外の文化圏、特にイスラム教や中東の国々についてあまりにも無知だと思います。この大学も、アラビア語クラスはないし、専門的にイスラムの歴史・文化を学べるクラスもほとんどありません。サンダース先生の『中東のパワーバランス』くらいじゃないでしょうか」

語尾が少し震えていた。それでも彼女は声をあげるのだ。ユーラシア大陸の向こう側から来た、同い歳の女の子に、ひしひしと畏敬の念を覚える。

「ハリウッドが作り上げたテロリストというイメージが関の山。戦争にも、そこで殺される人々や文化にも無関心な人があまりに多いから、反戦運動も拡大できない。そんなジレンマを感じますが、どう思われますか？」

カロリーナとラーレが、（まさに）と囁きながら頷いた。身が縮まるような思いがする。無知はアメリカ人に限らない。でも無関心ではないからここにいるのだと、何とか顔を上げる。

「一〇〇パーセント同意する。歴史学部長として、学生に人類最古の文明を学ぶ機会を与えられていないのは、忸怩《じくじ》たる思いがするよ。アラブ系教職員がいないことも、大きな問題だね」

「異文化・多文化教育については、今後もあらゆる教育機関がたゆまぬ努力をし続けなければならない。我が校も君のような留学生やアラブ系学生などを、もっと積極的にリクルートすべきだろう」

サンダース教授はそこで、シャキラに向けていた視線をあげた。

「君たちも、何をしていようと、どこにいようと、批評的アプローチを忘れないでほしい。政府もニュースメディアも、我々の言葉すらも、鵜呑みにしてはならない。まず疑え、盲目的な羊になるな。教養教育の目的は、自立して批評し思考し続ける知性を育てることだ。それこそが〝自由〟のエンジンだ」

「戦争、災害、疫病……あまりにも大きな問題を前にすると、僕らはしばしば不安と無力感に苛まれる。そんなとき剝き出しになる、他者への恐怖や憎悪にブレーキをかけるのが、知性と想像力だ。何かが間違っているとき、どんなに無力でも、何かしないではいられない――そんな、世界にとっては虫の羽が震えるくらい小さな、でもとても人間らしい衝動を無視しない、主体的に考え続ける個人でありたいものだね」

　ブレナン教授の言葉に相槌を打つと、サンダース教授は「こんな風にね」と、右から左へと手で示しながら、芝生に座る私たちみんなに視線を走らせた。口髭の下の口元が初めて少し和らいだ気がした。

「ケント大から続く反戦の精神を、僕らも、」

　サルマンが決意したように、私たちへ向かって口を開きかけたときだった。

「ケント大だけか⁉」

　叫びながら、バンド・スタンドへ飛び上がった大柄な黒人学生が、半ば強引にサルマンからマイクを奪う。あっという間だった。

「今日は五月四日の虐殺の日、では十日後は？　あの五月十四日に、ミシシッピで何が起きたか知ってる奴は、この場にどれくらいいる？」

　ほとんど青みがかったように見える墨色の肌の男は、二メートルはありそうな巨軀から、喧嘩をふっかけるような勢いでまくし立てる。学生たちがあっけにとられる中、傍らでニコルがゆっくりと手を挙げる。カロリーナも続いて人差し指を上に向けた。芝生に広がって座る学生たちの中で、他に手を挙げているのはアフリカ系学生ばかりだった。

「これが現実だ、忘れられた歴史だ！　ケント大の白人学生の悲劇は全米が知っているのに、黒人学生が死んだジャクソン大の事件はほとんど知られてない」

　彼の口から紡ぎ出される言葉は、転がりまわり、抑揚はメロディーに、やがてすべてが詩

12　1998年5月　ティーチ・インと叫び

のように聞こえ出す。これもラップなのかもしれない。

「木曜の真夜中だった。初夏の大気は怒りで満ちてた。ナムでは黒人兵が特に危険な前線に送り込まれた。綿花畑から戦地まで、差別は場所を選ばない。リンチ通りに集まった学生たちに、警官隊が発砲した。三十秒間、百五十発、二人の学生が死んだ。一人は若い父親で、一人はたまたま居合わせた高校生。でもメディアは、全米は、無視した。なぜだ？　肌の色で命の重さは変わるのか？　血の色はみんな同じなのに！」

彼は絶叫する。

「命は命だ。黒人の命だって重い《Black lives also matter》！」

あまりにも正しくて、切実な訴えだった。

歴史も政治も、立場が変わればすっかり見え方が変わる。白人のベトナム戦争と、黒人のベトナム戦争。イスラム教の湾岸戦争と、キリスト教の湾岸戦争。合衆国の原爆と、日本の終戦と、韓国の光復と――そんな世界で、同じ理想の下に心を開いて協力しあうなんて、所詮は絵空事なんだ。

――溝を生むの。いつまでもアイデンティティ政治に終始してたら、本当に対峙すべき問題を解決できない――

ジョアンの言ったことが裏付けられてしまう。場が急速に冷えて、一度生まれた疑いや無力感は、押し止めようとしても、じわじわと私たちを侵食して行く。人の分断は避けられないし、永遠に続く。やっぱり、抗いようがないのだ。そう確信しかけたときだった。

「黒人、白人、ラテン、アジア、どんな肌だろうと国だろうと命だ！　民主主義の火は尊い？　アメリカ人の命は重い？　イラク人の命だってそうだ！」

American lives matter? Iraqi lives matter, too!

その言葉が彼から発せられた瞬間、何かが大きく弾けた。音までも、聞こえたような気がする。彼が言わんとすることを、この場で叫んだ意味を、私たちが悟った音。場を覆い尽くしかけていた不穏な膜が、くるりとひっくり返る。

そうだ、その通りだ、次々と上がる同意の声や拍手の中を、ポニーテール女子が繰り返した。

「イラク人の命だって重い《Iraqi lives matter》！」

そこかしこで、学生たちが同じ言葉を叫びながら立ち上がる。やがてそれら一つ一つが合わさって、声は波のように広がる。

マイクを黒人学生から返され、彼と拳と拳を合わせたサルマンが、「戦争はいらない《We want no war》！」と続くと、また多くの人が唱和した。芝の上から誰かが「ケントとジャクソンを忘れるな《Remember Kent and Jackson》！」と結び、私を含め、おそらくその場にいた全員が繰り返した。公園の周囲で遠巻きにしていた町の人たちも加わった。

声を上げる。思いを外へ出す。それはもしかしたら自分以外、誰も知らなかった思いに、この世界での命を与えることかもしれない。命を得た思いは、他の思いと重なったり、離れたりして、再び自分自身の耳を震わせる。よりくっきりと、確かになる。それは時に苦しくて、時に私自身の背中を押す。

声の合間に、芝と樹々を揺らす、優しい風音が聞こえる。風の匂いに新緑の匂いがまじっていた。ティペット公園を囲む歩道を歩く通行人や、走り去る車からも声援が上がる。少なくとも、今このとき、この片田舎の町では、何人であろうが何色であろうが、誰も争いなんてしたくないのだと、信じられた。

そのとき、公園の左側を走る西メイン通りから、何かが放物線を描いて、バンド・スタンドのすぐ前、シャキラがいる辺りに落ちた。悲鳴がして、にわかに公園全体が騒然とする。

何が起きたのかわからない。道路の方向から怒声が響く。

「――志願してみやがれ――金持ちのガキが――」

「ふざけんな！――負け犬が――」

「サダムとイスラムの豚野郎――」

「――低脳のクソが――地獄へ堕ちろ！」

これまで現実には耳にしたことがないほどの激しいスラングの応酬が聞こえる。赤信号で止まった水色の車に、数人の学生が駆け寄り、後部座席の窓を激しく叩いている。窓から太い中指を突き出した運転手に向かってサルマンが何か怒鳴った。別の学生も回り込んで反対側の窓を激しく叩く。

行き交う人々の中で、そこだけ静止したように、シャキラの姿が見えた。傍の花柄のヒジャブをつけた女の子を支えるように立っている。信号が変わり、車が走り出す。

「恥を知れ‼」

ひときわ高く鋭い怒声が聞こえた。

「最低のゴミ屑！　あんたらみたいのがステイツを貶めるんだよ！」

遠ざかる車に向かい、周りの学生と一緒に何度もなんども罵声を浴びせ続けていたのは、中肉中背の、白人女子学生だった。その茶色いショートカットには見覚えがある。

カロリーナもほとんど同時に気が付いたようだった。「あの女？」と目を丸くする。

「よーニコル、ジョアン・マクファーソンだよ。あの車のこと口撃してた」

「……一応、良識は持ってるんだ」

ニコルは口をへの字に曲げて、肩をすくめた。ジョアンはこちらに気付くことなく、周りの学生たちと話しながらキャンパスの中心の方へ歩き去っていく。

このイベントが、サルマンたち政治学専攻の学生たちが企画したものであることは、告知チラシにも書いてあった。何より、バンド・スタンドの上にいたサルマンに、気が付かなかったはずがない。それでも彼女は来たということ。嫌がらせや抗議のためではなく、このイベントの目的に賛同したということなのだろう。彼女の罵声に込められた怒りは強く切実で、否定しようもなかった。

決して彼女の侮辱を許したわけじゃない。多分お互いに歩み寄ることは金輪際ないし、彼女の人間性は信頼できない。もっと言えば嫌いだ。でも彼女の主張に同意しなくても、重なる部分はどこかにあるのだと、その事実そのものを受け入れることは、可能なのだと、知る。

12　1998年5月　ティーチ・インと叫び

空から落ちた最初の雨の一滴みたいな発見を、私は掌で受け止める。

シャキラたちのところへ行くと、そばにはコーラ缶が転がり、枯芝の上にも茶色い液体が飛び散っていた。これがヒジャブの彼女に向かって投げられたのだろう。

映画や、昔のニュースや、歴史の教科書の中にしか存在しないはずの、剝き出しの差別だった。ステレオタイプのようなコーティングがない分、人のどうしようもない、リアルな悪意に、ただ呆然となる。怒りや悲しみという形をなす前に、そのとてつもない、だけど決して自分から遠くない醜悪さに、感情が凍り付いてしまいそうだった。

別の場所でティーチ・インを聞いていたらしいアンドレアとマライカも、強張った顔でやってくる。かける言葉も見つからず、私がハンドタオルを差し出すと、ヒジャブの子は「ありがと」と、思ったよりも明るい調子で受け取ってくれた。

「暴行罪で訴える？　証拠も目撃者もばっちりだし、狭い町だからすぐ見つかると思う」

マライカは頭に巻いていた黄色いスカーフを外すと、缶を包むようにして摑み上げる。ヒジャブの彼女は首を振り、「マライカ刑事の出動には感謝するけど」と小さく笑った。二人は知り合いらしい。

「缶がぶつかったわけじゃないし、いい。湾岸戦争の時なんて、私も家族も、もっとひどいものいっぱい投げられたしね。もう慣れっこ」

アラビア語だろうか、シャキラが何か話しかけると、彼女は一言二言返し、再び首を振る。そうしてきっぱりと、いっそ清々しさを感じさせるほどの闘争心をむき出しにして言った。

「あんな奴らに、ぜったいあたしは傷つけられない」

バンド・スタンドからは、ポニーテール女子とサルマンが音頭を取り、再び掛け声が始まる。今さっき目撃したばかりの出来事への怒りが加味されて、私たちはめいめいに、ほとんど叫んでいた。繰り返せば繰り返すほど、公園を覆う唱和はどんどん大きくなった。私たちがどれほど違っていても、何度争ったとしても。

13
1998年5月
料理と
エアメール

Stepping on the Bridge
――私の言葉は伝わりますか？

最後のレポートを締め切り時間の二時間前に提出すると、残るは明日の生物学のテストのみになった。ノートを作り直しているお陰で、ほとんどの試験範囲は頭に入っている。論述問題のために、あと数時間も準備すれば大丈夫だろう。

昨日の数学のテストの後、意を決して、ダーリーンに「普通のスピードで話して大丈夫だよ」と言ってみた。彼女は少し驚いて、でもすぐに、力強く頷いてくれた。

「私、却ってナオミを傷つけてた？　ごめんね。そんなつもりなかったんだけど」

「うん、わかってる。これからも、聞き取れなかったら、言う。ちゃんと、対等の友達でいたい。だから、伝えたの」

「もちろん！」

いつものオーバーリアクションで、組手のように抱きついてきたダーリーンの必死の形相がちょっとおもしろくて、悪いと思うものの、つい思い出し笑いをしてしまう。

中間試験と同様、試験期間中の平日のサード・キッチンでは決まった食事がなく、各自が適当に食べることになっていた。気が向いた、あるいは試験から逃避したい誰かが、たまにクッキーを焼いたり、じゃがいもを蒸したりしてくれる。といっても、私がアンドレアに聞いて駆けつける頃には、たいていすっかりなくなっていた。そんな時は少しだけ、食べ放題の食堂が恋しい。

冷蔵庫の奥に見つけたチーズの欠片とハムを挟んだサンドイッチを、手早くフライパンで焼いた。クロックムッシュ風、と母が休みの日にたまに作ってくれたものだ。味はいいけれど、朝も昼も食べずにレポートを仕上げていた身には、量がまったく足りない。

カウンターの上の皿には、誰が作ったのか、「召し上がれ」のメモと共に、ピーナッツバターを塗ったリンゴとセロリが盛られていた。このまったく食指が動かないメニューはアメリカでは一般的なものらしく、これまでもデザートで何度か出てきた。意を決してリンゴをつまむと、その毒々しいまでの甘さに舌と喉の奥がびっくりする。そして余計にお腹が空いた。

いっそ米を炊こうか。今なら醤油をかけただけでも美味しく食べられそうだ。寮からふりかけを持ってこようか、焼きおにぎりにしてもいい。あれもこれもそれも、食べたいものに思いを巡らすと止まらなくなる。自分や母の料理の味が舌の上に蘇り、食欲が胃の奥からこんこんと湧いてくるようだった。

食料庫を覗くと、量は少なくても、一通りの野菜が残っていた。次の調理分を確保する注意書きも見当たらない。もしかしたら、これらの野菜は長い夏休みを迎える前に廃棄されてしまうのかもしれない。

思い立つと、体が自然と動いた。使えそうな野菜や食材を手当たり次第、キッチンまで運び出す。冷蔵庫や調味料棚からも、醤油や日本酒、ケチャップなど、馴染みのものをつかみ出し、次々とステンレスの台に広げる。棚の奥からは、どれくらい古いのか、黄ばんだビニールに入った数枚の焼き海苔まで見つかった。これならなんとかなりそうだった。

ステレオのスイッチを入れると、聞き覚えのある女性ボーカルの軽快な曲がラジオから流れ出す。すっかり慣れた野菜の下ごしらえから始める。マッシュルームは濡らしたペーパータオルで拭い、ニンニクは叩いて潰して、人参の皮むきはリズミカルに。外気よりも少しだけひんやりとしたキッチンが心地いい。調理台から見える食堂の窓の外はまだ明るかった。

〝毎日は曲がりくねった道、でもちょっとずつ近付いてる〟――ラジオから流れる曲のサビ部分を声に出して歌いながら、その後は知らない曲も適当にハミングしながら、夢中で料理をしまくった。

気がつけば、誰もコープには現れないまま、優に二時間が経っていた。油の匂いが髪につき、スウェットには脇汗も滲んでいたけど、清涼な丘の上に立ったような気分だった。

鍋の火を弱めてとろみを確かめる。トマトやケチャップ、ニンニクが混ざり合った、食欲をそそる匂いが立ち上る。竜田揚げ風にしたマッシュルームは、頬張ると生姜醬油の味がじゅわりとしみ出し、いくらでも食べられそうだった。氷水に浸して鍋で炊いたご飯も、ほどよくしっとりして、日本米に近い食感にできた。一番大きなバットに並べた数十個もの三角形の塩むすびは、我ながら形がピタリと整って、見ているだけで気持ちいい。

料理長になった気分で、食堂の長机に料理を並べる。「ベジタリアン」のメモ書きと一緒に「召し上がれ」も書き足すと、達成感がキラキラと私の胸を満たした。

アンドレアが食いっぱぐれないように、自分の分も含めておにぎりを四個、海苔で巻いてラップで包んだ。外国人には海苔の黒さが不気味に映るらしいけど、アンドレアならきっとおもしろがってくれるはず。図書館か寮を捜してみよう。誰か知り合いに行き合えば、彼女を見かけた子もいるかもしれない。こういうとき小さな大学は便利だ。ＰＨＳや携帯などなくても、捜す相手は半径二キロ圏内には、ほぼ確実にいるのだから。

外へ出ると、黄昏時の薄闇の中を、ちょうどマライカとテレンスが南キャンパスからこちらに向かってくるところだった。後ろにはサルマンとニコルも見える。

「へーイ、なんか食べ物あった？」

マライカに聞かれると、笑いがこみ上げて、無表情を装うことができなかった。「まったく、なんにも、無ーい！」

不思議そうな顔の皆に手を振って、急いで図書館に向かう。

皆の驚いた顔を見たい気もしたけれど、あれこれ様子を想像するのも楽しい。昔読んだ童

13 1998年5月　料理とエアメール

話に出てくる、誰もいない夜の間に素敵な靴を仕上げてくれる小人になったみたい。それに、もし口に合わなかったら、という一抹の不安もある。母以外の人に手料理を振る舞うなんて、初めてのことなのだ。

図書館は、力尽きたのか地べたにパジャマのまま寝ている学生がいたり、目当ての資料が見つからない、と司書に食い下がっている学生、隈の浮き出た顔で亡霊のように徘徊する学生、プリントアウトをチェックしながら悶絶《もんぜつ》している学生、とさながら魑《ち》魅魍魎《みもうりょう》の巣と化していた。レポートが終わり、少し緩んでいた気持ちが引き戻される。なんといっても生物学一〇一は、問題の多さと採点の厳しさで有名なのだ。

四階から順繰りに、人の集まりそうな場所を回っていく。二階のボールチェアーに籠っていたホセに尋ねると、アンドレアを地下のコンピュータールームで見たという。

「プリンターが壊れてパニクってたよ」

今サード・キッチンへ行けば食事があることを伝えると、彼は勢いよく丸い巣穴から飛び出していった。

地下から四階まで吹き抜けの階段の壁には、黒々とした背景に、絶望したように頭を抱えた男の巨大な抽象画がかかっている。どう見ても試験に切羽詰まった学生にしか見えない。どうしてこんな呪いのような絵を、よりによって図書館に飾るんだろう。

踊り場まで降りたところで、地階から、黒髪にピンクのハイライトが入った頭が上って来るのに気付く。一瞬だけ、引き返そうかと思った。小さい大学はこういうとき不便だ。誰かを避けてキャンパスで過ごすなんて、決してできない。躊躇している間にも、彼女はずんずん上がってくる。

　目が合うと、ジウンは小さく「ハイ」と言って下を向いた。歩調を変えず、そのまま傍らを通り過ぎる。世間話もする気はない、と一挙手一投足が示している。「ハイ」私もできるだけさりげなく挨拶を返した。互いの靴音が遠ざかり、模造御影石の床に吸い込まれていく。

　サード・キッチンに戻ってから、ちゃんと話して謝りたいと思いながら、今日まで来てしまった。嫌われていることは確信していたから、また一生懸命KPに努めて、思い切って同じテーブルにつき、少しずつ世間話から始めて、いつか……そんな気の長いシミュレーションを描いては、ぐずぐずと躊躇していた。私は結局、秋学期から、何も変わっていない——。

　〝いつか〟って、いつ？

「ちょっと、まって！」

　夢中で階段を駆け上がり、そのままの勢いでジウンの横に並ぶ。彼女は立ち止まるとわずかに手すりの方へ後ずさり、眉をひそめた。切れ長の一重の瞳が更に鋭くなる。親しみの一切感じられないその表情に、怯みそうになる。

「あの、よかったら、食べて」

　おにぎりを一つ差し出すと、ジウンの目が見開かれた。やっぱり黒い食べ物なんて不気味に映るのだろうか。

「これ、海苔。ライスボール《おにぎり》を包んだの。この黒、海藻の、自然の色。安全でヘルシーで、美味しいよ」

「キムパプ……」

「え？」

そっと受け取りながら、彼女が薄く微笑んだ、気がする。私の願望が視界に適当な改変を加えたかもしれない。

「キムパプって、韓国の〝ノリマキ〟があるから。大丈夫、海苔が美味しいのは知ってる」

「韓国も、〝海苔巻き〟食べるんだ……！」

言ってから、はたと気付いた。もしかしたら日本が韓国を支配していたときに伝わったのか。その可能性は限りなく高い。私が気付いたということを、ジウンも見て取ったように思う。「あの……ずっと……」

声がかすれそうになって、もう一度深く、呼吸する。ざわついていた心が少し静かになる。

「ずっと、謝りたかった。ＫＰのこと、だけじゃなく、一学期の、エッセイ・クラスの、こと」

ジウンがそれとは気付かないほど小さく、息をついた。それがどういう意味なのか、彼女の表情からは読み取れない。

「私、あのとき、居眠りして、ちゃんと聞いてなかった。きっと、とても大事な話、だったのに。日本人として、聞かないといけない、内容だったのに。ごめんなさい」

「それは――」ジウンは何か言いかけて、目をそらす。

「私も気になってた。春休みにティペットで、イサベラが言ったこと、聞こえてたんでしょ？」

私は仕方なく頷いた。視線を落とすと、彼女のごついブーツが視界に入る。

「彼女にちゃんと注意しなくて、悪かったよ」

「でも、彼女の怒りは、わかる。日本はフィリピンにも、韓国にも、彼女やあなたの、人々に、ひどいことをした、たくさん。その上にダンス、文化の盗用みたく、見えた。仕方ないこと」

「だからって、現代の日本人をまとめて侮辱していいってことにはならないから」

「それは、そう。でも、私も、多くの日本人も、無知だよ、確かに。戦争の歴史、特に、加害の歴史、知らないことが多い」

どこか私から顔を背けるようにしていたジウンの上体が、少しこちらへ動いた。

「どうやって、繰り返さないか、ちゃんと考えられない、このままじゃ。歴史を知らないまま、差別心も続いてる。差別心なくても、知らなくて傷つけること、きっと多い。ステレオタイプ、みたいな、ぜんぶ、自覚、向き合わないと……！」

気持ちが急《せ》くと、どうしても言葉がつんのめる。なぜ単語が出てこないのか。もどかしくて、放り出したくなる。聞く側のジウンにとっても、きっとそうだと思う。でも諦めるわけにはいかない。

ずっと英語がうまく話せるようになりたいと思っていた。うまく話して、ちゃんと聞き取って、ネイティブ並みに流暢になりたい、と。

でも、そうじゃなかった。なめらかに話すことがゴールじゃない。私はただ、伝えたいのだ。

それが英語なのか、日本語なのかは関係ない。伝えたいものを持って、伝える言葉を持って、ジウンや、アンドレアや、ダーリーンや、みんなと話したい。彼女たちの思いを受け取り、私の思いを伝える言葉が、私はほしい。

「よかったら、いつか、あのときの、エッセイ、読ませて、もらえない？」

ジウンは黙ったまま、じっと私の顔を見ていた。何か食い違いがあったのだろうか。あるいは私はまた、間違った言葉を使ってしまった？

「いいけど……それより、明後日の芸術クラスの発表展示に来る？　あのエッセイみたく、パーソナル・ヒストリー的なものになった。ニコルやアンドレアも作品出すよ」

「い、行く！」

返事をした瞬間に、決意した。それがどんなものであろうと、向き合おう。見て、感じた思いを、彼女に伝えよう。

信じられない気持ちでジウンの背中を見送ったあとも、心臓の音が耳に響きそうなほどドキドキしていた。これが日本の高校だったら、私の姿は踊り場で好きな人に告白した子にしか見えなかっただろう。

アンドレアがいるはずの地下へと、階段を一段抜かしで駆け下りる。必死に、口元を引き結んで。そうでないと、顔が勝手にほころんでしまいそうだったから。

しばらく臥せっていたため、お手紙をなかなか書くことができず、申し訳ありませんでした。

お母様から、あなたとお話をされたと伺いました。さぞ驚かれ、また、失望されたことでしょう。騙すような形になってしまい、本当にごめんなさい。不愉快でしたら、どうぞこの先は読まずに捨ててくださいませ。

私はむかし、決して許されない過ちを犯しました。

あなたのお母様を空疎な理由で蔑み、利己的な目的のために、我が子の夢を応援するどころか打ち砕き、あまつさえ、死に追いやりました。あなたたちから大事な夫を、父親を、そして家族になるかもしれなかった命を、永遠に奪ってしまった。

あなたのお母様に初めてお会いしたとき、私と夫は「住む世界が違う」「財産目当て」などと、心ない言葉で罵倒いたしました。息子が大切に思った女性の人となりを見ることとなく、家柄や学歴などという無意味なもので、すべてがわかると、愚かにも信じていたのです。

あなたからのお手紙で彼の地の差別のことを読んだ時、それはまさしくかつての私たちの振る舞いなのだと思いました。目の前にいる人を、自分の目で見ようとせず、かけがえのないものを、そうと認めず、そうする権利があるかのように傲慢に、傷つけるだけ傷つけて、私たち夫婦は、どこまでも卑しい人間でした。あの頃の自分たちを心から恥じ、悔いております。

でもあなたのお母様は、そんな私に再び会ってくださいました。残された者の義務を全うしたいという手前勝手な願いを、聞き入れてくださったのです。あなたという豊かで優しいひとを育て上げ、こうして引きあわせてくださった。どれほど感謝しても足りません。

あの子が憧れてやまなかった地から、あなたの楽しいお便りを心待ちにする日々は、夢のように幸福でした。己の愚かさから失ったものは、なんと大きく、暖かい時間だったことでしょう。

私がかつて直接お渡しすることも、差出人の名前を書くこともできず、郵便受けに入れるしかできなかった『ゆきだるま』の絵本を、あの子はあなたに渡してくれていたのですね。大好きだと言ってくださり、本当に嬉しかったです。

これ以上は何も望みません。もうお返事は不要です。本来あなたとお母様のものであるすべてを受け取り、どうか思う存分、学んでください。お体に気をつけて、素晴らしいご学友たちと、たくさんの素敵な時間を過ごしてください。

あなたたちの幸せを祈ることだけ、間も無く朽ち果てるこの身に、許していただければと思います。

加藤尚美様

加藤久子

14

1998年5月
芸術棟と
図書館前広場

Let's meet up
――待ち合わせをしましょう。

ジウンたち彫刻クラスの展示は、芸術棟のスタジオと廊下を使って行われていた。芸術棟は学期始めのアート・レンタル以来で、あの真冬の最も寒いときと違い、赤茶の屋根は午後の陽に鮮やかに、くっきりとして見えた。

ファイナル・プロジェクトのテーマは〝祭壇〟だという。宗教的な要素は必要なく、学生それぞれの解釈で造形するというものだった。

アンドレアの作品はダンボールで作られた便器で、スパンコールやビーズのようなもので装飾されていた。観る人たちが「なんじゃこりゃ」と笑わないではいられない、限りなく彼女らしいものだった。開いた蓋の背面には、光を浴びた便器にジーンズを下ろした状態で座り、顎に手を当てて思索しているアンドレア本人らしき女の子のイラストまで貼られていた。

「あたしにとってトイレってものすごくインスピレーションが得られる場だから。その瞬間って神が降りてくる感覚に近いと思ったわけ」

「わかる、ような……？　気がする」

「降りてくる神様の名前ってウリネウスとかファエクスタスなんじゃないの？」

　その響きからすると、urine《尿》とfeces《大便》の造語か。そうからかうニコルの作品は、半分朽ちた切り株に大量に刺した小枝を、鹿の角のような形に固めたものだった。切り株は知り合いの農家の敷地で見つけたのだという。角の間には、枯れてもなお色を留めた可憐な草花がのぞいている。人工物のはずなのに、どこまでも自然に見える、不思議な力に溢れていた。

　そんな感想を拙い言葉で伝えると、ニコルは嬉しそうに「ありがとう」と照れた。

　ジウンの作品は、大きな水槽だった。底にお茶碗やお箸、お面などの雑多なものが、ポンプと共に積み上げられた状態で沈んでいる。水中を文字の書かれた淡い色とりどりの紙片がゆったりと漂っていて、書かれた文字はハングルだったり、英語だったりした。

「内なる祭壇って感じかな。八歳までいた韓国のことを考えるとき、祈りに近い気持ちになるから。母や祖父や……祖先たちの声が重なって、私の中で反響してる」

「水を使うって超いいアイデア！　動きもあるし、水音も」

「この紙、耐水紙なの？　あたしも試してみたいなぁ」

　アンドレアやニコルがクラスメイトらしいコメントをする中、私はゆっくりと動く紙片に目を凝らした。〝ｗａｒ〟や〝Ｊａｐａｎ〟といった単語が見え隠れする。私たちの他に数人の学生も、足を止めて見入っていた。

「水色の紙のハングルは、大叔父さんの日記から写したの。『故郷の夢を見た、目覚めて泣いた』、『日本人の同僚と歌を教えあった』とか、そんなの。彼は日本に連れて行かれて、ヒロシマの工場で亡くなったんだ」

「……それって……」

「うん、あの原爆で」

頭が真っ白になる。彼女が秋学期に書いたこと。教授が私たちに意見を求めた理由。それを、私は、あんな風に——。

朝鮮半島からの強制連行は習っていても、その中に原爆の犠牲になった人たちがいたなんて、まったく知らなかった。多くの軍需工場が集まっていた広島には、植民地からの工員だってたくさんいただろう。同じ理由で投下の地に選ばれた長崎にも。これまで考えもしなかった。

「祖父は抗日運動に熱心だったけど、あの原爆のあと、日本からの解放を心から祝うことができなくて、ずっと苦しんだみたい。それから息子一家、つまり私たちが合衆国に移住して。祖父にとってこの国は、弟の上に原爆を落とした上に、祖国を引き裂いた国なのに……」

きりきりと、胸が痛い。ほんの少し想像しただけで、ジウンのおじいさんの悲しみの、その途方もなさが私を内側から圧する。水槽の中で、綺麗な色の紙片たちは、ただただゆっくりと舞い続ける。

「ここまでが、エッセイ・クラスで書いたこと」

「そう、だったんだ……」

こみ上げるものを、ぐっと踏ん張って抑えた。受け止めて、腕の中で離さない。私にはそれしかできない。ものすごく悲しい気持ちを、久子さんが伝えてくれたように。

「あの時は、本当ごめんなさい。恥ずかしい。知らなきゃ、いけないことだった。でも、今日聞けて、これ、見られてよかった。綺麗で、厳《おごそ》かな、切なくなる作品。とても、心が動いて、痛い」

「エッセイでは、まだ未消化の部分があったから。怒りより、祈りに近いんだって、発見できたの。だから、これを見てくれてありがとう」

傍らでアンドレアがうわ、と呟いた。水槽の底に沈みかけた、褪せた朱色の紙に見入っている。そこには「You are not Korean enough《お前はちゃんとした韓国人じゃない》」と書かれていた。

「勘違いならゴメン、でもあれ正に、私が思ったり、ううん、『思われてる』と思うこと、なんだよね。言葉が拙かったりすると『やっぱりあんたはアメリカーナだね、ドミニカンじゃないね』って親戚にからかわれたり」

アンドレアの言葉に、ジウンも大きく頷いた。

「同じ。私も韓国語を馬鹿にされる。『英語の方が上手いんだし、あなたはもうアメリカ人でいいじゃない?』って韓国人から言われたり」

「そんでアメリカ人からは『お前はアメリカ人じゃなく韓国人』ってなるんでしょ。超わかる」

二人の言葉がぐさりと刺さる。馬鹿にされた悔し紛れに、同じ思いをあのアメリカ育ちの日本人たちに対して抱いていたのは私だ——彼らは〝日本人〟じゃない、彼らの言葉は〝本物の日本語〟じゃない、と。

「私たち自身のアイデンティティなんだから、そこは自由にさせてよと思うね。何であんたらに〝判定〟されなきゃいけないの？　って」

「……私が韓国人であることはずっと変わらないし、合衆国がホームでも、永遠に〝アメリカ人〟にはならない。ここで会った韓国人留学生たちにも、そういうものとして受け入れてもらいたかった」

ジウンがそこで私をひたと見た。とても静かで、真っ直ぐな眼差しだった。

「正直、元々日本にあまりいい感情は持ってなかった。この大学に来て、ことさらにそれを強調してたのも、否定できない。韓国人の友達に、大叔父が原爆で亡くなったことを言えなかったし、日本との歴史問題や政治問題に熱心であればあるほど、ちゃんと韓国人として見てもらえるって期待してたのも事実」

何者かである。何者かでない。それを証明することで、きっと私の居場所を見つけられる。それは私にとっても、ひどく馴染みのある希望で、呪縛だった。自分にかけたり、他人にかけたりする類の。

あなたを責める権利は私にはない。そこまで正直に言ってもらえて、むしろスッキリした。

そう言うと、ジウンの表情も少し和らいだ。

「ずっと……どうすればって考えてた」

水槽の祭壇に祈るように、言葉を探す。私の中の思いも、水の中の紙片のように、翻り、沈み、気がつけばするりと手から離れそうになる。

「私、無知だし、いろんな、差別や、偏見、不公正、持ってて。いろんな人に、いろんなことにも。考えても、わからない。進まない。どこまで、反省する？　考えなければ、いけない？　終わりない、耳も痛い。でも……」

考え続けるしかない。グレンジャー教授の言葉が耳の奥にこだまする。

サード・キッチンのみんなが、歴史や差別や理不尽と向き合ってきた、同じくらいの切実さで、考え続ける。それを英語でなんと言えばいいのか、どうすれば正確な表現になるのか、やっぱりまだわからない。でも。私は開きかけだった脳内辞書をぱたりと閉じる。伝えたいもの、伝えるべきものをなんとかすくい上げ、言葉に乗せる。

「あなたや自分のこと、知りたいから、考える。一〇〇パーセントわかる、きっとない。でも、あきらめないで、考え続ける、続けたい。私の言葉……伝わってる？」

ジウンを見返す。心臓が震えて、いたたまれない。もしも拒まれてしまったら？

でも、彼女は私の目を見ながら、確かに、頷いてくれた。

「あ！　今日って学期最後のクオーター・ビールだ。みんなで期末の終わりに乾杯しようよ！」

ニコルが作品名の並んだプリントアウトを筒状にして、ビールを煽るジェスチャーをする

14 1998年5月　芸術棟と図書館前広場

と、私たちは皆で親指を立てた。

ロッカーの大量の荷物を寮へ持ち帰るというジウンを手伝おうと、ビールの前に皆でジウンの住まいのアジアハウスへ寄ることにした。

アジアハウスには英梨子も住んでいる。二人がハウスメイトだったことを、私はこのとき初めて知った。同じクラスで同じ寮でも、英梨子はジウンのあのエッセイのことを気に病む様子はなかった。そういう日本人もいる。それもやっぱり、確かな現実で。

「みんな、先行ってて」

秋学期に一度ここへ来たときの記憶を辿り、英梨子の部屋に行くと、開け放たれたドアの前には、一足早くダンボールが積まれていた。覗いてみると、珍しくスッピンで、眉間にしわを寄せてラップトップ画面に見入っていた英梨子が、パッと顔を上げる。ずい分長いあいだ会っていなかった気がする。

「きゃーなおみぃ～！　どうしたの？」

「ジウンの荷物運ぶの手伝ってたの。もう荷造り始めてるんだ？」

交換留学生の英梨子はこの学期で一年間の留学期間が終わる。〝振り返ればあっという間〟という感慨を、私より彼女の方がずっと痛感しているはずだ。

「もーさみしいよぉ。絶対メールちょうだいね？　日本でのアドレス渡しとくから」

「うん、元気でね。私も帰国したら、きっと会おうね」

「私なるべく早く戻ってくるつもりだから、再会は日本じゃなくてアメリカでね！」

「え？　留学し直すの？　大学院に行くの？」

とても勉強をしていたようには見えなかったけど、密かに準備してたのか。

「違う違う、就活。卒業したらニックのパパの会社でインターンさせてもらうの。今さっき別れたけど、そこだけは確約とっといた」

「別れたって……break up ってこと？」

英梨子はあっさりと頷く。日本人好きと噂されるハンサムなニック、食堂で私を無視した彼の顔は、もうおぼろだった。

「元々日本に本命いるし。利用できるものは利用しないとね。私、アメリカで勉強するより働いてみたいんだぁ」

とびきり可愛い笑顔を浮かべる英梨子を眺めながら、「したたか」という日本語が浮かんだ。漢字は確か「強」を当てるはず。なよやかに男を立てるどころか、この大和撫子は男の上に立っていた。ニックは彼女のこの性格も、ちゃんとわかっていたんだろうか。

「……そうだね、どんどん利用しちゃえ。就職、応援してるよ」

「なおみもあと三年、頑張れぇ～」

〝アメリカ流〟にハグをして別れた。そうすることが自然と思えた。英梨子のことも、ブリっ子のステレオタイプに当てはめて、ちゃんと知ろうとしなかった。彼女の中にはたくさんの、私が思いもよらないサプライズがあったのだろう。このぴりりとした後悔は、来学期に彼女の不在を改めて実感したとき、きっと一段深まる気がする。

14 1998年5月　芸術棟と図書館前広場

ジウンの部屋へ行くと、皆がスナックをつまみながら私を待っていてくれた。英梨子の部屋と同様に、古い寮独特の天井は高く、一年生寮の部屋よりもずっと広く感じる。ルームメイトもジウンと同じような個性派おしゃれさんなのか、インテリア小物はほとんどモノトーンでシックに統一されていた。

「エリと、同じ寮だったんだ」

「ああ、あまり喋ったことないけど」

だろうなぁ、と思う。歴史云々以前に、二人の雰囲気は水と油のように合わなそうだ。

「ナオミ、ジウンが借りた絵もすっごくいいよ」

ジウンのベッドに寝転がったアンドレアが、私の後方、部屋の入り口の方を指差した。

「あたしも来学期はぜーったいアート・レンタルに行く！」

振り向くと、視界いっぱいに青い夜の森が広がっていた。

月の光だけを光源に、触れられそうなほど密度の濃い静けさが、深い森全体を覆っている。中低木の茂みに隠れていた少女が、寂し気な微笑みを浮かべながら、前方へ手を伸ばしている。その小さな手の先に、思わず指を伸ばしそうになった。（また会えたね）と内緒で挨拶するように。

「……夜に……属する」

「あれ、知ってた？」

嬉しさが溢れ出そうだ。私は絵を見つめたまま、ジウンの質問にぶんぶん首肯する。

「……私も、この絵、借りたかったの。プレビュー・デーに、地図まで描いて、狙ってた。でも見つからなくて、ギリギリまで、ずっと捜して……」

三ヶ月半前の惨めな気持ちも鮮やかになる。期待すればするほど、セレステたちのような子に利用されるだけだと、結局は英語のせいで何もかもうまくいかないのだと信じていた。その強い気持ちは、まだ確かに私の中にくすぶっている。でも今は、そうじゃない、とはね返すことも、うずくまる自分ごと、抱きしめるような気持ちにもなれる。

なんかごめん、と言いながら、ジウンが私の隣に立った。

「私も一目惚れ。すごい気に入ってる。光の加減で見るたび雰囲気が変わるんだよね。この女の子の表情も、泣いてるようにも笑ってるようにも見えて」

ああ、やっぱりそうなんだ。今の彼女は、中低木の陰から、どこかいたずらっぽく微笑んでいるように見える。

「ここは誰にも見つからない、彼女だけの森なんだと思う。自由も寂しさもぜんぶあって、この世で一番優しい夜、みたいなイメージ。私も」

「『ここへ、行きたい』」

私たちはステレオスピーカーみたいに、同時に口に出した。目を丸くした彼女の口元に、共犯者みたいな笑みが浮かんだ。私も自然と同じ顔になる。

そう、そうなんだよね、あの伸ばした手の先に何があるかわからないけど、そこんとこやタイトルも含めて、想像が広がるんだよね。わかるわかる。構図も色も、森がどんどん深くなってくみたいなのがいいよね。

ジウンに絵を借りられて、悔しいとは微塵も思わなかった。ここでこうして、この絵に再会したことのほうが、きっと、ずっと意味がある。

「ナオミはよっぽどこの絵にご執心だったんだねぇ。釘付けになってる」

ニコルがしみじみと笑う。

「返却期限まであと三日あるし、観たくなったらまた来れば？」

ジウンの言葉に、私は彼女を振り仰ぐ。勢いがつきすぎて、首の深部でコッと音がしたくらいだ。

いい気になるな、期待しすぎちゃダメだと戒めのブレーキを踏もうにも、胸の奥の雲がすーっと晴れて、どんどん明るくなるのを止められない。内側から突き動かされる。放っておいたら走り出してしまいそうだ。

やっぱり私は、あの階段の踊り場で、ジウンに告白していたのかもしれない。知り合いから始めてください、と。

「いいの？」

「もちろん」

図書館の前の芝生広場は、思い思いの恰好でくつろぐ学生でいっぱいだった。芝生の上に点在するプラスチックカップの深緑色が、ちりばめられた綺麗な模様のように見える。試験からの解放感と、午後の日差しの眩しさに、伸びをするように、自然と両腕が上がる。

「おーい、こっちこっちー！」

広場の中ほど、テレンスが手を振る周りには、マライカやサルマン、プリヤにラーレ、カロリーナもいる。サングラスをかけてあぐらをかいたサルマンは、学生というより助教授か保護者の貫禄だ。

これまでクオーター・ビールの日は、（あんな苦くてクソまずいもの）と心の中で毒突きながら、半地下のカフェの前に据えられたカウンターを横目に通り過ぎるのが常だった。今日は初めて二十五セント玉と引き換えに、なみなみとビールが注がれたカップを受け取る。歩くたびに黄金の雫が指の間をこぼれ落ちて、それだけで笑い出してしまう。学生たちの間を縫って向かう先には、私を待っていてくれる〝寄る辺〟があった。

「試験終了に！」

「やっほう！」

「二度とブルー・ブックなんか見たくねぇ！」

「卒業おめでとー!!」

チアース、サルー、チンチン、カンパイ。てんでバラバラの言葉で繰り返し乾杯する。程よく冷えたビールは軽い口当たりで、渇いた喉をさらさらと流れるようで心地いい。一息つくと親父みたいな「あー」という声が自然ともれた。

「そうだ！　新しい料理長にもかんぱーい！」

14 1998年5月　芸術棟と図書館前広場

ラーレが言うと、カロリーナも続いた。「そうそう、ナオミにかんぱーい!!」

「頑張るんだよ。あんたならできる」

プリヤの分厚い手のひらで背中を叩かれて、危うくビールを吹き出しそうになる。

「なんの、はなし?」

「君の作ったディナーを食べた全員が、『卒業するプリヤの後任は決まった』って結論に達したんだよ。みんな君を次の料理長に推薦する気満々だから」

サルマンが言うと、カロリーナが「当選、間違いなし」と頷く。

「オーマイガッ!　あのシチューってば野菜だけのはずなのに、複雑で深い風味がもう、なんていうか……芸術?」

マライカが頰に手を当てて感嘆の声を漏らすと、ラーレもバシバシ芝生を叩く。

「やっぱあの揚げたマッシュルームでしょ!!　アメージングの一言!」

ジーザス!　そうそう、とテレンスも同調する。皆の大げさなほどの賞賛が、くすぐったくてしょうがない。照れ隠しにビールのカップを嚙むとパキパキと小気味いい音がする。顔が熱くて、酔いがすごい速さで回っている気がする。

「あとあのライス・ボール……っていうか、ピラミッド?　いやライス・プリズム……」

「テレンス、そこどうでもいいから。とにかく!　あの芸術的なコメの塊も、シンプルなのにすんごく美味しかった!」

ニコルが言うと、皆が異口同音に賛成した。傍でジウンも力強く頷いてくれる。

「ナオミ料理長！　それじゃあたしは副料理長やるね。みんなこれからあたしたちをスパイス・シスターズって呼んでいいよ」

アンドレアの言葉に、私から初めてAll right!と〝ハイファイブ〟する。すかさずプリヤに「なんとかパクリを回避したね」と突っ込まれた。

「友情は、永遠なの《friendship never ends》」

酔いに任せて、私は半分歌っていた。浮き立った気分で、空っぽになった緑のカップをもう一度みんなと掲げる。

「サード・キッチンに!!」

〝美味しい〟と、皆と言い合う。それだけじゃなく、これからはその言葉をもらう方になる。しかもアンドレアと一緒に——想像するだけで、くらくらするほど幸せな気持ちがこみ上げる。来学期も、もう懐かしいとすら思う、あの場所にいられる。転がるような、弾けるような、胸に広がる柔らかな予感に、そっと触れる。みんなをいっぺんにハグできたらいいのに。

「あ、ホセとアンへロだ！　ヘーイ、ここだよー！」

マライカが叫んで、南キャンパスから歩いてくる二人に皆で手を振った。

図書館の前の広場の、芝の一本一本に、光が落ちる。植え込みのハナミズキの香りが鼻をくすぐった。夏はもうすぐそこだ。

その後お加減はいかがですか？　先週無事に春学期が終わり、今はニューヨークの友達の家に向かう電車の中で、この手紙を書いています。

包み隠さずお話しくださったこと、ありがとうございます。正直驚きましたし、母や父のことを考えると、とても悲しい気持ちもあります。でも、私自身は、やはりお礼を言いたいと思いました。

私はここで、差別を知ると同時に、自分自身も無知や無自覚によって、結果的に人を差別していたことに気付きました。言葉が通じないのは苦しいけれど、言葉が通じてるのに分かり合えないのも苦しいです。やり切れなさに、途方にくれることもありました(できるだけ楽しい出来事を書きたくて、いくつかの手紙には嘘を書いてしまいました。本当にごめんなさい)。

でも友人たちのお陰で、様々な隔たりがあっても、私たちの間には、例えば美味しいご飯だったり、一枚の絵だったり、ハグや、伝えたい気持ちや、それが伝わる瞬間とかが、存在し得るのだと知りました。私たちが見ている世界はちょっとずつ違って、知り合うことで相手の眼鏡を通した世界も少し見える、というのはアンドレアの言葉です。分かり合えない不安や、拒絶されるかもしれない恐怖で閉じこもるより、そっちの方がずっと広くていいなと、私は思います。

私はここで、たくさんの許しをもらいました。過ちは、過ちとして、それを犯した私を丸ごと、友人たちは受け入れてくれました。私も皆にとってのそういう友人になりたい。私は次の学期から、彼らのために精一杯、美味しいご飯を作る予定です（サード・キッチンの料理長に推薦されました）。五目ちらしもきっと作りますね。

私と久子さんの間には、これまで何通もの手紙がありました。あと、『ゆきだるま』も。過去の経緯を知っても、とても悲しい気持ちがあっても、その一つ一つが、私のここでの一年を支えてくれた、かけがえのないものです。普通の祖母と孫の出会いではないかもしれないけど、私たちはちゃんと〝知り合った〟と思うのです。私はもっと久子さんのことを知りたいですし、お話ししたいこともたくさんあります。なかなかうまく書けませんが、伝わりますでしょうか（英語が上達した分、日本語が少し怪しくなってきました……）。

ニューヨーク滞在後は帰国の途につきますので、母と一緒に、必ずそちらへ伺います。どうかそれまでお元気で。お会いして、お話しできるのが、今からとても楽しみです。

一九九八年五月三十日

加藤尚美

久子お祖母様

追伸：学年末の成績はオールAです！

本書は書き下ろしです。

白尾 悠 しらお・はるか
神奈川県生まれ、東京育ち。米国の大学を卒業後帰国し、
外資系映画関連会社などを経て、
現在はフリーのデジタルコンテンツ・プロデューサー、マーケター。
2017年「アクロス・ザ・ユニバース」で
第16回「女による女のためのR－18文学賞」大賞、読者賞をダブル受賞。
18年、受賞作を収録した『いまは、空しか見えない』(新潮社)でデビュー。

サード・キッチン

2020年11月20日 初版印刷
2020年11月30日 初版発行

著者 白尾 悠
発行者 小野寺優
発行所 株式会社河出書房新社
〒151-0051 東京都渋谷区千駄ヶ谷2－32－2
電話 03－3404－1201〔営業〕
03－3404－8611〔編集〕
http://www.kawade.co.jp/

組版 株式会社キャップス
印刷 図書印刷株式会社
製本 図書印刷株式会社

Printed in Japan ISBN978-4-309-02925-2

『森があふれる』

彩瀬まる

作家・埜渡徹也《のわたりてつや》のひと回り年下の妻・琉生《るい》は、
突然、大量の植物の種を飲み、夫の目の前で倒れる。
翌日、彼女の毛穴から皮膚を突き破って出てきた芽は、
やがて森となって街をも侵食しはじめて――。
愛の果ての果て、女が見たものは光か、地獄か？
現実を凌駕する長編小説。

『囚われの島』

谷崎由依

新聞記者の由良が出会った、盲目の調律師・徳田。
いつしか二人の記憶は、時代を超えて
ある村の記憶へと接続する。
「救い」と「犠牲」を現代に問う傑作！

『ドレス』

河出文庫

藤野可織

ドローンに魅惑された私、メラニンに憑かれた女、
まとわりつく見知らぬ犬、何かで覆われていく彼女……
最愛の人や確かな記憶を失い、違う場所にきてしまった人々。
全8編収録の短編集。

『アカガミ』　河出文庫

窪美澄

二〇三〇年、若者は恋愛も結婚もせず、
ひとりで生きていくことを望んだ——。
国が立ち上げた結婚・出産支援制度「アカガミ」に
志願したミツキは、そこで恋愛や性の歓びを知り、
新しい家族を得たのだが……。

『消滅世界』

河出文庫

村田沙耶香

人工授精で、子供を産むことが常識となった世界。
夫婦間の性行為は「近親相姦」とタブー視され、
やがて世界から「セックス」も「家族」も消えていく……
日本の未来を予言する芥川賞作家の圧倒的衝撃作。